挣脱 PUA

BREAK FREE FROM PUA

诺亚——著

中国文联出版社

图书在版编目（CIP）数据

挣脱 PUA / 诺亚著 . -- 北京：中国文联出版社，2024. 10. -- ISBN 978-7-5190-5616-2

Ⅰ . B84-49

中国国家版本馆 CIP 数据核字第 2024ZU5242 号

著　　者	诺　亚
责任编辑	苏　晶
责任校对	秀点校对
装帧设计	春天书装设计

出版发行	中国文联出版社有限公司
社　　址	北京市朝阳区农展馆南里 10 号　　邮编　100125
电　　话	010-85923025（发行部）　010-85923091（总编室）
经　　销	全国新华书店等
印　　刷	三河市龙大印装有限公司

开　　本	880 毫米 ×1230 毫米　　1/32
印　　张	9.25
字　　数	248 千字
版　　次	2024 年 10 月第 1 版第 1 次印刷
定　　价	48.00 元

版权所有·侵权必究

如有印装质量问题，请与本社发行部联系调换

目　录

一、沦陷 …………………………… 1
二、升级 …………………………… 10
三、变脸 …………………………… 17
四、别墅 …………………………… 25
五、自卑 …………………………… 32
六、道歉 …………………………… 39
七、支配 …………………………… 44
八、吃醋 …………………………… 55
九、孤立 …………………………… 65
十、交锋 …………………………… 74
十一、谜局 ………………………… 82
十二、讨厌 ………………………… 91
十三、无视 ………………………… 102
十四、反抗 ………………………… 112
十五、冷战 ………………………… 119
十六、离家 ………………………… 126
十七、调解 ………………………… 135
十八、无语 ………………………… 146
十九、威胁 ………………………… 154
二十、过年 ………………………… 164
二十一、服药 ……………………… 175

二十二、隐私 …………………… 184
二十三、悬疑 …………………… 193
二十四、反转 …………………… 199
二十五、洗脑 …………………… 206
二十六、对比 …………………… 211
二十七、忍耐 …………………… 217
二十八、黑客 …………………… 225
二十九、离群 …………………… 233
三十、北京 …………………… 242
三十一、无解 …………………… 252
三十二、求助 …………………… 263
三十三、证据 …………………… 270
三十四、真相 …………………… 278
三十五、解脱 …………………… 286

一、沦陷

开往北京的列车疾驰在黑暗的田野，几颗星星挂在遥远的天边。田雨趴在车窗旁，望着深不可测的夜。

倒回两年前，如果有人告诉田雨，她将被迫离开武汉，田雨会认为是天方夜谭。她出生成长在武汉，有父母和亲朋好友，工作稳定。没有人可以让她失去一切，从家乡逃走。

而此刻的田雨，就是一无所有地逃离，而且是迫不及待，仓皇离开。生活有时比戏剧更魔幻，戏里的悲剧惊天动地，生活中的痛苦却悄无声息。

火车要驶进一座城市，远远地先看到一片灯海。建筑群被灯光簇拥，现实又梦幻。

"我怎么会和他在一起那么久？"田雨在心里问自己，"也许一开始就埋下了可悲的种子，只是我被爱情蒙了眼、糊了心？"

第一次见雷力，是田雨在湖边画夕阳下的渔船。田雨在画的过程中偶尔停下来，后退几步，观察画面。她向后退的时候，差点踩着一个人的脚。

"对不起！"田雨不好意思地道歉。田雨怎么也不会想到，在此后和雷力相处的过程中，道歉会成为她的习惯。

"没关系。"雷力微笑着打量田雨的画，"画水，长江的水不是更浩渺吗？"

浩渺这个词，让田雨判断眼前人学识渊博。"晚霞映在江面上，也更壮观。"田雨顺着他的话说，"只是江上没有这种小渔船。"

"你的重点是画船？"

"夕阳、晚霞、湖水、渔船、船上的渔夫，共同构成的画面。"

"女画家，应该喜欢画水果和花吧？苹果、梨、鸢尾、玫瑰，我在中国美术馆看过潘玉良的画，还有她的自画像。"

他提到潘玉良，田雨想当然地认为他也是学画的。

"我学的信息工程。在北京上大学时，经常去中国美术馆和国家博物馆看展览。"他解释。

信息工程是工学类，理工科男生居然经常看画展，并且了解潘玉良，田雨对他有了几分好感。

"潘玉良的成功，应该说是潘赞化资助的结果，姓名都是潘赞化给她的。"雷力发表自己的见解。

田雨不这么认为。潘赞化当然功不可没，但潘玉良坚持不懈的努力也至关重要。田雨不好意思跟陌生人争论，继续画画。

"你用的油画棒吗？怎么不直接用油彩呢？"

"油彩不容易清理，而且有污染。"

"可以用丙烯、水彩。"

眼前的理工男，对画材了解还挺细。田雨不由得打量他，发现他穿着讲究，发型别致像刚打理过，皮鞋擦得锃亮。"你是相亲路过这里吗？"田雨开玩笑说。田雨并不常跟人开玩笑，可能因为他和田雨谈论画，缩小了和田雨之间的距离感。

"为什么这么说？"

"整体印象。"

"我平常就这样，不喜欢邋遢。你刚才说相亲？你相过吗？"

"没有。"田雨老实回答。

"那你就是想象的,想象通常和现实有出入。我这样的,用得着相亲吗?"雷力走近田雨,让她留意他的颜值。

"不好意思,开玩笑的。"

"你是哪个学校的?"

田雨不想对陌生人透露自己的工作单位,又觉得不回答不礼貌,于是说:"我是师大毕业的。"

"噢,那就是教师喽!我猜对你的学校,你加我微信。"雷力说出田雨任教的学校。

田雨很惊讶,"你怎么知道?"

雷力指指田雨用的环保布袋,上面有她学校的logo。田雨不好意思,这么明显的线索,自己竟然疏忽了。

"莫奈喜欢画日出,你喜欢画日落。"雷力点评。

"我随便画,莫奈是大师,不能相提并论。"

"北京经常有大师画展,展出的是原画,你应该去看看。不打扰你了,好好画吧。"雷力转身离开。

田雨收工离开时,发现一辆车跟着自己。雷力摇下车窗玻璃,"这边车少,我载你一段。"

"不用,我打了网约车。"

"我知道两个适合画画的地方,风景很特别。你要不介意,加我微信,我发给你。"

田雨犹豫。

"刚才打赌你输了。我猜出你的学校,你加我微信,不会这么快就忘了吧?"

田雨不好意思拒绝,掏出手机加了雷力的微信。

雷力把车停在路边,"你一个女孩子,天快黑了,不安全!你走你的,等你坐上网约车,我就离开。"

"不用，谢谢你！"

田雨继续走她的路。雷力开车跟在她后面，既不远，也不近，不让她紧张。田雨坐上出租车后，雷力超车飞驰而去。

初次见面，雷力给田雨留下了深刻的印象。尽管田雨认为他过于讲究，皮肤和头发保养得很好，穿戴都是名牌。可每个人的条件不一样，人家穿几千上万的名牌，也许就是衣柜里的普通衣服。田雨开导自己，不要对别人有成见。

再见雷力，是六天后的周末。雷力约田雨去江豚湾，说去那里可以画江豚。田雨喜欢江豚，但她没画过动物。

"去看看可以，画的话就算了。"田雨说。

"你可以画速写，抓一些瞬间。"雷力建议。

田雨打车和雷力约在江豚湾见。见田雨没带画具，雷力觉得遗憾，"这么好的写生机会，不该放掉。"

"观察也很重要，不一定要把看到的当即画下来。"田雨解释。

"不画真的可惜！"

"我今天不想画画。"田雨实话实说。

"哈——"雷力短促地笑，"你心态挺好，对自己很宽容。"

田雨听了有些别扭，他的话表面夸她心态好，实际在指责她对自己太宽容。田雨忍不住解释："画画需要状态、心情、创作欲，不是什么时候都可以画的。特别想画的时候，画画是享受。勉强自己硬画，万一画不好，反而挫伤画画的热情。"

"熟能生巧，多练总是好的。"雷力微笑着说。

他态度温和，却绵里藏针。被人批评的时候，田雨首先会反省是不是自己的错，出发的时候不想画画，没准儿看到江豚就想画了，应该带上画具。往深处找原因，田雨知道自己担心在他面前画得不够好露怯，其实是虚荣和好胜，应该专心画自己的，不管别人怎么看。通过自纠自查，田雨认为不是雷力多管闲事，是她怠惰了。

"你是对的，我应该带上画具。"

听田雨这么说，雷力开心地笑了。之前的雷力，说话时也带笑，但那是礼貌的微笑，和心情关系不大。

他们看到一对母子江豚，田雨很兴奋。

"不一定是母子，也许是配偶。"雷力说着意味深长地看向田雨，田雨不好意思。她的羞赧，激起雷力更强的求胜欲。

"我再跟你打个赌。我猜对，你告诉我你叫什么。我猜错，我告诉你我的名字。"

"这样赌没意义吧？你直接告诉我就行了。"田雨笑着说。

"知道得太轻易，容易忘记。"

田雨发现他的思维和一般人不一样，于是好奇地问他赌什么。

"赌你没男朋友。"

"即使没有，我也可以说有。"

"你不会骗我。"雷力认真地说。

"为什么？"他总让田雨好奇。

"女孩不会骗自己喜欢的人。"雷力笑眯眯地看着田雨说。

他居然说田雨喜欢他。出于礼貌，田雨不好否认。如果不否认，等于承认。田雨不知所措，转身不再面对他。他在她背后轻声说："你脸红了，害羞的你更迷人！"

"讨厌！"

田雨的话听起来像打情骂俏。她又羞又急，快步离开。雷力没有立刻追过来，他点燃一支烟，远远地看着田雨。

田雨约的车到了。分别时，雷力说："你不坐我的车，下次出来我不开它了，和你一起坐出租。"

他的话让田雨心慌意乱。

第三次见面，也是周末。雷力给田雨送书，说他在北京上学时，每年的春季、秋季和冬季的书市他都去，买了不少书，各方面的都有。有关艺术的，他现在不看，雪藏在书柜里太可惜，《达·芬奇笔记》《梵高艺术书简》《世界经典画家珍藏》《莫奈作品欣赏》，听了雷力报的书名，田雨无法拒绝。

雷力问田雨住哪里，他把书给她送去。

田雨腼腆地说："我跟我爸妈住。"

"现在不好去家里打扰叔叔阿姨。你把地址发给我，我到你小区大门外可以吗？"

田雨把小区名发给他。

田雨在小区大门外等了一会儿，雷力才到。他把书交给田雨，"莫奈色彩与光的完美表达，你可以学习。"

"好的，谢谢！"一个念头从田雨脑海闪过，学美术出身的自己，竟要被一个理工男教导该怎么画画，有点荒唐。善良的她提醒自己，对方出于好意。

"只是口头感谢吗？"雷力半开玩笑地问。

见田雨迟疑，雷力继续开玩笑，"一个吻，或一顿饭，不是很简单吗？看把你难的，傻姑娘。"

"我请你吃饭吧。"田雨说。

"好啊。"

田雨环顾周围，思考去哪家饭店。

"你请吃饭，时间和地点我定，免得你为了省时、省钱敷衍。"

"好吧。"

有邻居出入，和田雨打招呼。雷力热情回应。邻居问："男朋友吗？"

雷力点头。田雨看到，向邻居解释："一个朋友。"

一、沦陷

邻居以为田雨不好意思，逗她："小雨，怎么不请你朋友去家里？长这么帅，你爸妈见了也高兴。"

田雨不好跟邻居多解释，对雷力说："他们误解了。"

"群众的眼睛是雪亮的。"雷力笑着说。

几天后，雷力把时间和饭店地点发给田雨，"你请客，不准迟到和爽约。"

"不会。"

田雨赶到雷力说的饭店包间，发现这是一场聚会，包间里坐满了人，一群和雷力年龄相当的男青年。

雷力起身离座，向大家介绍："这是我朋友，专业画家，业余时间在学校当教师。"

"没有，我就是教师。"田雨在雷力身边的空座上坐下。

"女朋友吧？"有人起哄。

雷力端起酒杯，"今天高兴，大家都喝痛快！"

"我不喝白酒。"田雨小声对雷力说。

雷力招呼服务员，"来瓶干红，珍藏的啊！"

"还挺会疼人！"有人跟雷力开玩笑。

"怜香惜玉不是应该的吗？"雷力认真地说，"人民教师，大家都要尊师重教，不许开玩笑。"

服务员给田雨倒酒，雷力再次举杯，和大家碰杯后，雷力单独和田雨碰杯，他灼灼的目光，让田雨心慌。

"教师遇到你，想不沦陷都难。"同学和雷力开玩笑，"学霸，哪个老师不喜欢？"

"不一样啊，我那是当年。"雷力谦虚。

"当年，咱同学里，就你一个人考上清北。你脑子和我们普通人结构一样吗？我怀疑！"有同学感慨。

"我也怀疑！我学习比你努力，高考成绩比你差一百五十多分，太夸张了！"别的同学附和。

"天才就是天才！天才加画家，将来生养个达·芬奇式的人物……"

"不要开这种玩笑，她害羞。"雷力给田雨解围。他低声对田雨说："都是我发小、同学，别介意。"

"你们什么时候请我们喝喜酒？"有同学问。

"好酒都给你们存着，放心。"雷力笑呵呵地说。

田雨不习惯这样的聚会。既然是她请客，田雨想提前买单。她起身说去洗手，离开包间。

田雨走向收银台，雷力从后面拉住她，"我是这儿的SVIP。我签单，你不用管。"

"说好的我请客。"

"下次你请。"雷力体贴地说，"包间里人多，闹哄哄的。这边有个茶酒吧，我们来这边静一静。"

"把他们撇在那儿不好吧？"田雨总是考虑别人的感受。

"会让他们吃好、喝好。我用微信安排服务员。"

雷力带田雨进茶酒吧，为她点了玫瑰花果酒，"晚上喝茶不利于睡眠，果酒度数低，助眠。"

田雨感动雷力的细心。她没话找话问他："什么是SVIP？"

"Super Very Important Person 的缩写，比 VIP 更高级。"

服务生送来雷力的鸡尾酒，用火点燃，蓝色的火焰燃烧宝石红的酒，色彩很美！

"这款鸡尾酒叫'今夜不回家'。"雷力往前探身，凑近田雨，"号称男性的失身酒。"

雷力总能让田雨惊慌失措。

"我还不知道你叫什么，不能这么快失身。"

一、沦陷

"我叫田雨。"

"啊?你叫田雨,合起来正好是我的姓。我们相遇看来是命中注定。你告诉我姓名,是想让我失身?"他笑眯眯地看着她。

田雨避开他的目光,不接他的话,"我该回去了,你也要回包间陪他们。"

"刚才逗你呢,别当真。我这么聪明的人,不会让自己轻易失身。"

田雨惊异,别人说不出口的话,他却能自如表达,一点儿不尴尬。换成别的男人这么说,或许会让人反感。雷力在恰当的时候,以恰如其分的语气说出来,反而撩人。他很会在两人之间营造一种让人暗自心跳加速的爱情气氛。

雷力喝了酒,没办法开车,和田雨同乘一辆出租车离开。田雨坐进后排座位,雷力坐到她身边。两人并肩挨得很近,田雨本能地紧张。

"你耳朵都红了。"他在她耳边说,"和自己喜欢的人离这么近,心如鹿撞,正常。"

空间狭小,空气稀薄,田雨深呼吸。

"别紧张。徐志摩说恋爱的滋味是酸甜苦辣麻,你现在是甜。"他的手捉住她的手。田雨想抽出手,指尖被他温柔地留住,"慢慢你就会习惯我,依恋我,离不开我。我会让你明白,你喜欢我值得。"

雷力的话像有魔力,牵引田雨一步步沦陷。

二、升级

雷力去美国参加国际消费类电子产品展览会。他和田雨视频聊天，感慨到了拉斯维加斯才知道什么是娱乐！真是豪华时尚、美女如云。

"有美女撩我，你担不担心？"雷力问。

以田雨和雷力目前的关系，他这么问她，为时过早。田雨不好回答，只能笑而不语。

"放心。在武汉我都没失身，到这里更不会。拉斯维加斯是全球最多新婚夫妻选择的蜜月旅行目的地，我猜你不会想来这里新婚旅行。"

"为什么？"田雨不由好奇。

"这里既有艺术馆也有黑帮博物馆，像一枚硬币的两面，是天堂也是地狱，不符合你的气质。"

"哪里符合我？"

"山清水秀、诗情画意的地方。"

雷力懂我，田雨对自己说。

雷力请当地导游兼司机，驾车前往大峡谷国家公园。他还乘直升机，俯瞰大峡谷的壮美景色。雷力拍视频给田雨看，田雨叹为观止。

"我带你去看大都会艺术博物馆。"雷力承诺。

"它在纽约，我在武汉。"田雨提醒他。

"我当你的眼睛，把看到的拍给你。"

"拉斯维加斯离纽约很远吧？"

"我都从武汉赶来了，还怕这点路程吗？"

"不会耽误你行程吗？"

"这是我行程的一部分。"

雷力参观位于曼哈顿的大都会艺术博物馆，"这里有欧洲绘画、美国绘画、中世纪绘画……"

顺着雷力的视线，田雨承认自己的眼界开阔了。

回国前，雷力在免税商店给田雨买了一套化妆品，一部苹果手机、一台苹果 iPad。

"我用的国产手机，是安卓系统，很好用。"田雨不想要他的礼物。

"可以双持。安卓和苹果的 ios 都有各自的优势。"

"我工作不复杂，不用双持。"

"那就把你的手机给阿姨用，你的手机比老年机好用。回头我给叔叔也换部手机。"

田雨感动雷力能想到她爸妈。"这么贵重，我不能要。"田雨婉拒。

"不要管价格。iPad 画画好用，有特意为艺术家设计的应用程序，专门为绘画设计的笔尖，精度和灵敏度都很出色。"

雷力为她的专业着想，田雨就不好再推辞，心里琢磨着给雷力钱，还是回送礼物给他。

田雨不想要雷力太多礼物。"化妆品就不用了，我有。"

"我知道你有。你的总会用完。在免税商店买国际大牌，物美价廉。"

"我把钱转你。"

"把我当跨国带货的,不合适吧?"

田雨知道不合适,可收下他买的礼物也不合适。"太贵重了!"

"这有什么的?我给自己也添了装备。本来想给你买瓶Bijan香水,散发浓郁神秘的东方香味,怕你浮想联翩,我又不在你身边……"

雷力仅用语言,就能营造特别的氛围,让田雨脸红心跳。"说什么呢?"田雨笑嗔。

"你不好意思听,我也不好意思说。你好好睡吧,做个好梦!"

"谢谢!"

"想谢以后有机会。"雷力压低声音说,"我这里是白天,你那里是黑夜。不许梦到我,有想说的想做的,见面时给我。"

雷力从国外回来,田雨选择一家精致的酒店,为他接风。收到雷力买的礼物,田雨不安,总觉得太贵重。

"最珍贵的是感情。"雷力说:"你喜欢我,我给你买多少礼物都值得。"

田雨并没说过喜欢雷力。被他这么自然地说出来,田雨也觉得喜欢他好像是理所应当的事情。

看雷力喝酒,田雨有些担心,怕他们的关系进展太快,她不知道自己有没有抗拒的决心。

雷力总能读懂她,"放心,我在拉斯维加斯那样的娱乐之都可以守身如玉,在武汉也能。你不会强迫我吧?"他笑问田雨。

田雨也笑,不知说什么好。

雷力把田雨带进一个全新的世界,爱情新奇撩人,这是她以前没体验过的。

二、升级

田雨收了雷力从美国带回的礼物,她准备花两三万给雷力买个包,她知道雷力喜欢奢侈品。她把图片发给雷力,让他选个喜欢的款式。

"我不喜欢喜欢我的女孩送我礼物。"雷力说,"你要不听话,我收到也会把它退掉,用退款给你买件貂毛大衣。"

"我心里过意不去。"

"我说过最珍贵的是感情。我不是要送你礼物,是觉得它们对你有用。"

"包对你也有用。"

"我会买自己喜欢的品牌和款式。我经常出差,去免税店买。听话,把钱留着,以后用。"

尽管雷力不在意,但收礼物的事情放在田雨心里,让她不安。雷力开导她:"这点钱不算什么。我在美国参加展览会,见到的同行,有人穿的靴子是全球限量版,价格八九万;一件手工定制的镶钻外套,十多万人民币。"

田雨瞠目结舌,对自己说:"贫穷限制了我的想象。"

"奢侈品也需要有人买,企业要存活。有钱人买奢侈品,从另一个角度看,等于支持顶级奢侈品企业和从业人员。奢侈品企业给国家交税,也是贡献社会。"

这是田雨以前没想过的。她从小就被父母教育,勤俭节约是美德,奢侈浪费不可取。她甚至认为买奢侈品的人华而不实,人品可疑。但换个角度想,存在就是合理,奢侈品有自己的消费人群,只要消费者的钱是合法收入,就没什么不妥。看别人穿戴奢华,就从心里排斥,未必合适。

但田雨并不想改变自己。节约观念在她心里早已根深蒂固,渗透于生活的方方面面。田雨若是有钱人,她会直接捐钱,支持贫困山区的教育事业，不会通过购买奢侈品让奢侈品企业交税的方式贡献社会。

"保持自己的生活习惯，理解别人的生活方式。"田雨劝导自己。

雷力去打高尔夫，邀请田雨同往。田雨自卑地说："我没学过，不会打高尔夫。"

"那边风景很美。我打球，你画画。"雷力说，"我十分钟就到你小区门口了。"

田雨不想让他等，涂个口红，换件衣服，匆忙下楼。

"这么快！"雷力惊叹，"我出门至少要准备四十分钟。"

田雨惊讶。

"这有什么惊讶的？"雷力为田雨打开车门，让田雨坐到副驾驶座上。"我化的妆，看不出来对吧？"雷力伸长脖子，让田雨看他的脸。

田雨观察，"化了妆，挺自然的。"

以前她只觉得雷力皮肤好，保养精致，没想到他会用那么长时间化妆。

"也不是单纯化妆，加上护肤，用夹板烫头发，花费时间长。"

"每天都烫吗？"

"出门前做造型。"

"经常烫，不伤头发吗？"

"用护发精油保养。"

"真没想到男生这么讲究。"田雨其实想说，贫穷限制了自己的想象。

"你护肤用的什么品牌？我是说身体乳。"雷力问。

"我平常不用身体乳。冬天特别干燥的时候才用。"田雨有些不好意思地说。

"有款身体乳不错,回头买给你。"

"不用,你告诉我,我自己买。"

雷力告诉田雨品牌,"我用的也是这款,效果不错。女款可能更好。"

田雨暗中惊讶:男人需要用身体乳吗?她拿出手机,搜雷力说的身体乳,200mL 五百九十元。"太贵了!"她坦率地说。

"贴身用的,不能凑合。"雷力说,"你别管了,我买给你。"

"我不是那个意思。"田雨发现自己很难解释。

"护肤品,你过去常用哪个品牌?"雷力问。

"我不固定品牌。"

"你用的最贵的是什么?"雷力换个角度问。

"精华液,三百多元,35mL。"

"你的精华液还没我的洗面奶贵。"

"洗面奶需要用贵的吗?"在田雨看来,洗面奶就是清洁作用,一百元左右就行。

"洗面奶不仅洁面,还有调节水油平衡、滋润角质层、补水保湿等功效。浴液呢?你用什么品牌?"雷力追问。

田雨不好意思讨论这个,她反问雷力:"你呢?"

"我用爱马仕。"

之前田雨真没想过,洗面奶和浴液也要花大几百去买。她知道精华、乳液、面霜要用好一些的。但她所谓的好,和雷力比起来,只能算勉强凑合。雷力从美国给她带的护肤品,田雨拆开,只用了眼霜,别的她想等以后再用。

"对自己好点。"雷力对田雨说,"爱自己,才有能力爱他人。"

高尔夫球场依山傍水,果真漂亮!雷力和球友去打球,田雨支起画架画画。

田雨做事专心，但此刻她心猿意马，注意力不在画上。她忍不住看雷力在哪里，心里想着他说的话。爱自己，才有能力爱他人。是啊，节俭的田雨和雷力相比，她对自己简直苛刻，买什么都精打细算，一般品牌的商品，还想等到打折买。

爸爸的手机是三年前买的，她早该给父母买个最新款，功能强大，屏幕也护眼。

爸妈的老花镜，四百多一副，她应该为父母买大品牌，眼睛用的怎么能凑合？

还有燃气灶、抽油烟机，家里用的都是老款。新款燃气灶安全性能更好、环保。新式抽油烟机排烟更彻底，而且静音。

这些有关健康和安全的问题，她竟视而不见。父母喜欢省钱，田雨也崇尚节俭，只要东西还能用，就一直凑合用，舍不得换掉。现在想想，田雨似乎既不爱自己，也不爱父母。

田雨放下画笔，拿出手机，为父母挑选更智能环保的燃气灶和抽油烟机。

她决定明天就带父母去大品牌眼镜店，配新的老花镜。本来就应该隔段时间，去查一下视力，配一副更合适的。

父母的贴身内衣，也应该买更好一些的，内裤三五个月就该换一批新的，他们穿一两年才肯扔掉。

田雨羞愧，以前竟认为自己很会生活，那样的生活只能算胡乱凑合。

这样一来，生活开支会增加。可挣钱不就是为了花吗？提高生活质量，也许比把钱存起来更明智。雷力给田雨带来一场头脑风暴，田雨不由自主为自己升级。

三、变脸

田雨带父母去商场。隔着落地窗玻璃,田雨意外看到雷力陪一位身材高挑的年轻女性在高级服装定制店试穿衣服。田雨不敢相信自己的眼睛,定睛观察,真是他!

雷力似乎也察觉到什么,他扭头看,田雨急忙躲开。

放到以往,田雨会直奔要去的服装店,买完就走。她不喜欢无目的地逛。雷力改变了她的观念,田雨开始关注各种品牌的衣服和化妆品,慢慢地逛,耐心了解。没想到撞见这一幕!

田雨心情大乱。她庆幸父母在身边,可以转移她的注意力。田雨把父母带到名牌内衣店,帮他们买内衣。父母觉得贵,田雨说:"贴身的衣服,不能含糊。"

本来要给父母买外衣,田雨失去耐心,直接带爸妈去吃饭。田雨请父母吃家常菜,她判断雷力不会带女伴来这样的饭店。父母心情很好,田雨心里却乱糟糟的,不想跟父母多说,埋头看手机。

爸妈见田雨吃得很少,关心地问她是不是身体不舒服。田雨顺势说:"有点头疼,可能着凉了。回去吃片感冒药就行。"

田雨纠结要不要和雷力联系。以田雨现在的身份,不适合对雷力刨根问底。但她想知道雷力会怎么说。

"我带爸妈出来吃饭,有点感冒。你在忙什么呢?"她给雷力发微信。

雷力不回答田雨的问题，反问她："是不是在外面吃饭传染了流感？要不要我带你去医院？"

田雨想见雷力，当面问个清楚。可她并没感冒，不想骗雷力。"可能受点凉，回去吃片药就好了。"

"多喝水，好好休息。感觉不好就告诉我，我带你去医院。"

田雨感觉很不好，去医院治不了她的心病。雷力的关心让她心里好受些。"你在家，还是在单位加班？"

"我也在外面，陪一个朋友购物。"

雷力说出事实，田雨心里敞亮了。"你很有眼光。买什么呢？"

"买电子产品。顺便看看别的。"

雷力的回答无懈可击。他没说朋友的性别，她没问，他不说也正常。田雨不能再婆婆妈妈地追问，心里却打了很多问号：那个女孩是谁？和雷力到底什么关系？为什么拉雷力陪她购物？

等到下一个周末，雷力陪田雨在江边画晚霞。田雨问他："你喜欢我吗？"

"怎么想到问这个？"

"想知道。"田雨说。

"你觉得呢？"雷力反问。

"不知道才问你。"田雨轻声说。

"有些事情，不需要说太明白。爱情需要神秘感。"

雷力说到爱情，说明在雷力心里，他和田雨之间是爱情。田雨心动如水。

"你以前喜欢的人，是什么类型？活泼还是文静？"田雨知道自己问得唐突，但她想更多地了解雷力。直觉告诉田雨，那个女孩显然不是雷力现在的女朋友，可能是前女友。

"这个和我们现在有关吗？"

三、变脸

"无关。"田雨承认。

"无关就不用管。还是少问问题。"

"可如果长期相处,很难保持神秘。"

"距离产生美。再亲密的关系,也有边界。"雷力说。

"你不希望我了解你?"田雨不理解地问。

"你完全了解自己吗?"雷力反问田雨。

"我了解自己。"

"别说得这么肯定。"雷力嘴角浮现古怪的笑意,"我问你个问题,你想和我更亲密吗?你想,可又抗拒,担心自己受伤害。人很复杂,有时候也很矛盾。"

田雨联想到让雷力陪购物的女子,她是不是也让雷力纠结、难以取舍?"你说得有道理。可我还是喜欢简单明了。"

"那我就试着按你的意思,以后在你面前简单明了地表达自己。"

"好。"

"从你在画的这幅画说起吧,你这幅画色彩可以更鲜明,透视关系、色彩过渡也应该处理得更好。"

雷力讲到透视,田雨吃惊。"你真懂画。"

"画就摆在眼前,一目了然。"

"是应该画得更细致些。"田雨检讨自己,"可是画得越精细,眼睛越累。"

"画能有多精细?"雷力不以为然,"一个比指甲盖稍大的芯片里,有数十亿个晶体管,相当于在一根头发丝的空间穿几千根线。"

"天哪!"田雨惊叹。

"说说你现在的感受,你不舒服吗?"雷力问。

"我没有不舒服。"

"批评你的画,你不难受?"

"有点吧。可我喜欢实事求是。就算保持神秘,关系近了,处得久了,也会看透。不如真诚相对。"

"你觉得我不真诚吗?"

"我希望我们俩都真诚,才这么直白地说。"田雨解释。

"每个人性格不同,应该尊重每个人的个性。"雷力说话声音不高,但语气肯定。他笃信自己观点正确。他的笃定,让田雨羡慕。田雨经常怀疑自己,怕自己犯错,希望自己表现得更好。

"我会尊重你,给你空间。你想表达什么,不用对我有顾虑,可以直说。"田雨希望雷力在她面前说真话。

田雨认为只有这样,两个人的关系才会长久。遮遮掩掩,客客气气,营造一个舒适圈,制造幸福假象,心里会产生隔阂。与其维持表面完美,不如坦诚相对。两个人相爱,应该包容对方的缺点,而不是选择无视,自欺欺人。

"我如果发现你的缺点,可以直接告诉你吗?"她征求雷力的意见。

"嗯哼?"雷力耸肩,不置可否。

田雨看出他不愿意。男人更要面子,田雨对自己说,应该理解。

很快,田雨感觉到雷力态度的转变,从深情款款、侃侃而谈到淡漠冷静、言语犀利。田雨后来不止一次想,是不是她打破了雷力费心营造的神秘感,才让雷力态度改变。

雷力说:"你没错。维持一段感情,可以神秘。维持一生,谁都无处可藏,终究会暴露自己的缺点。你只是提前结束了我们的朦胧阶段,把我们推进磨合期。两个人迟早要磨合。真实有时残酷,却可以长久。我要的也是长久。"

他这么说,让田雨觉得欣慰。可田雨却在他的真实言语中,不断受到打击。

三、变脸

雷力对田雨讲在北京上大学的种种，周末去中国美术馆看展览，到国家大剧院听音乐会，畅游在水立方清澈的赛道……水立方的水是真的干净！

田雨在武汉的大学生活也丰富多彩，但和雷力比起来，貌似逊色多了。有句话一直憋在田雨心里：北京那么好，你为什么不留在那里呢？

田雨没问出口。雷力对北京的喜欢显而易见。离开钟爱的北京，他也许有不得已的原因，田雨不想揭他的伤疤。可雷力却总在有意无意间刺痛她。

"你上师范，当初是怎么想的？还在本地读大学，北上广深，哪个不比武汉强？"

"我喜欢武汉。有山有水有……"

"哪里不是有山有水？北京有香山、百花山、妙峰山、云蒙山，山多了去了！北京有永定河、拒马河、北运河，还有龙庆峡、青龙峡。颐和园、圆明园、北海公园、玉渊潭公园，哪个公园没水？不只是武汉有山水。"

雷力说话的时候语速不紧不慢，总带着笑。那笑意挂在他嘴角，像免战牌，让人不好意思跟他争论。

"我喜欢武汉的早点：三鲜豆皮、蛋酒、馄饨、热干面。"田雨辩解。

"北京有全国各地的美食，还有俄餐、法餐、意餐。人不能坐井观天，就认为自己家乡好。"

"我也知道北京好。首都，谁不喜欢？"田雨有点生气。

"你喜欢，等暑假我带你去。"

"我去过北京，毕业旅行的时候，和室友一起去的。"

"在天安门看看升旗，到八达岭登登长城，那不算真的去过北京，北京很大，值得去的地方很多。"

雷力总能让田雨意识到她的无知。田雨多年以来建立的自信，恍如海市蜃楼，根本经不起推敲。

田雨察觉到雷力在她面前居高临下。和小月聊天时，田雨说出了自己的感觉。小月也是土生土长的武汉人，田雨的闺密。

小月不以为然，"人家清北毕业的，自信还不正常？"

"他特别喜欢北京，可他为什么不留在那里？"

"可能因为你在这里。"

小月是开玩笑，但雷力说过同样的话。田雨回想起雷力说这话时的情景。

"我回武汉，可能因为你在这里。早知是这样，我应该高中就认识你，让你考北京的大学。"田雨没去北京上大学，好像连累了他。这不符合逻辑，可雷力一脸认真。田雨不由怀疑自己，倘若缘分早就注定他们相遇，还真是她连累了雷力。

"我成绩跟你比不了，考不上你们学校。"田雨自卑地说。

"不要妄自菲薄。"

"没有。我就是一个普通女孩。"田雨实事求是地说。

"我看上的，不可能是普通人。"

雷力的话让田雨惊讶，他这算是表白吗？田雨认为自己就是普通人，相貌一般，才智平平，认认真真工作，踏踏实实生活。她理想的爱情很简单，两人相知相惜、相濡以沫。

"你不觉得相濡以沫太惨了吗？"雷力笑出了声，"你跟我，我宁愿吞下所有苦，也要让你幸福。"

田雨觉得雷力的话有些奇怪。她转述给小月听。小月赞叹说："他这就是表白啊！真不愧是清北毕业的。"

"我甚至不知道他为什么喜欢我，喜欢我什么？"田雨说出心

三、变脸

里的疑惑。

小月承认,她也不明白。有人说:跟男人不能讲感情,要讲逻辑。用逻辑推理,雷力看上了田雨,说明田雨不是普通女孩;他不要田雨受苦,愿意吞下所有苦换取田雨幸福。

似乎有哪里不对。正常的逻辑应该是田雨优秀,雷力看上她,而不应该是雷力看上她,她才变得优秀;雷力想给她幸福,但给人幸福不一定要自己受苦。

前者是先有鸡还是先有蛋的问题,没人能说得清。至于苦和幸福,没有谁的生活十全十美,他包揽残缺,成全她的圆满,这么说似乎也行得通。

田雨总感觉怪怪的。小月开导她:"智商高的人,可能和咱们想的不一样。他的逻辑彪悍,有强盗逻辑的嫌疑。也可能他和我们的认知不在一个层面,相互不好理解。你要考虑好,准备接受他,还是拒绝他。不要试着改变他,改变一个人基本不可能。"

"可他根本没给我选择的机会。"

"也是。"小月叹气,"正常求爱,应该先表达他的喜欢,再征求你的意见。"

"那我怎么办?"

"保持点距离吧。"小月建议。

田雨也想和雷力保持距离。可事情的发展超出她的预料。雷力每天下班到田雨的学校门口接她,和田雨的同事热情打招呼,还和田雨的领导不期而遇,对校长说婚礼要请校长当证婚人。

田雨内心还在徘徊的时候,她身边的人都已知道雷力是她的未婚夫。田雨去看牙医,本来已经通过工作群向领导请假,雷力又跑到学校向田雨的主任请假。"有些事情不能简略,该当面做的,就不要用微信,显得不够认真。"雷力指点田雨。

没有明确的求爱和求婚,田雨在别人眼里已成为雷力的未婚妻。虽然过程模糊不清，缺乏仪式感，但田雨心里其实还是高兴的。

雷力从北京离职回武汉后，入股一家 IT 公司，担任开发部总监。他在武昌东湖边买了幢别墅。高学历、有房有车有工作，是不错的结婚对象。

同事和田雨开玩笑："你这狗粮撒的，齁死我们算了！未婚夫高学历、高颜值，还细心周到！"

田雨被同事冠以"田贵妃"绰号，意指田雨被宠爱。有和田雨不太对付的同事，背后说风凉话："她既如贵妃，那就伴君如伴虎，但愿她能 Hold 住。"

四、别墅

田雨不喜欢去雷力的别墅，尽管雷力把钥匙给了她，并告诉了她智能锁密码。在别墅里，田雨多数时间站在三楼窗前看东湖，阳光下的湖水波光粼粼，水鸟自由地飞翔。

理智告诉田雨，她是这别墅未来的女主人，可她找不到做主人的感觉。不知为什么，她在别墅里思维迟钝，做什么都笨手笨脚。田雨原本聪明灵巧，她在父母的家里养了很多花，把自己的房间布置得温馨浪漫。田雨画了很多油画，装框后挂在墙上，见的人都说漂亮！她还用彩色毛线编织灯罩⋯⋯

别墅是精装后交的房，一切都定了型，做什么改动都有画蛇添足之嫌。其实，田雨也有自己的想法和创意。比如客厅那幅巨幅画，一匹在雪地咆哮的狼。田雨一眼就看出那幅画是赝品，依据原画图片打印到画布上的。但她忍住不说，因为雷力喜欢那幅画。

如果告诉雷力，那是赝品，打印成本几百块钱，雷力会有被欺骗的羞辱感。欺骗他的是装修公司，不是田雨，但田雨不想雷力被羞辱。真要维护雷力的面子，还是想办法把赝品换掉，免得有懂画的人看雷力笑话。

为这事，田雨认真思考了很久。她辗转找到一位画家朋友，请她画了幅雪中梅花。对于一幅原创作品来说，田雨知道自己拿几万块钱并不多，尺寸那么大，朋友也是看老师的面子，特意为田雨创作的。

雷力看到画却眉头紧皱,"女画家画的吧?这红色多俗艳!挂客厅不合适。你要喜欢,挂你衣帽间好了。"

"这是原创作品。我找了师大的袁教授帮忙。"

"袁教授不是男的吗?"

"这画家是袁教授以前的学生,女画家,现居北京,在798有自己的工作室。"

不知是不是因为听到北京,雷力又回到画前认真看了看,"倒也没那么俗艳,花也算生动,花蕊都画出来了,有耐心。"

"挂客厅吧。"

田雨急切地想说服他。她不想让雷力的合伙人、朋友看出他把一幅赝品挂客厅当宝贝,被人笑话。可惜,田雨又失败了。雷力的理由很简单:"梅花和狼看起来都在雪中,差别远了去了!花啊草的,只有你们女人喜欢,上不了台面。"

田雨不同意雷力的观点。花怎么上不了台面?凡·高的杏花、莫奈的睡莲,全世界人都喜欢。田雨毕业旅行去北京,在国家博物馆看到周恩来总理的一幅肖像画,总理身后就是雪中梅花。

看田雨欲言又止的模样,雷力摆摆手说:"我知道美术是你的专业。我在北京看过很多画展,比你在师范课堂上学的那点理论靠谱。"

田雨气结,"那我把这幅画送给我爸妈,我爸妈喜欢梅花。"

"你家房子小,挂不了这么大的画,这画只能在别墅挂。"雷力轻描淡写地说,"你说的北京女画家,回头你把我微信推给她。"

"艺术家不太喜欢和陌生人打交道。"

"我家有她的画,我怎么会是陌生人?"雷力生气地反问。不等田雨回答,他绕过田雨出门,"画你找个地方挂,还是别,免得

四、别墅

你把画弄坏了,回头我找朋友帮忙,先放那里吧。"

画像一面镜子,让田雨看出雷力的盲目自负。隔行如隔山,雷力分辨不出画的赝品和原作,属于正常,所有人都有认知盲区。田雨觉得不可思议的是,雷力在她面前表现得无所不知。

画被雷力挂进卧室。田雨早知他要挂卧室,就请画家画玫瑰、百合等浪漫一些的花了。

"梅花在雪中好啊,暗香浮动、冰清玉洁。挂卧室合适。"

看雷力满脸赞赏,田雨不由奇怪,他原本是不喜欢这幅画的,怎么又喜欢了呢?

雷力解释说:"画和画家是密不可分的,如果这画是一个男画家画的,那就显得俗气;女画家嘛,终究还是可爱些。"

田雨不懂雷力的逻辑,她认为画的品质和画家的性别关系不大。

"也不完全取决于性别。"雷力详述自己观点,"同样是女画家,人漂亮些、清秀些,肯定要比相貌丑陋的女画家讨喜。欣赏这个人,也就容易喜欢她的画。爱屋及乌,人都有的心理。"

"爱屋及乌,也可以反过来解释。"田雨说,"如果画足够好,即使画家不够美,也会因她的画受欢迎。"

"那不一样,受欢迎很可能出于理性,喜欢才是感情。人还是最重要,画毕竟是人产出的。"

"人和画其实是一体的。画是画家文化修养、思想情绪的载体。"

"别给我讲你那些从书本上学来的理论。我喜欢这幅画,不也是你想要的吗?你希望我讨厌它?"

田雨有点蒙,是啊,雷力喜欢这幅画,是她想要的结果。

"所以说,你看起来聪明,其实很糊涂,根本不知道自己想要什么。"雷力下结论。

雷力说田雨是他带回别墅的第一个女孩。田雨相信，因为别墅里没有其他女性居住过的痕迹。"我要娶的，可以不漂亮、不聪明，不能不干净。"

田雨是洁净的，这是她的底气。看梅花伫立在雪中，有股凉意缭绕在田雨心底。也许这就是她的宿命，洁净冰冷。

雷力当然知道田雨的纯洁。他和田雨第一次亲热，是在旅游景点的民宿里。田雨订了个家庭间，两室一厅，有自助厨房，每间卧室都有门锁。

雷力带了涮火锅的食材，还有香槟。傍晚，窗外飘起雪花，两人围着火锅，边吃边聊，喝到微醺。围炉品酒观雪，在这么诗意的环境里，雷力很自然地拥吻田雨。耳鬓厮磨间，他激情高涨，把田雨带进大卧室。

田雨被他的热情感染，半推半就，最后关头她清醒过来，推开雷力。

雷力悻悻然。情绪平复后，雷力在她耳边说："等回到我的别墅，我再要你，我愿意等。"

他们在景区的民宿住了两夜，情感升温，肢体缠绵，田雨始终守住底线。

从景区回武汉不久，雷力带田雨到他的别墅。在别墅里，雷力大胆恣意，因为田雨的坚持，他们的关系没有更进一步发展。

"你究竟怕什么？"雷力不止一次问田雨。

"不是怕，是原则，有些原则不能突破。"

"我尊重你的原则，但我不喜欢。"

"对不起。"田雨面红耳赤地道歉。

"我早就习惯你对不起我了。"雷力说，"五十步笑百步罢了。

四、别墅

你是我未婚妻,经常来我别墅,就算你离开我,谁会相信你还是处女?"

"是就是,不是就不是。"

"傻姑娘,现在补个处女膜多方便。就算你是真的,人家认准你是补的,你能怎样?这事儿又不能去公证。"

田雨急得红了眼圈,她不相信真能成假。

"北京潘家园古玩市场,明令禁止商家卖假货,一旦发现会重罚。玉器、水晶、朱砂等都是真的,但买家还是会安慰自己说:'价格不贵,又不当传家宝,没必要太较真儿',内心还是不相信买的是真品。"

"你信吗?"田雨认真地问。

"信什么?潘家园还是你?"

"我。"

"不相信就不会把你带回别墅。这是我的家,我不会随便带女人回来。"

"谢谢!"

"不用谢我。要感谢你自己把最宝贵的留到现在。你的自律值得,以后你会明白。"

难以言传的珍贵,被雷力轻易说出来,田雨有种失落感。她守身如玉,他倍加珍惜,这是甜蜜的秘密,却因为雷力的理性,变得像交易。

雷力说得没错,现在以假乱真,真真假假,让人难以分辨。雷力相信她,或者说他选择相信她,让田雨欣慰,甚至心存感激。

田雨在一次同学聚会中,听同学们讨论过这个问题。男同学认为,交朋友的话是不是处女无所谓,娶妻当然希望是处女。也不绝对,一个人的魅力是综合的,相貌、能力、人品、性格,还要三观契合……

不管怎样,田雨坚持认为,不结婚就不能把自己给出去。雷力也了解田雨的想法,并不勉强她。这也是田雨敢于出入别墅,和雷力私密相处的原因。

田雨从没想过雷力说的另一面,她是雷力的未婚妻,频繁和雷力在一起,他们做什么不做什么,只有她和雷力知道。万一她和雷力分手,新恋人知道了她和雷力这一段,怎么推测都有道理,她很难证明自己的清白。真的清白吗?还是如雷力所言五十步笑百步罢了?

田雨的患得患失,在小月看来是自私。你享受男欢女爱,又想给自己留条退路。世上哪有两全法?如果一个男人足够爱你,不会在乎你的过去。

"完全不在乎不可能。"田雨判断说。

"那就让他克服。谁是完美的呢?即使这儿没有缺点,别处也有。如果一个男人太在乎某一方面,那就说明他偏执,给不了女人幸福。"小月相信自己的观点,"人家如果爱你,爱的是你这个人,过去的都过去了,谁还愿意提?"

小月的开导并不能消除田雨的顾虑。她还不能肯定自己会嫁给雷力,所以目前不能把自己交出去。

"身体是最诚实的。你和他亲密,说明你不排斥和他在一起。他愿意娶你。你们之间没有障碍,结婚只是时间问题。"小月说。

"万一有变故呢?"

"有变故也没办法,发生的已经发生了。"小月有些生气,"你怎么这么纠结?"

"也许我不该纠结,我和雷力就是奔着结婚来的。"

"对呀,他愿意对你负责任,你不用担心。"

四、别墅

"我想要的不是他对我负责,我希望他更爱我一些。"

"怎么才算更爱呢?肯对你负责,就是最大的爱吧。"

田雨承认小月说的有道理。雷力是未婚青年,貌佳多金,不是婚恋老大难,愿意相信她的纯洁,承诺对她负责,她还疑虑什么?

在梦中,田雨还是忧心忡忡。雷力的别墅像一个装饰华丽的洞,她被吸进去,找不到出口。

五、自卑

雷力经常顺口说谁又给他介绍了对象，女孩是海归，家里有工厂，海外也有资产；某位高官的独生女，对他有意思，辗转托朋友认识；业务往来的某市女首富，非要请他吃饭……

这样的时刻，田雨沉默。她能说什么？田雨出身书香门第，爷爷奶奶、爸爸妈妈，都是退休教师。按说这样的家境，还是很好的。可是跟企业家、高官、首富比起来，显然不够有冲击力。

为什么要跟别人比？田雨不习惯攀比，每个人都有自己的环境条件和个人喜好，她喜欢自己家里的氛围，淡淡的书香和知足常乐的温馨。

有时候，雷力会主动给田雨打电话，告诉田雨有女孩请他吃饭。田雨心里像有飞刀掠过，猝不及防地疼痛。她忍住痛，仿佛什么都没发生。这样的事情也不好对小月说，说出来好像是田雨心胸狭窄。

次数多了，田雨半开玩笑地问雷力："你是不是希望我吃醋？"

"你怎么会那么想？"雷力惊讶地反问，"我不想瞒着你和别的异性交往。你不喜欢我的坦荡吗？"

"我相信你。你工作应酬多，不用都跟我说。"

"你是我未婚妻，我对你没秘密，我希望你也能做到。"

真的只是坦荡吗？直觉告诉田雨不是这样的。雷力似乎热衷于在田雨面前谈论别的异性：海归见过世面就是不一样，又潮又飒，家里有钱，那叫活得潇洒！官二代也不简单，外表看起来朴素低调，人家没必要包装自己，实力撑起的底气，不是谁都有的魅力！女首富虽然年纪大点儿，人家有钱啊，成功者的从容无惧，气场普通人比不了！

雷力的羡慕之情溢于言表。虽然他没直接批评田雨寒酸，但田雨能接收到他发出的信号。田雨自卑地说："你和她们挺配的。我太平凡。"

"人跟人不能比。"雷力感慨，"条条大路通罗马，有的人出生就在罗马。"

"武汉不是罗马。"分手的话在田雨唇边徘徊，她犹豫着说还是不说。

"你怎么了？脸憋得通红。"雷力笑问，"是不是想去厕所？"

田雨感觉到被羞辱，但她不知该怎么表达愤怒，她拿不定主意该不该表达内心的想法。此时，他们在饭店包间就餐。两个人其实坐大厅就行，但每次雷力都坚持要包间，说包间聊天方便。

"我饱了，有点累，想回去。"田雨说。

"菜还没上完呢！幸好你是小学老师，不见什么场面上的人。和有身份的人一起吃饭，是有很多讲究的，不能这么简单粗暴。"

"对不起！"田雨只想快些逃离，包间的氛围让她觉得窒息。

"别着急，我还没吃好呢。你这么急匆匆离开，被人看见，还以为我怎么你了呢。"雷力声音不高，但语气不容置疑。

田雨吃惊于雷力的敏感，他竟然察觉到她想逃。想到自己的所有想法都暴露在雷力面前，田雨不由悚然。

"你是不是怕了？担心我接受她们？这你倒不用担心。我既然选择了你，就会对你负责到底。"

"怎么负责？"田雨的声音低得像耳语。她讨厌这样的自己，畏畏缩缩，为什么不能坦然大气地与他对话呢？

"只要你不离开我，我就不会不管你。"

田雨注意到，他说的是管，不是爱。她有工作，有父母家人，怎么在他面前成了需要被救助的弱者？

"我们还是分开吧。"田雨鼓足勇气，语速很快地说，"我不配你。"

"你现在说分手是不是太晚了？大家都知道你是我未婚妻。"

"对不起！"

"知道错就好。"他大度地摆摆手，招呼服务员埋单。

田雨发现，不管她和雷力谈论什么话题，最后都以她道歉收场。她也不明白自己为什么道歉，好像话说到那儿，她就是该道歉，不道歉不正常似的。

雷力后来催促田雨，让北京女画家加他微信。田雨觉得冒昧，明知故问地敷衍他："我把你微信推给她了，她没加你吗？"

这似乎伤了雷力的面子，他很不高兴，"这点小事儿都办不好，能指望你做什么？"

田雨鼓起勇气反驳，"你要有什么事儿，我找袁教授转达给她。"

"找袁教授干什么？你不是有画家微信吗？"

"我有她微信，可我跟她不熟，不好意思。"

"她买袁教授的面儿，你有事就说，没什么不好意思的。幸亏你在学校，把你放社会上我都不敢想。"

"在学校当老师也是职业，不是谁都可以做的。"田雨不服气。

"是，你有师范学校的毕业证，还有你考的那些证。获得那些证件只能说明你有考试能力，不代表你能胜任教育别人孩子的工作。现在是什么社会？社会很现实！你教出一群书呆子，将来到社会上，我都替那些学生家长捏把汗。"

五、自卑

雷力的话让田雨气愤。

雷力看出田雨生气了,"你就是不接受现实。假装自己生活在理想社会,乌托邦。你愿意自欺欺人,那是你的选择。你要明白,你没有带偏人家孩子的权利。"

"我不会害我的学生。没有哪位老师,会害自己的学生!"

"主观上是这样的。"田雨的恼怒,并不影响雷力,他一如既往地淡定,"我相信你是为你的学生好。可你问问自己,有没有相称的能力。有行善的愿望,不一定有做善事的能力,两码事儿!"

田雨意识到这样争论下去,她只会更生气。她不想火上浇油地折磨自己。及时止怒,是一种爱惜自己也有益于他人的能力。田雨把话题拉回来,"你找那个女画家,想买她的画?"

"倒也不急。"雷力不正面回答田雨,"你要不乐意,就算了。你的关系,你怕什么!心眼那么小!你把我微信推给她,她不加,咱丢了面儿,这面儿得想办法找回来。"

"我没把你微信推给她。"田雨脱口而出。

"可你告诉我,你推给她了。"

"对不起!"田雨痛心疾首地道歉。

在班里看见孩子们,田雨没了过去的从容。纯真的天使般的孩子们,用清澈的眼神,充满信任地仰望她。田雨目光躲闪,她怀疑自己:真有能力引领他们吗?

以前下课后,田雨喜欢在教室逗留一会儿,陪同学们聊会儿天,或者什么都不说,只是静静地和学生待在一起,她都觉得很惬意。现在不同了,田雨讲课时总忍不住看教室后面的挂钟,希望时间过得快一些。下课时间一到,她像得到释放的囚犯,迫不及待地逃离教室。

夜里,她梦到自己被学生和家长重重包围,指责声将她淹没……挣扎着从梦中醒来,田雨大汗淋漓。

好不容易熬到天亮,田雨约小月一起吃早饭。"你觉得我能当老师吗?"田雨一见小月就问。

"你在开玩笑吗?"小月笑嘻嘻地说,"你家人都是老师,根正苗红的教师世家好吗?"

小月吃得津津有味,田雨完全没胃口。"我是认真的。你了解我,你觉得我适合当老师吗?"

"我也是认真的,没有谁比你更适合当老师。"

"为什么?"

"这还用问吗?你出自教师世家,本人又是师范大学毕业,性格单纯、喜欢孩子、热爱教育事业,还要我说下去吗?"

田雨把自己最近不想看见学生,一进教室就如坐针毡的状况告诉小月。小月听后觉得不可思议,"你又不是第一天当老师,怎么会有这样的表现?"

"我觉得自己不够好。"

"多好才够好?"小月反问田雨。

"我不知道,总之我不好。"

田雨神情憔悴,眼神空洞。小月意识到问题的严重性。"那你说说,你怎么不好?"

"我自出生就待在武汉,没见过什么世面。"

"武汉也是大城市,不是什么穷乡僻壤。就算在偏远山区,如今信息时代,网络这么发达,谁还比谁见识少?再说,你小时候不就跟爸妈出国旅游过吗?大学期间以及工作后,每年暑假都出去游览祖国大好河山,怎么没见过世面?"

"那是旅游,走马观花。"

"还有哪些不好?"

五、自卑

"你知道我不喜欢浮夸。我以前还觉得自己素雅,现在只觉得寡淡肤浅。"

"这又从何说起?"

"我现在才明白,素雅也是要有底气的,比如人家官二代。我这样的,朴素简洁只能显单薄。"

"那你想怎样?雍容华贵地扮起来?"小月笑着逗田雨。

"我就算想浮夸,也只是俗艳,算不上雍容华贵。"

"这么说雍容华贵这个词,被人注册为专利了?"

田雨知道小月在跟她开玩笑,想把她逗乐。可是田雨乐不起来,她不想跟小月开玩笑。田雨认为这样的自己,没资格与人没心没肺地调侃、穷开心。

"我不是富姐,怎么都华贵不起来。"田雨认真地说。

"好吧。咱是普通人家的普通孩子,上的一般大学,做的寻常工作。别人是大家闺秀,咱当小家碧玉总可以吧?"小月看出端倪,"是不是雷力说你什么了?"

田雨犹豫了一下,决定不把雷力的话和盘托出。他的话再怎么过分,也是恋人间生气时说的,不好转述给他人。"也可能他太优秀了,让我有些自卑。"

"月朗星稀。没有比较就没有伤害。人家毕竟是清北毕业的。有些事实咱得接受,不跟他比。太要强,容易受伤。"

田雨和小月吃完早饭匆匆分离,奔向各自的课堂。田雨上课时有些分神,她在回味小月的话。难道是自己太要强、心理失衡,导致心神不定?

雷力在她面前讲那些女性,也许只是随口一说,或者是吹吹牛给他自己长长面儿,未必是认真的。她却放在心里,像孕育珍珠的蚌裹着沙,激发层层痛楚。蚌痛苦的尽头是珍珠,她呢?她的痛苦说出去只会被认为小心眼。

如果雷力真动了什么心思,应该想方设法瞒住她才正常吧。如此大张旗鼓地宣扬,顶多是想让她吃点醋,紧张他,多爱他几分。这么推理,好像也成立。

不管怎么替雷力开脱,田雨心里就是不舒服。她喜欢简单明了,也许雷力的世界,不像她想的那样只有爱与不爱。他的理智远比情感强大,在被利益裹挟的人际交往中,他的情感或许只是关键时刻的推波助澜。

可是,这么一个理性现实的男人,又能有多少爱给你呢?田雨有些灰心。

六、道歉

田雨一直困惑的是：雷力为什么选择她？既然有那么多可以选择的对象，个个都不一般，在他眼里田雨最平凡。雷力心气儿那么高，自命不凡，择偶怎么肯将就？

这天在公园登磨山，田雨想要答案。不等她开口，雷力告诉她一件事。有个熟人的孩子，明年高考，托雷力的爸爸，想请雷力帮忙辅导。

田雨善意地说："既然找到爸爸了，那就不好推辞。只要你能抽出时间，能帮就帮吧。"

雷力貌似不耐烦，"我爸也是多管闲事，那人和我爸也不熟，朋友的朋友"。

雷力似乎不想帮忙。田雨不愿意勉强他。"如果你没时间，或者我帮忙找个老师辅导她。"

"那倒不用。我确实没时间，只是那孩子很可怜，能帮就帮吧，我尽量。"

雷力乐于助人让田雨觉得欣慰。她好奇地问："那孩子为什么可怜？"

"青春期的女孩，父母不理解，老师只抓学习，同学是竞争关系，一个人挤高考独木桥，没人懂，多可怜！"

田雨怔住了，原来是个女孩。

两人都不再说话,快步向前走。登顶后,他们坐在长椅上休息,眼前一棵玉兰花开正好,阵阵花香随风飘散。

"再等等,武大的樱花也开了。"田雨感慨。爱画画的她喜欢大自然,欣赏面前的早春美景。可雷力似乎还在想着那个青春期女孩。"给她辅导了两节课,发现这孩子的学习热情不高。"

田雨不由看雷力,原来他已经辅导了。

雷力沉浸在自己的世界,"年轻就是好。有个导演说男人各有不同,但男人有一个共同点,那就是都喜欢十八岁的女孩。"

田雨暗中叹气,又来了。但她不想再沉默,豁出去似的追问:"年轻怎么好?"

"这怎么好细说?"雷力其实还是想细说,"青春花季,身体各项机能都处于最佳,皮肤不用化妆品就很鲜嫩。情窦初开,那眼神、微笑,像清晨带露珠的微微绽放的玫瑰。"

"描述得真好!"田雨赞叹道。她暗下决心,无论他今天说什么,她都不让自己吃醋,不伤害自己。

雷力神游于某种妙不可言的境界。田雨起身离开,向山下走去。

等雷力追上来,田雨已下到半山腰。

"你心眼怎么那么小!一个孩子的醋也吃!"雷力责怪她。

"你也知道人家是个孩子!不是什么微微绽放的玫瑰。"田雨反唇相讥。

"青春就是好,我说的是事实。"

"我没说青春不好。"这次,田雨不想再默默忍受。

"你还是吃醋了。"

"这不是你想要的吗?你在我面前那么喜欢说别的女性,不就是想让我吃醋吗?"

六、道歉

"不要以小人之心度君子之腹。"

雷力竟然说出这样的话,田雨冷笑,真是大言不惭。

"您是君子,我是小人。我们不是一路人。还是分开吧。"眼前正好是岔路口,田雨选择崎岖小路,向树林深处走去。

雷力追上来。"你什么意思?我给人家辅导两节课,你就要闹分手。你好歹也是老师——"

田雨打断他,"我是老师。所以我知道没有哪个男老师,会说他的女学生身体各项机能都处于最佳"。

"我说的是事实。"

"你真好意思!"

"我不会不好意思,因为我没做什么。"

"你想做什么?"田雨转身直视着他问。

"你说呢?"他的眼神也咄咄逼人。

"不可理喻!"

"不可理喻的是你!"他在她身后吼,"多疑猥琐,满脑子肮脏想法。"

"我怎么肮脏了?"田雨反复提醒自己不要动怒,但还是怒不可遏。

"你如果没有肮脏想法,怎么会去吃一个孩子的醋?田雨我没想到你是这样的人。我原以为你是一个老师,应该心胸宽广、平和善良。田雨你是不是糊涂了,夜里没睡好吗?还是经前紧张症?"

"我没糊涂。这事儿和我睡没睡好,是不是经前紧张症无关。"

"你就是糊涂了。君子坦荡荡,所以我在你面前讲。男人要真想做见不得人的事儿,不会事前宣扬。这么简单的道理,你不明白。知道你们女人为什么容易被骗吗?就是耳根子软,喜欢听好听的,骗子才会花言巧语哄你们开心。"雷力说着从田雨身边擦过,撇下她自己走了。

田雨怔了怔，原本清晰的思路变得混沌。难道是我错了？她怀疑自己。小月说我们普通人可以做小家碧玉，我不是碧玉，是小家子气？

下了山不见雷力，田雨以为他走了，又担心他万一在哪里等她。田雨绕了一圈，到停车场看。雷力坐在车里看手机。田雨犹豫要不要上车。既然雷力在等，她赌气自己走，不也是小家子气？

田雨打开后面的车门，坐进车里。雷力放下手机，发动车子，驶离停车场。两人都不说话，气氛压抑。

路口遇到红灯，雷力不耐烦地埋怨："大周末出来玩，应该开开心心的！"

对不起三个字溜到田雨唇边，她忍住不说出来。

"我不懂你们女人的逻辑，也可能是你一个人的逻辑有问题。"雷力自顾自地说，"听不得真话，玻璃心，还是山寨玻璃，吹口气就碎。"

绿灯亮，雷力专注开车。几分钟后又遇到红灯，雷力叹气，"不愿意面对现实，就想活在虚拟的理想世界"。

"我活得很现实。"

"你那不是现实。现实是爱美之心人皆有之。哪个男人不喜欢美女？如果男人都清心寡欲，你们女人不寂寞吗？我的学生是妙龄少女，如果一个十七岁的少女和一位七十岁的奶奶，在我眼里没区别，你觉得正常吗？奶奶们值得尊敬。少女就是要欣赏的呀，就像欣赏一朵花，只要我不把这朵花摘下来据为己有，不就得了？你动怒有道理吗？除非你嫉妒。"

田雨想起雷力讲女海归、官二代、女首富时，她也痛苦。难道都是因为嫉妒？

六、道歉

"妒忌心人人都有，但要适度。据说《圣经》把嫉妒列为一宗罪。一棵草望着一棵草，恨不得野火漫烧。多可怕！"雷力说着从后视镜里看田雨，田雨移开目光，不和他对视。

雷力继续说："想不妒忌，也有办法。你让自己成为人上人，站在金字塔尖上，还有谁值得你妒忌？我说哪个女人，你都不以为然了吧？我也盼你早点抵达人生巅峰，到时候我就言论自由了。否则，开口前我要先在脑子里过一遍，检查哪个人能说，哪件事不能讲。两个人过日子，日子长着呢，多累呀！像今天，天气这么好，鸟语花香的，我们不应该享受这大好时光吗？本来要去昆明出差，为了陪你过周末，我把出差推迟。我还给你爸妈买了礼物，你回家时带给他们。"

他用心良苦，自己却放任不良情绪毁掉一个美好周末。田雨对着雷力的背说："对不起！"

七、支配

樱花盛开时，田雨在武汉大学的樱园遇到雷力。雷力不是一个人，他陪着小鱼儿，那个十七岁的少女。那一刻，田雨如被雷击，入定般立在原地。雷力当时在为小鱼儿拍照，没发现田雨。

田雨离开武大校园，独自沿着东湖漫无目的地走，大脑一片空白。直到夜色降临，雷力也没联系她。校长给田雨打来电话，让她去学校一趟。

田雨纳闷儿，这么晚了，又是周末，学校会有什么事情找她？到学校她才知道，三（2）班班主任刘丽被停职，学校让田雨接替刘丽当班主任。

"我没有当班主任的经验。"田雨茫然地说。

"你不用谦让。这事儿是学校的决定。"

"刘老师怎么了？"

"向学生家长推销化妆品，被人举报了。"校长冷淡地说，"别管那些乱七八糟的事了，你尽快接手她的工作！"

田雨本能地想和雷力商量，但想到雷力陪小鱼儿赏樱花，田雨心里又堵得慌。正当田雨犹豫要不要联系雷力时，雷力发来微信，让田雨去别墅，说等她一起吃消夜。

田雨到别墅时，雷力已坐在餐桌前等她。阿姨煲了排骨莲藕

七、支配

汤,还炒了几样下酒小菜。

"陪我喝两杯。"雷力看起来心情很好,"从哪儿来的?家还是学校?"

"学校。"

雷力点头,给他自己斟酒,把酒瓶递给田雨示意她自己倒。"来吧,碰个杯!"

"为什么?"田雨看着他问。

"为你当班主任啊!"

"你是怎么知道的?"

"你的事情,我不知道才奇怪吧。"雷力似笑非笑地说。

"这件事情和你有关?"

"你的事情都和我有关。"

田雨心生疑惑:就算他想让她当班主任,他又是怎么知道刘丽推销化妆品被人举报的?

"想什么呢?"

"你怎么知道刘丽推销化妆品被举报?"

"你在那个学校,我总得和你们领导搞好关系吧。你傻乎乎的,什么好事儿都不会降临你头上。还好有我罩着你,不让你吃亏。"

"可我不想当班主任。"

雷力放下筷子,有些生气地望着田雨,"是不是因为来得太容易,你不珍惜?"

"不是。我真不想当班主任。"

"不想干你早说啊!"

"你也没问我。"

"那我现在问问你,当班主任有什么不好?"

"没什么不好,也没什么好。"

"田雨,你什么时候也开始躺平、摆烂了?当班主任有班主任补贴，家长也买账。现在的家长藏龙卧虎，你不多接触怎么知道那些人什么来路？"

"我没必要知道他们什么来路。"

"人脉你懂吗？人脉资源有多珍贵！"

田雨不想跟他讨论人脉。她脑子里满满的都是小鱼儿。"小鱼儿的父母是做什么的？"

田雨突然这么一问，雷力愣了愣，"你问这个做什么？"

"就是随便问问。"田雨拿起酒杯，自顾自地喝起来。

"我也不清楚她的家庭情况。"

两个人都不说话，默默地喝酒。田雨注意到雷力吃得很少，可能他在外面陪小鱼儿吃过了。想到这里，田雨问雷力："今天周末，你没去辅导小鱼儿吗？"

"忙。"雷力模棱两可地说。

"现在孩子营养好，长得高，小鱼儿有一米七吗？"

"不知道，没量过。"雷力态度冷淡。

谈话难以继续。田雨不想再待下去，"已经很晚了，我得走了。"

"今晚就不走了吧。"雷力说话的时候并不看她。

田雨定定地看着眼前的这个男人，白天陪小鱼儿赏樱花，夜晚留她，他倒过得滋润！

"有空请小鱼儿过来玩。"田雨说着起身。雷力一把拉住她，"你说清楚，你话里是什么意思？"

"就是字面意思。"

"田雨，你过分了啊！一个十七岁的小姑娘，还没成年，你以为我疯了吗？我再怎么着也不会动她！动她犯法你知不知道！"

这么说，他真的动过那念头。只是因为小鱼儿未成年，他不想违法。"那就陪她四处走走，赏赏花，观观景，不犯法吧？"田雨也似笑非笑地看着他。

"你跟踪我!"

"我没跟踪你。"田雨语气平静。

"你照照镜子看看你自己。"雷力拖着田雨向镜子走去,"还没结婚就疑神疑鬼,以后日子怎么过!"

他们都看镜子,镜中的他们神情扭曲。"是,我承认。我喜欢待在小鱼儿身边,她单纯,有新鲜活力,在她身边我都觉得自己复活了!"

"我们分手吧。你爱喜欢谁喜欢谁。"

"我也想喜欢你,我一直在努力,你看不见吗?我苦心积虑地接近你领导,给你父母买礼物。我把女主人的位置留给你。人得知道满足,不能贪得无厌!"雷力甩开田雨的胳膊。

田雨抚摸着被雷力弄痛的胳膊,"我感谢你的付出,我们不合适。"

"你怎么感谢?"雷力咄咄逼人地看着她,从他狼一样的目光里,田雨感觉到危险。她不回答他,匆匆离开。

跑到马路上,田雨才发现自己走得急,把包忘在别墅里,手机在包里,她没法打车,但她不想回去取。田雨跟跟跄跄地走在路边,不禁悲从中来。那个男人真的爱她吗?如果不爱她,又为什么不愿意分手?

田雨到家时,已接近午夜。爸爸妈妈在客厅等她。"你终于回来了!"妈妈着急地说。

"你们怎么还没睡?"田雨知道父母作息规律,每晚十点睡觉。

"你学校打来电话,说联系不到你。"

"深更半夜的,学校找我什么事儿?"

"也没说什么事儿。只是说让你回家后,给林校长说一声。我打你手机你不接,急得我和你爸差点报警。"

"手机不在我身边,我忘学校了。"

"那你赶紧给林校长打个电话。"爸爸把他的手机递给田雨。田雨不记得林校长的手机号。只好敷衍爸爸,"今天太晚了,明天吧。"

"这孩子!林校长万一在等呢。"

"我一个美术老师,林校长不会有什么急事找我。傍晚我已经见过她了。"

田雨明白,一定是雷力假借同事,给她爸爸打电话。田雨不懂雷力的逻辑。如果真担心她,可以开车送她回家,她在路上走那么久,雷力开车肯定能追上。如果不关心她,又何必给她爸爸打电话?

夜里,田雨睡得很不安稳。第二天清晨醒来,头昏脑胀,眼睛干涩。她找手机看时间,才意识到手机还在雷力的别墅里。

雷力早就把别墅大门的密码给了田雨,但田雨不想自己开门,这里毕竟不是她的家。田雨按门铃,阿姨开门看见田雨惊讶地说:"雷总已经出去了。"

"我知道,我来拿我的包。"

昨晚田雨心情不好,把包随手丢在椅子上。包不在昨晚的位置,雷力把它放在柜子里的置物架上。这个细节让田雨的难过有所减弱。他细心存放她的东西,说明珍视她。但如果真的珍惜她,就不该牵三扯四与别的女孩说不清。

田雨取出包,看手机。手机里有几十个未接电话,都是昨夜爸爸妈妈打来的,并没有同事的未接电话或语音、文字留言。看来她的推测是对的,雷力就是假借同事之名给田雨爸妈打电话,他还是关心她是不是安全到家了。

七、支配

也许他就是高智商、低情商，不懂该怎么爱她，并没有什么不好的心思。田雨安慰自己。

田雨刚到学校，就被喊到校长办公室。林校长似乎不太高兴，"让你当班主任，不高兴闹情绪。如果你实在不愿意，学校不勉强，也勉强不得。班主任管几十个孩子，还要跟几十对家长打交道，没有饱满的工作热情，胜任不了。姜老师、王老师，还有李老师都有当班主任的意愿。学校是看你性格好，初选定了你。几十个学生不能一天没有班主任，你表个态"。

田雨昨晚闹情绪，除了雷力，没有其他人知道。怎么就传到林校长耳中？显然，是雷力给了林校长信息。田雨头皮发麻，自己的喜怒哀乐都暴露在领导面前，没了自己的私人空间，以后的日子就难过了！

况且，田雨昨晚情绪不好，也不全是当班主任的事情，她烦恼的是雷力带小鱼儿赏樱花。

"我昨晚情绪不好，是因为其他事情。"田雨试着解释，"学校让我当班主任，我很感激！感恩您和学校对我的信任！"

"那就好好工作，尽快进入状态。"

"好的，谢谢您！"

一切都来得太突然，田雨的内心止不住地慌乱。雷力发来微信："先找班长和班委会成员谈话，他们会协助你管理班级。尽快和家委会成员见面，摸清家长们的情况。利用好班干部和家长代表，事半功倍。"

田雨不赞成他说的利用。但雷力的指点，还是给了她方向。

"打起精神好好干，忙完到武商梦时代等我。"雷力语音留言说。

田雨在武商梦时代逛了近一个小时,雷力才到。雷力要带田雨吃泰餐。

"我在学校吃过晚饭了。"田雨说。

"不是说好你放学后到武商等我吗?"

"你没说吃饭。"

"别争论了,吃吧。"

本来不觉得饿的田雨,品尝了甜点和菠萝饭反而有了胃口。她刚夹起一块椰奶小方,雷力擦擦嘴角说:"好了,时间不多了。"

田雨放下椰奶小方,拿起包跟在雷力身后问:"我们去哪里?"

"给你买衣服啊!"

"我有。"

"衣服谁没有?你那些衣服平常穿穿也就算了,上不了台面。"

田雨被动地跟雷力走进一家品牌专卖店。雷力挑出几套衣服让她试。田雨不乐意,"我喜欢穿休闲装。这几套衣服太正式了。"

"就是要正式一些。"

"我觉得别扭。"

"你觉得不重要,校长、学生和家长觉得才重要。"

穿上雷力选的衣服,田雨感觉衣服不是为她服务,而是她配合衣服存在。不容她拒绝,雷力刷卡买单。买完衣服,又选购了鞋子和包。雷力的消费观,正应了那句"不为最好,只为最贵"。

"没必要这么花钱。"田雨心疼地说。

"现在人多精!别想蒙他们!"

"我没想蒙谁。"

"你们女人,总想着省钱买A货,也就是自欺,欺不了人。"

"我没有A货。"

"我知道,你的是杂牌货。"

雷力为田雨买了三双鞋子、两个包。田雨想刷卡,被雷力阻止,"不刷你的卡,免得你明天跑来退货。"

田雨面红耳赤。

雷力看表,"今天做头发还来得及。快!"

"我头发好好的,不用剪。"

"可以不剪,但要打理。我网上约了造型师,让他为你设计个发型。"

田雨第一次光临这么高档的理发店。雷力纠正她,"这不是理发店,是艺术发廊。"

田雨环顾四周,还真是艺术,大屏幕里滚动着世界各地的摩登造型。

雷力为田雨约的是首席美发师。洗、剪、染、烫、折腾了三个多小时,田雨仿佛改头换面。

离开武商梦时代,坐进雷力车里,田雨忐忑地自言自语:"这样好吗?"她心里没底。

"怎么不好?专业的事情交给专业人士去做。吉姆在欧洲留过学,一般人还约不到他。"

田雨不想回家,她担心父母突然见她换了模样,受惊吓。可她也不想跟雷力去他的别墅,雷力今晚为她花了那么多钱,她跟他回家,好像是交易。

"阿姨家里有事儿,今天不在。早晨洗的衣服还在烘干机里,你帮我熨熨。"雷力帮她做了决定。他总能看穿田雨的心思,"放心,我不会强迫你做你不想做的事儿。"

田雨人坐在车里,心却要逃离,纠结拧巴。快到别墅时,田雨不由自主地说:"还是送我回家吧。"

"怕我?"

51

"没有。我把一份资料忘家里了,明天一早要用。"

"你不擅长撒谎,看你的表情。"雷力示意田雨看后视镜,"怕什么?我又不是老虎。女人才是老虎。给小鱼儿辅导,她不看书本,眼巴巴地望着我。渴望也不行,我帮不了她,她还未成年!"

车开进院里,雷力在车库泊好车,摇控关上车库卷闸门,却不急于下车。"怎么样?咱先在车里预热——"

田雨想下车,车门锁了,她打不开。"我要去厕所。"她急中生智说。

雷力不高兴地打开车门。田雨急忙下车。

"扫兴!不解风情!"雷力对着田雨的背影发牢骚。

卷闸门已锁,田雨只好从后面出去,要穿过别墅大厅。"你跑什么?我想找个女人陪太简单了!我有正事跟你说。"

田雨停下脚步回头,目光恰巧和那幅赝品画中的狼相遇,心头不由一颤。"什么事儿?"

"在外面跑一天,我得马上去洗澡。你帮我把烘干机里的衣服熨熨。"

田雨熨衣服时,雷力裹着浴袍出来。"你还真有贤妻的模样。"他从后面拥住她。田雨扭动身体挣扎。"别动。"他用力箍住她。"看你平常一本正经的样子,我就想让你凌乱。正经人凌乱起来更性感。"

"说什么呢!"田雨用力甩开他。

"跟你开玩笑,你还急了。"

"你要没事儿,我走了。"

"有事儿啊,正事儿、邪事儿都有。"

"说正事儿。"田雨转身面对雷力,手里握着电熨斗。

七、支配

"小鱼儿好像迷上我了,那小眼神,我都不忍直视。我想帮她。你是老师,你说该怎么帮?"

"我怎么知道!"田雨没好气地说,"她为什么迷上你?还不是你撩的!"

"这你可冤枉我了!一个小姑娘,生涩未成年,我撩她干吗?没那闲工夫!"

"你想怎么帮她?"田雨试探地问。

"我不懂你们女人的心思,所以才问你。"

"我也不知道。"田雨推脱说。她不知道雷力究竟怎么想的。如果他真想掐断小鱼儿对他的念想,不再为她辅导功课,不见面断了联系不就完了?

"我有一个办法,但我一个人完不成。"雷力打量着田雨,似乎在判断田雨会不会拒绝他。

"说说看。"

"你先把熨斗放下,别把人烫伤。"

"我衣服还没熨完。"田雨不愿意放下熨斗,仿佛拿着它心里就踏实些。

"好,你愿意拿就拿着吧。"雷力嘲笑地说,"就算我真要和你亲热,你还真用它烫我?你不会!我比你了解你!"

"你想用什么办法帮她?"田雨拉回正题。

"你和我结婚。我有老婆了,她再喜欢也没用,只能断了念想。"

"你这是在向我求婚吗?"田雨惊诧地问。

"算是吧。"

"你不觉得——"

雷力截断田雨的话,"我当然知道求婚要有仪式感,要浪漫!我也想啊!今天晚上本来要在单位加班,我请假带你去武商,买了那么多礼物给你。我把阿姨打发回家,想营造一个只有你我的二人世界,可你——算了,我不想埋怨你。我们都是成年人了,说点实际的。不以结婚为目的谈恋爱,就是耍流氓。我好歹是清北毕业的,不会耍流氓。既然恋爱,我就是奔着结婚来的,对你负责。"

骤然而至的求婚,让田雨百感交集。

"这世上有哪个女人,被求婚时还手握熨斗,你真是个奇葩!"雷力拿过田雨手里的熨斗,放在熨斗架上。他把她拥在怀中,"你傻不傻!这么不解风情,要不是遇到我,你可怎么办?"

八、吃醋

婚礼繁杂而迅速,像一场华丽仓促的梦。梦中醒来,田雨已是雷力的妻子。新婚宴尔,田雨并没有预想的甜蜜。在她和雷力之间,有一个隐形的人群。

这群人无处不在。来雷力单位实习的女孩,买雷力公司软件的女经理,飞机上认识的空姐,医院里的女医生、女护士……在雷力漫不经心的讲述里,刚走出大学校门的女孩子年轻饱满像水灵灵的桃子;职业经理人洒脱多金,英爽有气场;女医生像温柔的港湾;空姐和护士貌美如花……

雷力声音不大,听在田雨耳中,却如惊雷滚滚,箭一般扎进她的心。

少女小鱼儿还没游出他们的世界,其他女性鱼贯而入。田雨觉得说不出的累。她想从小鱼儿入手,弄明白雷力的行为模式,究竟只是说说,还是动真格。

这天周五,明天不上班,夫妻俩心态都很从容,不急于上床睡觉。田雨整理床铺,雷力弯腰站在田雨的梳妆台前对着镜子整理头发。田雨不理解雷力的行为,都要睡觉了,整理头发有什么意义?

田雨直截了当地问他:"咱俩结了婚,小鱼儿正常些了吗?"

"人家本来就很正常啊!"

这男人还真健忘,"你说过——"

"我说过的话多了。"雷力打断田雨,"要活在当下。"

"当下小鱼儿快乐吗?"

"我怎么知道!"

"邀请她来家里啊。"

"人家学习那么紧张,哪有时间闲逛?"

田雨想起在武汉大学的樱园看见雷力带小鱼儿赏樱花。雷力明显在撒谎,不是小鱼儿没时间,是他不想和田雨讨论小鱼儿,目前更不想让小鱼儿来家里和田雨见面。

田雨不禁疑惑。为什么呢?雷力不是喜欢讨论女孩,让田雨吃醋吗?

"小鱼儿和刚去你们单位实习的女孩,谁更可爱?"田雨知道这么问很无聊,但她们在雷力口中,都是可爱的女孩。

"这怎么能比?各有千秋吧!"

"怎么千秋法?"

"小鱼儿更鲜活灵动吧,实习生成熟些。一个像花骨朵儿,似开未开;另一个微微放蕊。"雷力刚抹了唇膏,对着镜子抿嘴唇。他很注意皮肤和唇部的护理。

"你的比喻很不寻常啊!"田雨不无讽刺地说。

"你不就是这个意思吗?"雷力似笑非笑地回头看田雨。

田雨横下心,"空姐和护士呢"?

"也各有千秋。"

"详细说说呗。"

"她们都穿制服,美女穿上制服,很撩人的。跟你说你不懂,你不是男人。"见田雨还在整理床铺,雷力从背后抱住她,"别整理了,床是为人服务的,怎么舒服怎么来,又不给别人看,不用那么认真。"

八、吃醋

雷力呼出的热气吹在田雨的头顶,她觉得不舒服。"你是不是在想着她们?"

"想谁都没用!我眼前的女人是你。"

田雨转身看着他的眼睛,"我在你眼前,也许不在你心里"。

"你在我怀里,离我的心很近。"雷力吻她的耳垂。田雨有些抗拒,又感到酥软的蜜意。

"你心里是谁?"她有些迷糊地问。

"没谁。"

"我不在你心里?"

"你需要努力。"他裹挟着她潜进温暖的洪流……

清晨,阳光灿烂,田雨在鸟语花香中醒来。

"怎么样?是不是该给我颁个勋章?"雷力笑问。

田雨知道他指的是昨晚。婚后,每次亲热完,雷力都会自我标榜,求表扬。

"我去做早餐。"田雨不想讨论这个话题。

"你这个女人就是不解风情。"

雷力周末有赖床的习惯。田雨做好早餐,见雷力睡得很香,不想喊醒他。

田雨在院子里浇花,等雷力一起吃早餐。等她浇完花,雷力已穿戴整齐。"你自己吃吧。我有事儿出去。"

"加班还是给小鱼儿辅导?"

雷力嗯了一声,不置可否。田雨萌发跟踪他的念头。她提醒自己,这样做不妥。随即又想:我也是小女人,跟自己老公玩点儿跟踪的小把戏无伤大雅。

田雨犹豫间,雷力又回来了。"你在家也没事儿,跟我一起吧。"

田雨目瞪口呆。难道他看穿了她的心思?知道她不放心,干脆带上她，免得她上演跟踪的戏码。

"发什么愣？快呀！"雷力不耐烦地催促。

田雨知道雷力不喜欢等待，她快速换鞋，拿手机，拎包。

车开到黄鹤楼边，雷力才提醒田雨："不化个淡妆吗？"

"气垫、眉笔都不在包里。"

"你应该有个微型化妆包，随身携带。你不是十七八岁，不化妆见人不好。"

雷力的话让田雨不舒服，忍不住撑他："年龄不是化妆就能掩盖的。我还不到三十，算不上老。"

"那要看跟谁比。"

"我也有过十七岁。"

"你的十七岁里没有我，青春徒然蹉跎。"

田雨并不懊悔十七岁没遇到雷力，反而觉得雷力的话谬妄。显然，在雷力心里，这个世界是围着他转的。她十七岁里没有他，青春就算蹉跎了。

两人短暂地沉默。田雨想：雷力的十七岁，应该早恋了吧？他对异性那么感兴趣，自负挑剔，他的前女友、前前女友，都很美很会做女人吧？田雨又谴责自己念头荒唐，女人是天赐的性别，本真自然就好，没必要刻意装扮突显女性美。但田雨还是忍不住从后视镜里审视自己，虽然她习惯素颜，终究显得清淡。

雷力显然精心打扮过。田雨后悔出门太匆忙，应该挑件衣服，化化妆。毕竟新婚宴尔，万一见雷力的朋友、同事，她缺乏新婚不久的喜庆鲜美感。

田雨问雷力："咱们去哪儿？不见什么人吧？"

"参加一个婚礼。"

车子行驶在长江大桥上，桥下有火车轰隆隆驶过。田雨情绪波动,"你怎么不早说？参加婚礼,我这个样子太随意了吧！"

"你随意还怨我喽。"

"不是怨你,你应该提前告诉我要参加婚礼。"田雨想起雷力本来没打算带她,后来又改变了主意。他原本想带的是谁？不好的念头一旦萌发,就会倔强生长。

"说不说都一样。红包我准备好了。你人到就行。"

"你不提前说,是没打算带我去吧？"

"你不是不喜欢应酬吗？"

"不管我喜不喜欢,该去的也要去。"田雨这才意识到自己根本不知道要参加谁的婚礼。

"不勉强你。"雷力淡淡地说,"你如果后悔,现在还来得及。"

田雨追问:"谁的婚礼？"

"谁的婚礼不重要。"

"是谁当然重要了。"

"婚礼不都一样吗？婚庆公司打理,千篇一律。"雷力打方向盘,车子驶进汉阳。

"如果我不去,你准备带谁去？"这么严肃的问题,田雨只能用开玩笑的口气问。她不想和雷力争吵。

"你不是来了吗？"

"我如果不来呢？"

"哪有那么多如果。你就是事儿多。"

田雨想知道自己的替身是谁,如果她不来,雷力找哪个女人陪他。田雨试探,"你不会想让小鱼儿陪你来吧？"

"当然不会,她还未成年。"

"那找谁呢？你同事？"

"找谁都行,看心情。"

"这么随便吗？"

"不是我随便,是你正经过了头。现在流行搭子,饭搭子,旅游搭子,礼仪搭子,临时凑个伴,不孤单又没那么多麻烦,挺好。"

田雨也在网上看到饭搭子和旅游搭子的说法,结伴吃饭,可以多点儿个菜,结伴旅行避免孤独。可搭伴的都是单身人士。

"这么说,我今天就是路人甲。"

"随你怎么说。"

婚礼在汉阳的一个公园举行。泊好车,田雨要下车,雷力阻止她:"别急,等等。"

雷力下车,在车旁与人通电话。田雨在车里看着雷力,不知道他与谁通话要刻意避开她。过了片刻,雷力示意田雨下车。他指着不远处樟树下站着的一位身材高挑、模样俊俏的女孩,"陈琳,科大的研究生,今天想找我谈点事情,我把她约在了这儿"。

这个女孩让田雨想起她在商场看见雷力陪人购物的情景,田雨努力回忆,那个女孩是眼前的陈琳吗?好像不是,那女孩比陈琳个子高、气质好。

"你跟她别聊太久,婚礼上迟到不好。"田雨提醒他。

"现在不聊,时间来不及了,先参加婚礼吧。"

雷力过去,冲陈琳伸出胳膊,陈琳知趣地挽住。田雨心里不舒服。雷力用眼神示意田雨不要太小气,注意形象和礼仪。陈琳和田雨一左一右陪雷力走进婚礼现场。

果真如雷力所讲,婚礼被婚庆公司操办得千篇一律。来宾年轻化,光鲜靓丽。雷力带田雨和陈琳找座位坐下。在场不少人认识雷力,雷力和大家打招呼,如鱼得水,谈笑自如,并不介绍田雨和陈琳。

一位白发苍苍的老者入场,雷力起身迎过去,热情地喊老师,

八、吃醋

带老师入座。

趁雷力不在,陈琳好奇地低声问田雨:"你是武汉大学的吧?"

田雨摇头,"我不是武大的。"

"雷哥早和我说好,今天让我陪他来,没说还有别人。你是他临时拉来凑数的?"

被雷力拉来临时凑数,这个没错。田雨点头。

陈琳低声说:"今天的新娘是雷哥的初恋,估计雷哥心里不好受。他临时拉你来,多个人在场,他心里好过些。"

原来是雷力初恋的婚礼。自己什么都不知道,傻乎乎地跟他来,坐到这里,田雨暗骂自己愚蠢。

"你见过雷哥老婆吗?"陈琳凑近田雨,"听说很偏执,患了抑郁症。娶了个精神病,雷哥真可怜!"

"他为什么要娶个精神病?"田雨没好气地问。

"心软呗,看她可怜。"

"世上那么多精神病,他心软都娶回家吗?"

"那倒不是。这个是因为雷哥患的抑郁症。喜欢雷哥走火入魔,又觉得配不上雷哥,怕雷哥不要她——"见雷力走过来,陈琳咽下后面的话。

"你雷哥没告诉你吗?我就是他老婆。"田雨高声说完,起身离开。

按照电视剧里的情节,雷力会追上来,苦苦解释,说是误会。但现实是,雷力并没追上来。田雨跟跟跄跄地离开婚礼现场,站在公园门外,眼前车辆行人往来穿梭,像在编织迷宫……

雷力到家时,已是深夜。田雨坐在客厅看惊悚电影,电影情节让人毛骨悚然,但田雨无动于衷。

"你怎么还没睡?"雷力看见田雨坐在黑暗里,吓了一跳。

"你跟陈琳聊完了？"

"早就聊完了。"雷力说着打开大灯，屋子里顿时明亮如昼。

"别开灯！"田雨适应了黑暗，明晃晃的灯光刺得她眼睛痛。

雷力关掉大灯，打开夜晚的荧光灯。

"都聊些什么？"田雨问雷力。

"工作的事情，你不会感兴趣。"雷力绕过田雨要上楼，田雨问他："你不想跟我聊聊吗？"

"聊什么？"

"我的病。"

"你有什么病？"

"这要问你呀！"

"问我？我怎么知道？你病了就吃点药，严重就去医院。"雷力抬脚上楼梯。

"你不知道我有病吗？"

"你有病就去找医生看，别在家里胡搅蛮缠，也不看看几点了！"雷力上了楼，在田雨视线里消失。但他的香水味还在，迪奥旷野的海洋气息环绕着田雨。

田雨陷在沙发里，偌大的客厅让她更觉得自己软弱无助。她不喜欢这样的感觉。田雨离开沙发上楼，她的步子异乎寻常地沉重，双腿绵软，似病了一般。

雷力在洗澡，隔着玻璃门，田雨看到里面雾气腾腾。田雨想到一句话：人和人的悲喜并不相通。她说不出地郁闷，他倒很愉快。

"你不想知道我今天为什么离开那个婚礼吗？"

"有病！"

"我没病！"

"没病你跑什么？也不怕被人笑话！"

"我跑不跑都是笑话！"在陈琳眼里，雷力的老婆患有抑郁症，

八、吃醋

在其他女人眼里呢？田雨不敢多想，细思极恐。

"随你怎么说。半夜不睡觉，无理取闹。"

"我为什么无理取闹？"

"那要问你自己。"

"雷力，你不要欺人太甚！"

里面没了声音。几秒后，门开了，雷力穿着浴袍出来，见田雨堵在门口，有些啼笑皆非，"这么晚了，你不困吗？"

"我不困！我睡不着！"

"你睡不着，就跟我闹？这不是强盗逻辑吗？"

"你才是强盗！"

"好，我是强盗。强盗现在困了，要睡觉，可以吗？"

"你不想知道我上午为什么离开吗？"

"离开是你的自由。"

"你不怪我？"

"怪你有用吗？事情已经过去了。别闹，你也赶紧洗洗睡觉。"

雷力一副息事宁人的态度，如果田雨再闹下去，就有些过了。田雨放轻自己的声音："那个陈琳，有没有跟你说什么？"

"说什么？"

"说我。"

"人家只见你一面，基本算陌生人，说你什么？现在的女孩子多聪明，只关心自己的事情。谁像你，整天胡思乱想。"雷力打呵欠，"我真困了。你要不想睡，下楼继续看你的电影吧。"

"陈琳挺漂亮的。"

"那没办法。"雷力打着呵欠说，"爹娘生得好，自身又会打扮，懂保养。你不要见谁都跟自己比较，找不痛快。"

"是你把我和她拉到一起的。"

"就算你今天不见她，你也不会认为自己是这个世界上最美的

63

女人吧。"

　　田雨不理会雷力的讽刺，倔强地问："你喜欢陈琳吗？"

　　"美女谁都喜欢。我已经娶了你，你不要再问这么无聊的问题。"

　　不知为什么，田雨突然想让雷力抱抱她，也许他的拥抱能让她心里好受些。"也许我上午太冲动了，对不起！"她仰望他。雷力读懂了田雨的眼神，伸出胳膊把她拥在怀里。

　　"以后别自寻烦恼。"他在她耳边说。

　　这个夜晚，出乎意料的，田雨和雷力缠绵悱恻。亲热时田雨认为她背叛了自己。她像一只受伤的小鸟，需要被慰藉。仿佛只有足够亲密，才能印证自己被爱，缓解内心的疼痛。

　　每次亲密后，雷力都能很快入睡，田雨却无法入眠。你真的了解这个男人吗？他真的爱你吗？如果不爱你，他为什么要娶你？也许你多虑了。他引你嫉妒，或许只是索爱的一种手段，希望你更在乎他，多爱他。或者只是证明他有魅力，值得被你深爱。不管怎样，这个男人在你身边，和你耳鬓厮磨，一起过日子。就算他有各种毛病，你也要宽容。谁没缺点呢？上帝没有创造完美。

　　这么想时，田雨又不由责怪自己，经常胡思乱想，爱吃醋。老公只是雷力的一个身份，除此之外他还有领导、同事、朋友、客户等各种社会关系。你不能让他一叶障目不见森林。一片叶，要嫉妒整个森林，还有什么幸福可言？所以，错的可能不是他，而是你。

九、孤立

田雨察觉到同事不对劲,似乎有意疏远她。别人在微信发朋友圈,田雨热情地点赞、评论。以前同事会回应,现在不理田雨。田雨发朋友圈,也没谁给她点赞,无论她发什么,同事都静默。学校的活动,大家都从学校公众号转发,同事间相互点赞,唯独田雨无人理睬。

甚至有同事发朋友圈针对田雨,比如发张批改作业的照片,配文字:借翅膀可以飞上枝头,凭自己只能脚踏实地。没有当贵妃的命,不能患贵妃病,安心做劳苦大众,撸起袖子加油干!

几十位同事点赞。田雨恨不能找个地洞钻进去。她渴望逃离同事,让自己消失,可工作总要做。田雨找校长,想辞去班主任的工作。不等田雨开口,林校长说:"我要去开会,有事儿你找年级主任。"

田雨找年级主任。主任说:"你当班主任是学校定的,应该也征求你的意见了。我做不了主。你有想法,找校长谈。"

"林校长去开会了。"

"我知道啊。"年级主任像哄孩子似的说,"开会总要回来呀。你别太着急。"

没人问田雨为什么不想当班主任。当初让田雨当班主任时,也没谁真的在乎她的想法。田雨像是处于失重状态,无法把控自己的事情。

　　中午在学校食堂吃饭，大家三三两两地聚在一起，有说有笑。田雨端着餐盘走过来，说笑声戛然而止，空气都变凝重了。

　　午休时间，田雨和李莉在洗手间相遇。李莉开朗直率，田雨想和她聊聊，"你有没有觉得同事变了？"

　　"为什么这么说？"李莉反问田雨。

　　田雨不想说同事好像讨厌她。可既然挑起了话题，田雨不好收场，给自己找台阶下，"也许我的感觉出了错"。

　　"你的感觉没错。只是变的不是同事，是你。"李莉爽直地说。

　　"我？"

　　"你嫁个金龟婿，从此财富自由。我们还停留在房奴、车奴、孩奴时代。"

　　"你说什么呢？我还是原来的我。房子、车都是他的，不属于我。"田雨明白，这些隐私不该和同事说。可她不想被同事孤立。

　　"真的假的？"李莉好奇地问，"没在房本上加你的名字？"

　　"那是他的婚前财产，我不想要。"

　　"你倒是大方。万一哪天你们过不下去，我不是诅咒哈，是提醒你，万一哪天离婚，你净身出户冤不冤？"

　　"大家不理我，仅仅因为我嫁给雷力？"田雨不想讨论财产的问题。

　　"那倒也不是，大家都是同事，嫉妒心没那么强。"

　　"那是为什么？"

　　"你真想知道？"

　　"想。"

　　"放学后请我吃饭。"

　　"想吃什么？我现在就订。"田雨拿出手机，想在 APP 上订餐厅座位。

"还是算了。"李莉说,"万一被人看到——"李莉面露难色。

"咱们是好朋友,一起吃个饭很正常。"

"还是算了,我晚上家里还有事儿。"李莉说完匆匆离开。

李莉一副讳莫如深的样子,看来不是田雨当班主任惹人嫉妒那么简单。可除了这个,还能有什么?田雨想不明白,自己怎么就成了同事眼中的异类。

领导对田雨的态度也不正常,爱搭不理,仿佛在忍耐,假装若无其事,平静的态度中暗藏冰山的凌厉和冷漠。

奇葩的是,家长们的态度也很魔幻。不约而同地认为田雨有颗玻璃心,小心翼翼地捧着她。也有个别家长不买账,阴阳怪气地在群里说:"巨婴是社会的拖累,老师要是巨婴,学生就惨了。"

雷力曾开玩笑地对田雨说:"你成长环境太顺,从小到大被保护得很好,心态还是婴儿,我娶了你也算是对社会做贡献。"

田雨生气地问雷力:"你认为我拖累社会?"

"动不动就急,说不得。你说你有成年人的成熟坚强吗?"

"就算我脆弱,可我一直努力工作,对学生尽职尽责。我生活独立,有自己的收入,既不啃老,也不领救济金,怎么拖累了社会?"

"服刑的犯人也努力工作,你能说他们没拖累社会?"

"你怎么能拿犯人跟我比?我是守法公民!"

"守法的不一定都对社会有益。"

"教书育人不是服务社会吗?"

"国家发你薪资了。"

"你是说我对不起自己拿的薪水?"

"我没那么说,是你思维有问题,一个点能被你延伸成一条线,和你争论不会有结果，也没意义。"

无论辩论多久，田雨知道自己赢的概率都不大。可结束语由雷力说出来，田雨有种被压制的憋屈，心里窝火，又不知该怎么疏解。

"我不认为自己是社会的负担，也不会拖累任何人。"

"你就是太较真，好胜心强。你的事情，就是我的事情，我能不操心？你是你父母唯一的女儿，你的工作和生活都牵动他们的神经。他们的幸福感和你有关。你做任何决定之前，有没有先考虑他们的感受？我行我素，你只想让自己心里痛快。你是老师、女儿、妻子，你的事情关系到很多人，牵一发而动全身，你缺乏全面深入的思考，没有顾全大局，以为你就是你，太偏激！"

"我不想让自己活那么累。"

"你的岁月静好，是有人为你负重前行。"

"照你这么说，我有罪，我拖累了别人。"田雨的话里有讽刺，但雷力不这么认为。"你思想不成熟，多反省没什么坏处。"他平静地说。

联想到父母近来的态度，客气中似乎含着不满。这是以前从没有过的。

田雨曾直率地对爸爸说："我知道我有缺点，可我以前也这样，您和我妈过去对我的态度不是这样的。"

"以前你是未出嫁的姑娘，现在结婚了，能一样吗？"

"就因为我出嫁了，您和我妈就拿我当外人？"

"我们年纪大了，照顾好自己不给你添麻烦就很不容易了，没余力察言观色照看你的情绪。"

"您这话是什么意思？"

见女儿急了，妈妈插话说："只要你和雷力好好的，你过好你

九、孤立

的日子,我和你爸就安心了。"

"我和雷力很好啊。"

"好就好。你这孩子,没经过什么事儿,心思单纯,倔强认死理儿。嫁了人就不一样了,两个人过日子,要多担待,别只考虑自己的感受。雷力他愿意让着你,是你的福气。我和你爸也不跟你计较。对外面的领导、同事、学生家长,要有担当,管理好自己的情绪,懂得克己为人。"

妈妈的一席话,让田雨更加怀疑是雷力在背后起作用。田雨决定找雷力谈谈,她的人际关系,不能由他操纵。

放学后,田雨赶到雷力单位附近,想和他一起在外面吃饭,认真谈谈,不能再让他干涉她的人际关系。田雨不想和雷力在家里聊。雷力回家越来越晚,一到家就洗洗睡觉,根本不愿意多说话。

田雨在饭店没等来雷力,等来了他的女同事。"雷总有事过不来,让我来陪您。"

"不用了,谢谢你!"田雨尴尬地说,"我来这边办事儿。他说要一起吃晚饭,所以——"

"我知道。雷总说了,我姓袁,叫袁媛。"袁媛说着在田雨对面坐下,招呼服务员点菜。

田雨真的不想和雷力的女下属一起吃饭,两人又不熟悉,太难受了。

"我其实吃过了。"田雨撒谎说,"在学校吃的。"

"啊?那好吧。或者我给您要些点心和饮料?照顾不周,雷总会怪我的。"

"那就喝杯饮料吧。"田雨扫餐桌上的码,买两杯饮料。如果仓促离开,会显得不太礼貌,不如既来之则安之,田雨在心里劝自己。

面前的袁媛，皮肤白嫩，眼珠乌黑，美得天然，是大街上那些靠整容和化妆换来的美女不能比的。

"你们经常加班，辛苦了。"田雨体贴地说。

"不辛苦！"袁媛的脸居然红了。"听雷总说，您是老师，师大毕业的，好厉害！"

"没有。"袁媛的紧张，缓解了田雨的焦虑。"雷力怎么样？对你们还好吗？"

"雷总很好！和我们一起加班。每天第一个来，最后一个走。他在，我们心里就踏实。"

"他跟我说过，你们都很棒！"

服务生送饮料过来，田雨微笑地看着袁媛，"抱歉，我刚才忘记问你吃过饭没，给你来份套餐吧"。

"不用。"袁媛解释说，"我也吃过晚饭了。雷总让我过来陪您，说不想让您一个人用餐。"

"谢谢他！也谢谢你！"

"您不用客气！我们同事，尤其是女同事，都羡慕您呢！雷总人长得帅，高颜值、高学历，还是宠妻狂魔。"

"什么狂魔？"田雨没听清楚。

"宠妻，就是特别爱您。有时候加班晚了，他就自责，说不能让您等太晚，怕影响您休息。他还常对我们说：'你们女孩子不要离我太近，免得香水味熏染我身上，让你嫂子多想。'"

"他是跟你们开玩笑。我不会多想。"

"我们知道嫂子是老师，特别通情达理，大气！但雷总真的是好，专业厉害，细心、负责任，温暖又霸气。"

"是啊，我也知道他很优秀。你们忙，不耽误你时间了。我也要回去了。"

袁媛急忙放下手中的饮料，"雷总说您不喜欢开车，怕堵。我

九、孤立

给您叫车"。

"不用了，我用 APP 叫车很方便的。"

坐在出租车里，看两边的街景飞速后退，田雨有做梦的感觉。在袁媛口中，雷力特别爱她，爱得让女孩子们羡慕嫉妒恨。可在田雨面前，雷力从没表达过。

今天来找雷力，田雨本来抱着怀疑和怨气，谁知收获的却是满满的爱意。也许当局者迷，雷力深爱她，只是她自己不知道。这么想时，田雨心底涌起初春般鲜美的甜润气息。

"谢谢你让袁媛陪我。"她给雷力发微信。

雷力没回复。也许他在忙，田雨劝自己。"你们工作辛苦，太晚了就吃些宵夜。"她继续发微信，雷力仍然没回音。

夜晚见到雷力，田雨心里充满柔情。"没想到你在同事面前，还挺在乎我。"她说。

"你知道就好。以后别再胡闹。"

雷力一句话，就把田雨春天般的温暖变成倒春寒。不知雷力是有意浇灭田雨好不容易萌发的热情，还是故意煞风景。在他们的关系中，和风细雨或电闪雷鸣，都由雷力主导。

从袁媛那里得知雷力对她的呵护之情，田雨本来希望自己投桃报李，改善和雷力的关系。现在看来，不管雷力在外人面前怎么表现对田雨的爱意，在田雨面前，他的骄傲冷漠始终如一。田雨不知该不该把谈话继续下去。"今天去找你，我本来是想——"话说一半，田雨灰了心。既然他没兴趣听，她没必要说下去。

"说说看。"雷力倒似乎来了兴致。

田雨对这个已不觉得稀奇。雷力总和她反着来，她兴致勃勃时，他强势打击；等她意兴阑珊，他再给予鼓励。如此循环往复，田雨觉得心累。像一根橡皮筋，反复拉扯，弹性只会越来越差。

既然雷力有耐心听，田雨不想辜负他少有的热情。"我觉得领导和同事对我的态度不对劲儿。你上一天班也累，别管了。也许是我想多了。"

"可以多想想我，别的不用多想。"雷力在床尾的椅子上坐下，甩着胳膊。雷力显然并不关心田雨想要表达的内容，他只是假装愿意听她讲。

"想你什么？"田雨一时没明白过来。

"想想我的辛苦。没有谁能随随便便成功。要想人前显贵，必先人后受罪。高收入背后，是超乎常人的付出。女人只知道索爱，要更多的爱。男人在外面拼命工作，是最接地气、最实在的爱。可惜女人不明白。"

雷力说的没错，可又不完全对。田雨说不清哪里不对。或许他对爱的理解有偏差，爱需要物质保障，也需要精神护养。高端生活令人羡慕，可如果活在精神痛苦中，又有什么幸福可言？

不管怎样，雷力工作辛苦是真的。田雨告诫自己要知足，多体谅雷力，他在外面也不容易。

"是不是很累？我给你捏捏。"田雨站到雷力身后，为他做肩膀和颈部按摩。"我现在觉得挺幸福的。"她说。

"你本来就很幸福。"

"是我身在福中不知福，迷糊了。"

"迷途知返，就是好女孩。"

"你会永远把我当女孩宠吗？"

"那要看你的表现了。"

"我现在意识到，自己真的很笨，迟钝。你以后多提醒我。"

"怎么意识到的？"

"领导和同事对我态度不好，我竟然以为是你对他们说了什么。"

"对他们说什么？"

"说我不好。"

"你的优点和缺点，你领导和同事都了然，还用我去说吗？"

"所以说我笨嘛！"

"他们怎么着你了吗？"

"没有。我就是觉得他们对我态度冷漠。"

"领导和你是上下级关系，同事之间有竞争，本来就不会太亲近。"

"可能是我敏感了。今天见你下属，那个袁媛漂亮可爱，你们单位就很团结，像一家人。"

"那当然，你老公有能力把同事聚在一起。"

十、交锋

田雨想打破人际关系的僵局。她找小月商量。联系小月时,田雨才发现,她和小月已经好久没联络。还是田雨结婚时,小月当伴娘,婚礼后小月就消失在田雨的世界里。

之前两个人多亲密呀!每天用微信联系,每周末都见面聚餐。为了找回过去的感觉,田雨特意订了她和小月常去餐厅的老位置。田雨以为小月会怪她见色忘友,但是没有,小月礼貌而拘谨。

"你怎么了?"田雨问小月。

"没怎么。你找我,有什么事儿吗?"

"没事儿就不能找你吗?"田雨笑着说,"想你了。多久没见了?你也不联系我。"

"我哪儿敢?"

"说什么呢!"

"实话呀。你结婚了,我哪知道你方不方便出来。"

"你也可以去找我。"

"不太好吧,我可不想当电灯泡。"

言语往来中,许久没见的陌生感被打破。毕竟是相伴多年的闺密,情感和默契不会轻易被抹去。小月喜欢吃烤鱼,田雨喜欢清蒸鱼。两人在一起吃饭,多半是田雨迁就小月。

"烤鱼还是那么香!"小月赞叹。

十、交锋

田雨要两杯鸡尾酒。小月阻止:"你不能喝酒吧?"

"怎么不能喝?好不容易见面,要喝。"

"没怀孕也要备孕吧?"

这个问题田雨倒没想过。见田雨发愣,小月惊讶地说:"你不怀孕等什么?你不会是想拼事业,当校长、教育局局长吧。"

"说什么呢!我哪有那野心!"

"那就怀孕,当个漂亮妈妈多好!"

"再说吧。"田雨暗自惊奇,她和雷力竟从没讨论过生孩子的事情。田雨不避孕,她想顺其自然,怀上就要,没有就没有吧。

"突然找我,是要晒幸福,还是吐槽?"小月喜欢调侃。

"诉苦。"田雨认真地说。

"好,劳苦大众认真听少奶奶诉苦。"

"别没正经。"

"说吧。看在烤鱼这么香的分儿上,你倒多少苦水我都能接住。"

田雨把领导、同事、学生家长,以及自己父母奇怪的态度告诉小月。

"如果一两个人态度奇怪,可能是他们的问题。若是一群人都针对你,那你就要考虑是不是自己的问题。就像眼睛看东西,两棵树歪了,可能是树没长好。一片树林都倾斜,可能是眼睛的问题。"小月分析说。

"有没有可能背后有人操纵呢?"田雨说出自己的疑虑。

"为了让你怀疑自己的眼睛,把整片树林都搞歪,那要下多大功夫!谁会这么做呢?"

"可能是雷力。"

"动机呢?"

"我不知道。直觉告诉我这里面有问题。"

"直觉曾告诉我，会有霸总爱上我，结果呢？你被霸总娶了，我还是单身狗。所以，女人的直觉是会骗人的。"

"如果刮过一阵狂风，整片树林也会倒。"田雨思考着说，"我不认为所有人都冷淡我是偶然。"

"当然不是偶然。你结婚了，嫁得还不错，沉浸于甜蜜的二人世界，外人自然不想打扰你。像我，忍住不联系你，告诉自己要知趣。"

"真是这样吗？"

"还能怎样？"小月挑出一根鱼刺，"好吧，可能有一丢丢嫉妒。你有人罩着，人家是'裸奔'，不是同类当然要分。"

"也许我不该怀疑雷力。"

"怀疑他不该罩着你？你是他的人，他有能力当然要罩着你。"小月突然笑起来，"你这是凡尔赛，说是诉苦，其实是撒狗粮来了是吧？好，撒吧，我接住，谁让我命苦是你闺密呢！"

田雨的苦恼，小月难以理解。谈话难以继续，可田雨不想放弃。她相信自己的直觉，人际关系出问题很可能由雷力引起。

"我不想让他管太多。"

"那你就跟他直说。不过，你悠着点儿。别让人家说你身在福中不知福。他本意应该是好的，想罩着你，不让别人伤害你。"

"可他已经伤害到我。"

"被捧到手心里，你嫌空间小；含进嘴里，你嫌有牙硌得慌。像我这么剩着倒自由，天高海阔的，可下雨时我也想有人为我撑伞，在外面遇到麻烦想有人替我摆平。世上哪有两全法，不负如来不负卿！"

"这么说是我矫情？"

"有点儿吧。你现在别墅住着，班主任当着，遇事儿有雷力罩着，再生一两个可爱的宝宝，这辈子妥妥的！"

十、交锋

小月说的没错,任谁看田雨都应该知足。可内心的感受,只有田雨自己知道。她也不禁怀疑,是不是自己太矫情。

田雨带学生去汉阳的古琴台写生。古琴台北临月湖,有"天下知音第一台"之称,是武汉市爱国主义教育基地,也是武汉浪漫的情侣约会景点。

据《吕氏春秋》《列子》等记载,俞伯牙在此处偶遇钟子期。伯牙抚七弦琴弹奏《高山流水》。子期说:"我能从你的琴音里听到潺潺的流水声。"由此,伯牙视子期为知音。

田雨正跟学生讲高山流水遇知音的千古佳话,意外邂逅了大学同学左欣昱。左欣昱成了专业画家,画动物,在北京宋庄有自己的工作室,他还加入了野生动物保护协会。

"需要保护的珍奇动物都在大山里吧,武汉市有吗?"田雨好奇地问左欣昱。

"当然有。凤头鹰、红角鸮、貉等,有机会你跟我们团队去看。"

两人都为这次偶遇惊喜,互加了微信。左欣昱的邀请让田雨心动。她的世界越来越狭窄,她想到大自然中放松心情。

田雨直率地把偶遇左欣昱,想跟随他们野生动物保护团队去山里看看的想法告诉雷力,征求雷力的意见。雷力听了不置可否。田雨见他不反对,就回父母家取帐篷、睡袋等户外装备。

在田雨出发的前两天,雷力去上海出差。他从单位直接走的,没回家取换洗衣服。雷力的习惯,每天都要换内衣、衬衣。田雨问要不要给他打包快递过去,雷力说不用。之后,雷力不再回复田雨的留言,不接她的电话。

田雨知道雷力不想让她外出。她希望他把心里的想法说出来,而不是用这种方式。

"如果你不想让我去，我可以不去。等咱俩都有空了，一起去山里放松几天。"田雨给雷力语音留言。无论田雨说什么，都如石沉大海。

"我不去了。正好学校也忙。"田雨试探雷力的真实想法。

雷力仍然不理她。

田雨不由担心雷力是不是出了什么意外。她想起袁媛。田雨去雷力单位，这是她第一次去雷力工作的地方，比她想象的气派。袁媛不在，同事说袁媛去深圳出差了。

田雨又给雷力留言，把去他单位的事情告知他。田雨以为这次雷力也不会理她。出乎意料的，雷力回复了，说他在深圳。

联想到袁媛去了深圳，田雨无法淡定，各种念头充斥在她脑海里。田雨不知道雷力这么做是不是报复她，还是她想多了。

左欣昱把集合地点发给田雨，田雨犹豫要不要去。田雨决定去。为什么不去？老公带女下属出差，老婆就该乖乖守在家里？

左欣昱的团队开五辆越野车，田雨坐在左欣昱身边，车里还有三位观鸟摄影爱好者。一路上，大家七嘴八舌，讲动物趣事，说东北虎喜欢安静，讨厌狗的叫声，把狗咬死嫌弃地不吃它的肉丢在路边，所以附近的老百姓进山林，尽量不让自行车发出叮叮咣咣的响声，免得惹烦东北虎；给扬子鳄搬家，不是一件容易的事儿……田雨很喜欢听这些新鲜信息。

刚进山，田雨接到年级主任电话，说有个重要会议，所有班主任都要尽快到学校。

"我一早就出来了，不在武汉。"田雨为难地说。

"下午能赶回来吧。实在不行，晚上。"主任坚持。

"我请李老师帮我把会议录下来同步给我行吗？"田雨不想这么快就回去。

十、交锋

"能开视频会议的话,我就不让你们来学校了。"主任不高兴地说,"你尽快吧!"

左欣昱开车送田雨回学校。路上,左欣昱话不多,田雨坐在他身边,心里很平静。她已经很久没有这样的感觉了。和雷力相遇后,她像坐上过山车,又如卷进暴风眼,心里七上八下。

眼前的宁静,心中的安稳,太难得。左欣昱让田雨感到世上本无事,在雷力身边她总是庸人自扰之。人与人之间,本来就应该很简单,坦诚相待,顺其自然。可是和雷力在一起,她像生活在梦里,摸不准,看不透。

车子一进武汉郊区,田雨就让左欣昱停车,她打车回市区的学校。田雨不想耽误左欣昱太多时间。左欣昱并不勉强,也不多说客气的话,他的自然让田雨觉得舒服。

田雨气喘吁吁地赶到学校会议室,会议室空无一人。她给年级主任发微信,主任回复说:"会议取消了。"

"取消您怎么不提前告诉我?"田雨生气地拨通主任的电话。

"我在群里说了,你没看到吗?"

田雨看微信群,主任的确在群里留言说取消今天的会议。

"您十分钟前才说。"田雨忍不住埋怨。

"好了,我知道你现在有人宠,受不得委屈。可这事儿不能怪我。有家长往上面投诉,上面打电话给学校,督促尽快查清事实。"

"查清了?"

"那家长撤了投诉,说是误会。"

"投诉的理由是什么?"

"我也不清楚。校长让我召集会议,只是让我召集,开会的是林校长。"

"只召集了咱们年级？"

"对。好在都过去了，你也回去休息吧。虚惊一场，总比真有事儿强。"

田雨哭笑不得。这算什么呢？可她又无话可说，只能自认倒霉。

田雨刚到家，雷力就回来了，还给田雨买了个包。

"你不是在深圳吗？"田雨奇怪地问。

"事情办完了。"

"你原来说去上海出差。"

"今天早晨从上海飞的深圳。"

田雨晦暗的心情明朗起来，像闪电撕破夜空。他只在深圳待一个白天就匆匆回来，说明他和袁媛之间没问题。也许雷力本身就没有问题，问题出在她自己身上，患得患失，庸人自扰。想到这里，田雨关心地问雷力累不累，有没有吃过晚饭。

"飞机上吃了几口。"

"飞机餐没营养，我去下碗面。"

雷力从喉咙里嗯了一声。

田雨去厨房忙碌。田雨在父母家时，爸爸妈妈都喜欢做饭，她只有吃的份。婚后，她跟着网络视频学做了几个菜，味道一般。她喜欢做面，放些涮火锅用的牛肉卷，配青红椒、洋葱，味道不错。可武汉人的习惯，只有早晨才吃面，中午和晚上吃米饭，清蒸或红烧条鱼，爆炒几个菜，有荤有素营养均衡。

田雨和雷力周一到周五中午在单位吃，其他时间有阿姨做饭。雷力出差了，田雨要进山，阿姨就回家了。

田雨端出自己做的面，抱歉地对雷力说："做得不好，凑合

十、交锋

吃吧。"

雷力没表情,埋头吃面。田雨想到一个问题,雷力见她在家并不吃惊,如果不是学校临时要开会,她应该在山里。难道雷力知道她会回来?

她可以直接说出自己的疑惑。但话出口,却变了,"你回来不提前跟我说。要不是学校临时开会,我这会儿应该在山里"。

雷力不接话,埋头吃面。

"你猜到我会回来?"田雨继续试探。

"你想让我说什么?"雷力反问她。

"我觉得有点儿奇怪,你看见我不吃惊。"

"我老婆在家里,我应该感到吃惊吗?"

"可我说我要——"田雨想说要在山里露营,被雷力打断。

"谁都想要。"雷力放下筷子,用纸巾擦嘴角,把用过的纸巾折叠起来。"和配偶以外的异性在一起,新鲜感谁不想要?我也可以在深圳逗留几天。深圳离香港那么近,坐大巴就过去了。"

雷力意味深长地看着田雨。田雨一阵心虚。是啊,他在外面做什么她无法阻止。他办完事儿就立刻回家,是对她的爱,对婚姻的忠诚。她呢?却为没能在野生动物保护协会营地露营懊恼。

"谢谢!"她由衷地说。

"谢什么?我是你老公,应该对你负责。道理你要想清楚:男人在外面寻欢作乐,伤害的是女人;女人在外面寻欢作乐,伤害的还是女人。女人要想不受伤害,就要自尊自爱。"

十一、谜局

久未联系的大学同学芦晚秋突然加田雨的微信，说她卖掉深圳的房子，刚回武汉，就住在田雨学校附近。芦晚秋热情地邀请田雨去她家。好多年没见，田雨觉得冒昧，为避免尴尬，田雨把见面地点约在学校近处的一家咖啡厅。

在咖啡厅，芦晚秋立刻认出田雨，田雨却不敢相信眼前穿一身名牌、化着浓妆的女人是芦晚秋，完全没了当初的模样，脱胎换骨一般。

"不敢认我吧？"芦晚秋不无得意地说，"以前太傻，都不知道打扮。"

"挺美的！"田雨赞叹。

"你还是原来的模样，清丽俊俏。"芦晚秋打量着田雨，"你结婚了，看起来还像个姑娘。"

芦晚秋搅咖啡时，不自觉地跷起兰花指。田雨判断，这些年芦晚秋应该生活得不错，经常出入高档场所。见田雨喝咖啡加糖，芦晚秋笑，"果然是蜜罐里泡着的，吃不了苦。"

"我这些年可没少吃苦。"芦晚秋自顾自地说，"一个人在深圳，从给人打工到开公司，最牛的时候公司年利润两千多万，住别墅开豪车，跟一个海归投资人结婚，他公司暴雷逃了，我单方面起诉离婚……像一场漫长的噩梦，好在都结束了！"

十一、谜局

田雨想安慰她,却不知说什么才好。

"还是你幸福,一直在武汉,婚前有父母照应,婚后有老公呵护。"芦晚秋端起咖啡喝,杯子刚到唇边又放下,像是嫌烫。"要惜福。"她抬起眼睛看着田雨,"听说你老公很不错,北京名校毕业的,人帅又疼你。"

"听谁说的?"田雨没话找话地问。

芦晚秋笑,"听谁说的不重要。毕业这么多年了,你还是一副清纯模样,难怪你老公稀罕你!"

"也没有。"田雨含糊其词地说,"两个人过日子,相互谦让吧。"

"那就是爱呀!不爱的话,谁愿意谦让?"

"他确实挺好的,很优秀。"田雨其实不愿意在外人面前赞美雷力,可芦晚秋像是雷力的说客,田雨本能地顺着她的话。

"对呀!你欣赏他,他珍惜你,这就很难得,一定要珍惜!"

田雨不想聊她和雷力,于是转变话题,关心芦晚秋,"这次回武汉,就不走了吧?"

"难说。我想去北京看看。也可能出国。看情况吧。"芦晚秋不想聊自己。

两人不约而同喝咖啡,有些尴尬。

"咱有个同学在北京,左欣昱你有印象吗?"芦晚秋问。

"有印象。"田雨直率地说,"人挺好的。"

"是呀!我记得是个憨厚小伙,那时候在咱班话不多,好像画画还挺有灵感的。他的近况你了解吗?"

"不了解。"

"听说他在北京有自己的工作室,在798还是在宋庄?"

突然被她一问,田雨也想不起来,摇头说:"我也不清楚。"

"你不知道?"芦晚秋的表情,显然怀疑田雨不说实话。"嗯,不管他,工作室在哪儿不重要。"

田雨默默喝咖啡。

"有个重要信息，他快结婚了，未婚妻是北京土著，还是拆迁户。"

"噢。"

"噢？你不知道北京土著拆迁户的意义吧？"

"什么意义？"田雨有些漫不经心。

"实现财富自由了啊！有房住，有存款，余生可以不工作，享受生活。"

"那挺好的呀。"

"是挺好啊！没想到左欣昱那么个老实人，也活得这么现实，傍上北京土著，余生就悠哉游哉了！"

"也许他碰巧爱上北京土著，人家姑娘也喜欢他。"田雨厚道地说。

"哪有那么巧的事儿！听说是土著追的他，喜欢他的才华。"

"他性格不错。"田雨不由自主说。

"是吧？你也欣赏他！不行啊！且不说你有老公，就算你单身，咱也不能跟人家北京土著拼，PK不过的。"

"你说什么呢！"田雨苦笑，"我怎么会跟人家PK？左欣昱是同学，我没想别的。"

"我知道你不是那样的人。我们不是聊天吗？随便聊呗！听说那北京土著还挺有背景，大伯是某个部委的官员，小叔是北京哪个区法院的——"

田雨打断她，"这跟我们没关系"。

大学同学在北京的好几个，芦晚秋单挑左欣昱说。如果田雨还不明白芦晚秋的谈话意图，那就愚不可及了。田雨不想解释她跟左欣昱偶然碰上，她对左欣昱没别的想法，她感觉左欣昱对她也没企图。田雨没有什么需要撇清的，不多说是尊重自己，也尊重左欣昱。

田雨和芦晚秋告别时心里憋着气。她和芦晚秋大学毕业后就没联系过,芦晚秋这么煞费苦心地找她说这么多,一定是受人所托。除了雷力还会有谁呢?

"你是不是找了我同学芦晚秋?"田雨气呼呼地打电话问雷力。
"我在开会。"雷力说完挂断电话。
气愤的田雨不想等待,她改用文字留言:"有什么话你不能直接跟我说吗?为什么要通过别人?我不喜欢任何人跟我玩权术!"
雷力回复她:"你同学找你聊天,你怪我,关我什么事儿!"
"你不承认?"
"我承认什么?"
"芦晚秋为什么突然找我,说那些奇怪的话?"
"你同学找你说什么,你怪我头上,你不觉得荒唐吗?"
"敢做不敢当!"
"随你怎么说,不可理喻!"
"雷力,你就不能真诚点吗?"
"你同学怎么着你了?她伤害你了吗?"
"她的话让我不舒服。"
"你不喜欢她,以后少理她就行了。别动不动就生气,气多伤身。再说,都是同学,还是别闹太僵。也许其中有什么误会。我在开会,别闹了,开心些。"
"你有任何话都可以跟我说,你为什么不愿意直接跟我交流呢?"敲出这些文字,田雨的心都凉了。
雷力不再回复她。
田雨想等雷力下班后,跟他讨论两个人的交流问题。雷力却没给她机会,他从单位直接去机场,飞往乌鲁木齐。
"你要出差几天?"田雨发微信问。

第二天上午雷力才回复,没回答她的问题,像安慰又像敷衍地说:"尽量早点回去。"

三天后,雷力出差回来,一进家就倒在沙发上,说:"累死我了!"

"顺利吗?"田雨关心地问。

"事情没办完,我担心你,提前回来了。"他说。

田雨心里不安,"新疆那么远,好不容易去了,把事情办妥再回来也好。"

"我还不了解你吗,爱钻牛角尖。我怕我不回来,你胡思乱想,折磨自己。"

雷力这么说,田雨倒不好意思了。"也没什么,我就是希望以后我们俩之间的问题,我们自己解决,不牵扯其他人。你对我有什么意见、建议,直接告诉我。"

"好,你以后遇事儿别钻牛角尖,少动怒,不要无事生非、自寻烦恼。"

"我没有无事生非。"

"你同学找你聊个天,同学之间见面聊聊不很正常吗?你却像被点燃的炸药包,闹得我心神不定,影响工作。"

"她突然找我,跟我说那些话,不正常。"

"就算她不正常。你为什么认定与我有关呢?"

"她突然找我,就说两个意思:你很优秀,让我珍惜;左欣昱在北京有个了不起的未婚妻。"

"那又怎样?"

"这还不够明显吗?我好几个男同学在北京,她为什么单说左欣昱?"

"就算她是有意的,也不一定和我有关。如果她对你那个男同

十一、谜局

学有意思,她知道你跟他见了面,还差点在山里露营,她吃醋,来找你敲山震虎。又或者,你那个男同学以为你对他有意思,他有未婚妻,不想给自己惹麻烦,托女同学告诉你他有个了不起的未婚妻,让你知难而退。都有可能啊,你认定是我,跟我闹,有道理吗?"

田雨被问住了。她从没想过芦晚秋可能对左欣昱有意思。芦晚秋离婚了,正处于空窗期,在男同学中寻找安慰不是没可能。至于左欣昱,田雨不相信他会辗转找到芦晚秋来对她旁敲侧击,芦晚秋和田雨关系太一般。

那就有两种可能,芦晚秋本人想切断田雨和左欣昱的联系,或雷力借芦晚秋来恶心田雨,让田雨不再和左欣昱有联系。

如果是雷力做的,他可能找小月或其他关系近些的同学,不一定非找芦晚秋。不过雷力前段时间去深圳出差,芦晚秋在深圳,或许雷力辗转打听到田雨有个同学在深圳,于是找到芦晚秋……

田雨不愿再推理,太累了。雷力说得对,不就是一个女同学找她聊聊天吗?聊得不太愉快,那以后就少见面。没必要把事情搞这么复杂。

"算了,都过去了。"田雨气馁地说。

"这就对了,别太计较,大气些。"雷力伸懒腰,打着哈欠,"我要去泡个澡,好好睡一觉,这些天在外面跑,太累了!"

雷力上楼,把包随手丢在茶几上。田雨拿起包,想帮他放到柜子里的置物架上,包里的手机响了。雷力随身带两部手机,其中一部专门联系客户用,他放在包里。

田雨打开包,正犹豫要不要拿给雷力让他接,对方挂断了。把手机放回包里时,田雨看到一个首饰盒。她好奇地打开,是金首饰，一个带吊坠的项链。

田雨把项链盒放回去时，发现另一个小首饰盒，里面是一对锁形金耳坠。田雨没穿耳孔，她从不戴耳坠。眼前的这对造型漂亮的金耳坠像两枚炸弹，让田雨惶然。

她好不容易等到雷力从浴室出来，直率地说："刚才有人打你业务手机，我看到你包里有首饰盒。"

"嗯。"

见雷力并不打算解释，田雨追问："里面是什么？"

"喀什特产。"

"什么特产？"

"和文物同款的首饰。"

"给我的吗？"

"你想要就给你。"

"什么意思？"

"帮同事带的。你想要，就不给同事了。"

"什么首饰啊？"田雨痛恨自己撒谎，但她不想承认自己偷偷看过。

"一根项链，你想要，就拿去戴。"

"就一根项链？"

"刚跟你提意见遇事儿别钻牛角尖，你根本听不进去对吧？"

"我的意思是，如果就一根项链，我不能要，免得你同事不高兴。如果还有别的首饰，我就要项链，你把别的给同事。"说出这番话，田雨心里骂自己：你什么时候也变得这么虚伪！

"项链给你，同事那边好说。"雷力不被田雨带节奏，想言简意赅地结束对话。

田雨不想这么快结束，在他背后问："我是不是要去打个耳孔？"

"想去你就去。"

十一、谜局

"我打了耳孔,你会给我买耳坠吗?"田雨想着他包里的那对漂亮耳坠。

"打了再说吧。"雷力躺到床上,拉起被子蒙上脸。

看雷力的态度,没事人一样,仿佛那对耳坠根本不存在。田雨恨自己不直率,干吗不直接问他耳坠是给谁买的?雷力最擅长敷衍,自己偏给他蒙混的机会。

"我看到你包里有对金耳坠,很漂亮!"田雨心一横说。

"嗯。"雷力从被子里发出一个音节。

"我挺喜欢的,能给我吗?"

"你喜欢就留下。"雷力推开被子露出脸。

"你同事会不会不高兴?"

"你高兴就行。"

"那我是不是太自私了?"

"不想自私,你就别要首饰。"

"哪个同事?"

"说了你也不认识。"

田雨滋生无力感,明明两件非常可疑的首饰,雷力却能坦然面对。她倒心神不定,好像是她犯了错。"两件首饰我都要,明天我去打耳孔。"田雨抗议似的说。

"嗯。"雷力又拉起被子蒙上头。

夜里,雷力睡得很香,鼾声依旧。田雨翻来覆去难以成眠。凌晨两点多,雷力起床去厕所。田雨对他说:"我睡不着。"

"想让我怎么帮你?"雷力打着呵欠问。

"那两件首饰,你是给哪个女孩买的吧?"田雨在一部谍战电视剧里看过,凌晨两三点是人意志最薄弱的时候,容易招供。

"你就是爱胡思乱想!难怪睡不着。"

"不是吗？"田雨追问。

"不是。"

"让我知道也没什么，反正我准备留下首饰，就算你想犯错，也属于未遂。"田雨诱供。

"跟你说了，帮同事带的，信不信由你！"雷力裹紧被子，背对田雨。

"如果我不发现呢？"

"你不发现我就给同事啊。"

"哪个同事？"

"你跟我闹闹也就算了，别到外面丢人。"

田雨知道，再聊下去，也不会有结果。雷力不想说的事情，她没有能力让他讲出来。

天快亮时，田雨才勉强入睡，梦到自己钻进一个迷宫，怎么都找不到出口。

十二、讨厌

那两件金首饰，田雨没动，放在雷力包里。不属于她的东西，田雨不要。雷力上班时，把包提走。下班回来，田雨有意看他的包，首饰不见了，已被他送出去。

田雨不想再追究，过去的就让它过去吧。再追问下去，雷力也不会给答案，只会显得她过于纠缠惹人厌。田雨没想到，就算她忍，她也很难讨人喜欢。

学校开家长会，田雨组织自己班的家长开会。田雨在讲台上用共享屏幕展示同学们的考试分数段，有家长在下面窃窃私语："美术老师当班主任，本来就不靠谱，听说她还特别事儿！你看吧，咱班家长会，肯定比别班拖的时间长。"

有个环节是各科老师在班里介绍同学们的学习情况，不知为什么，老师们都姗姗来迟，和家长们交流时有些心不在焉。隔壁班时不时传来雷鸣般的掌声，老师振奋，家长高兴。田雨班里却没有掌声，家长赌气似的沉默，不知是不是受氛围影响，老师们讲话磕磕绊绊。田雨班里，各科老师都很有经验，不应该是这样的状态。

别的班准时结束家长会，田雨班里数学老师还没讲话。"时间已到，我就不讲了吧？"数学老师征求田雨意见。"没关系，该讲讲。"田雨认为老师既然在场，就应该讲。

"果不其然！就咱班拖堂。"有家长埋怨。

挣脱 PUA

田雨向家长们致歉,"耽误大家几分钟,咱们数学王老师被评为'教育先进工作者',很有经验,我们班这次考试数学平均分提高 11 分,在年级排前三"。

"不是不让排名吗?"有家长质疑。

"以班级为单位排名,班内不排名,让家长知道我们班成绩在全年级的位置。"

"整体排名不代表个体。我家孩子数学还退步了呢!"

"家长们静一静,请王老师给我们介绍具体情况。"

按理说,考后总结老师讲的是干货,家长们应该认真听。田雨当班主任前,看到不少家长在会上记笔记、录视频,生怕错过老师们的金玉良言。可现在,家长似乎连听的耐心都没有,王老师貌似也没心情多说。家长会草草收场。田雨很沮丧。

会后,别的班家长围着班主任询问自己孩子的学习情况,没有家长问田雨。有家长发微信,在群里@语文老师,说孩子不会写作文,能不能在外面报班。语文老师沉默。

这是个敏感问题,大家都知道学校不支持学生在外面报辅导班。对这样棘手的问题,田雨认为自己作为班主任,有责任给出解答。她热心地在群里回复家长,让孩子养成写日记的习惯,把生活点滴记录下来,这样既培养观察力,积累写作素材,还锻炼文笔。

家长不理田雨,继续@语文老师,问:"写日记真能提高写作能力吗?"

语文老师回复个微笑表情,仍是一言不发。别的家长议论纷纷:作业那么多,孩子哪有时间写日记?七零后可能有写日记的习惯,八零后就没谁写日记了吧!我们自己都不写,怎么要求孩子写?

"家长在微博、微信等社交账号记录心情,也是写日记,只是和过去形式不同。"田雨解释。

十二、讨厌

"现在习惯发图片和视频,文字写得很短。让他们在网上写日记,他们更有理由玩手机了!"

只要有一个家长吐槽,立刻会引起其他家长共鸣。"是啊!现在的孩子自我意识强,还没进入叛逆期就开始质疑父母,让他们写出来,不知在网上怎么损我们呢!出这样的主意,不是挑事儿吗?"

田雨尴尬极了。她不想和家长争论。通过这次家长会,田雨意识到家长们不喜欢她,甚至讨厌她。对班里的孩子们,田雨尽心尽力,她没想到自己一腔热情遭冷遇。

无情的现实告诉田雨,她真的难以胜任班主任的工作。家长会后的班主任总结会,别的班主任兴致勃勃,田雨无精打采。离开学校前,田雨找到林校长,懊恼地说:"我可能不适合当班主任。"

"不是挺好的吗?你班学习成绩整体提升,年级排名也不错。总结会我看你情绪不高,家长惹你了?"

"没有。如果换成语数外主科老师当班主任,可能更让家长信服。"

"家长信服,不是看哪科老师,而是看老师本身的责任感,工作能力、组织能力、管理能力。既然你来找我,我给你些建议,不要情绪化,学会管理情绪,做事果断,化繁为简。如果拖泥带水,思前想后,处理不好工作,生活也会有麻烦。"

林校长的一番指点,让田雨清晰地看见自己的缺点。林校长直言不讳地提意见,说明没拿田雨当外人。田雨也敞开心扉,"我觉得家长和其他科老师都不喜欢我。"

"为什么让他们喜欢你?你爱人喜欢你就行了。"林校长开玩笑地说,"你老公可能太宠你了,养了颗玻璃心。女人脆弱不是什么毛病,但要分场合。"

连校长都认为她有颗玻璃心。谁没有脆弱的一面呢?田雨在学生和家长面前并不情绪化，有工作热情同时客观理性，即使难过，也默默忍了。为什么所有人都认为她矫情？

田雨想不明白。

"没别的事情你去忙吧。"林校长看手机，"这个点也该回家了。"

田雨讪讪地离开校长办公室。她发现自己真的很弱，别人做事雷厉风行、立竿见影，事情到她这里像掉进泥淖，举步维艰、很难进展。

田雨心事重重地回到家。见雷力已在家，她像遇到救星，想请雷力帮她分析。"我们出去吃吧。"田雨建议。

"阿姨做好了，我没让她端出来。"雷力说着要招呼阿姨端饭菜。

"不用了，我去。"

阿姨在擦灶台，见田雨进来，把清洁纸巾狠狠地扔进垃圾桶，端起蒸米饭的电饭锅出去。田雨帮忙拿碗筷、端菜，她和阿姨多次擦肩而过。田雨想冲阿姨微笑，但对方根本不看田雨，表情冰冷。

田雨小声对雷力说："我觉得阿姨在躲我。"

"不是她躲你，是你想太多，看谁都有问题。"

"你没觉得她不正常吗？"

"没觉得。人家来这儿干活挣钱，不想多说话也正常。"

"我今天开家长会，那些家长好像——"田雨困难地说，"好像不喜欢我。"

"孩子在你手里，家长即使讨厌你，也会掩饰吧。被你看出来，可能是你想多了。"

"我不想当班主任。"

"家长不喜欢你，你不想当班主任。学生讨厌你，你是不是得辞职？"

十二、讨厌

"学生毕竟单纯。"

"如果家长讨厌你,也应该是听自己孩子说了什么。因为孩子,家长才和学校、老师,产生关联。学生喜欢你,家长为什么讨厌你?家长和孩子的利益是一致的。"

"学校也和学生、家长的利益是一致的,都想让孩子好。"

"理论上讲是这样。可毕竟是不同的个体,人家毕竟是亲子关系,和学校会有不同的想法。"

"也许是我想简单了。"

"不是想简单了,是想复杂了。只要他们不投诉你,不喜欢你有什么关系?"

"他们没什么可投诉的,我不会做任何违规的事情。"

"那就不怕。"雷力拿起筷子吃饭。

雷力胃口不错,吃得很香。田雨却忧心忡忡,"不知道为什么,我觉得越来越多人讨厌我。"

"喜欢或讨厌你,是人家的自由。"

"我想做点什么挽救。"

"没必要。像一盆水,已然浑了,你搅动,只会让水更浑,不如静观。"

"静观不会有任何改变。"

"可也不会让事情更糟。"

"我真的很让人讨厌吗?"

"太认真,较真儿。水至清则无鱼,这么比喻不对。简单说就是事儿,事儿多。大家都累,都不容易,工作压力大,生活中有这样那样的难题,谁都想轻松些,随意些——你懂我的意思吗?"

田雨点头,"我明白。可有些事情不能随意,学生最终要面临高考,现在基础不打扎实,不养成良好的学习习惯,将来千军万马过独木桥时恐怕会摔下去……"

"那没办法，现实就是残酷的。"

"所以，我要负责任，对每个学生负责。"

"你如果认为自己做得对，就不要在乎别人对你的态度。"

"完全不在乎不可能，只能想开点吧。"

"你不会想开的。"雷力说，"我比你了解你。"

"那也不能辞职，我喜欢当老师。"

"既然要做下去，就多找找自身的原因。我们没办法改变别人，可以改变自己。"雷力给她支招。

"怎么改变？"田雨认真地问。

雷力叹气，"让自己随和些，大气些，圆润些。别犟得像块石头，给人添堵，让人闹心"。

"我有那么硬吗？"

"那要看你愿不愿意承认了。"

小月打电话对田雨说同学组织一场聚会，给芦晚秋接风洗尘，地点定在八一路的诗意江南。

"我见过芦晚秋。这次就不去了。"

小月惊讶地问田雨："你什么时候见的她？你跟她不熟吧？上大学时，我们和她没有什么交往。"

"前些天她约的我，说是聊聊。"

"你们见过了，这次不去也行。我也不去了，你不去我一个人去没意思。"

田雨和小月的通话被雷力听到，雷力建议田雨去。"你不是怀疑你同学上次找你聊天，是我指使的吗？这次去你可以问问她。"

"算了。"田雨不想节外生枝。

"就这么稀里糊涂地冤枉我，你倒想得开。"

"你真想让我去？"田雨认真地问。

十二、讨厌

雷力似笑非笑,"为什么不去?你那个男同学没准儿也在呢"。
"你这么说就没意思了,我不去。"
"跟你开玩笑。你那男同学就是在,也轮不到你。去吧。"
"什么意思?"
"女同学又不止你一个,有离婚的,有剩着的,你一个已婚妇女,招惹你人家还嫌麻烦。"

田雨不喜欢雷力说她是已婚妇女,什么年代的陈词滥调!雷力的话也不无道理,芦晚秋离异,还有一两个女同学单身,同学们都知道田雨已婚,谁会给自己找麻烦?

"实在不愿意去也别勉强,免得见到那个男同学尴尬。"雷力这么说,貌似认为田雨对男同学有想法。

田雨不高兴地说:"我又没什么想法,见谁都不尴尬。"
"那就去呀。"

雷力说完出门走了。田雨给小月打电话。小月说:"我正要给你打电话呢。苗小毛组织的,他说大伙都要来。好不容易聚聚,不准不来。"

田雨到衣帽间,思索怎么穿戴。想到芦晚秋那么会打扮,田雨又泄了气。不如就穿素雅些,化个淡妆,表明对到场人士的尊重,又不张扬。打开首饰盒挑选项链,田雨想起雷力在新疆买的金首饰,不知送给了谁,她胸口有点闷。

田雨和小月到诗意江南时,同学们还没入席,三三两两地站着聊天。

"咱们入席吧。把C位留给芦晚秋。"苗小毛张罗。

芦晚秋姗姗来迟,打扮得明艳动人,款款地走向C位,有明星参加奥斯卡颁奖典礼的范儿。芦晚秋耳垂边晃动着一对可爱的金锁,和雷力在新疆买的耳坠一模一样!

田雨盯着在芦晚秋耳边舞动的金锁，忘记自己是谁，在哪里，甚至忘记了呼吸。

"怎么了？"小月碰田雨的胳膊，轻声问。

"那对耳坠。"田雨喃喃地说。

"是挺漂亮的！应该是限量版。"小月赞叹。

"雷力买的。"田雨梦呓似的说。

"啊！"小月用手捂住嘴巴，"不会吧？应该是巧合。"

"可能吧。"田雨想表现得正常些，可她做不到，胸口憋闷得她想大口喘气。"我不舒服，我先走了。"田雨对小月说完，撇下目瞪口呆的小月，径直离席。

小月追过来，"我们就这么走掉，是不是不太好？"

"我真的不舒服。"田雨气喘吁吁地说。

"我陪你去医院。"

"不去医院，我想回家。"

"好，我送你。"

坐在小月车里，田雨像被抽去了筋骨。

"我们还是去医院吧。"小月担心地说。

"我身体没事儿，心里难受。"

"你是不是想多了？我觉得芦晚秋的耳坠不可能是雷力买的，可能就是碰巧了。"

"可能吧。"田雨有气无力地说。

"我不想看你这么难受。这样，你现在给雷力打电话，问清楚。"

"问不清楚的。"田雨悲哀地说。

"怎么会问不清楚呢？"小月不相信，"你用你手机拨通雷力电话，我问他。"

十二、讨厌

　　田雨把包递给小月。小月掏出田雨的手机,递到田雨面前刷脸,调出雷力手机号。电话立刻接通了。
　　"雷力你好!我是小月,我和田雨在一起。是这样的,田雨身体不舒服。"
　　"她怎么了?你们在哪里?把定位发我,我马上过去!"
　　"也好,我找个地方停车,然后把定位发你。"
　　"他还是很爱你的。"小月感慨,"听说你不舒服,很着急。一会儿等他过来,你问清楚。别因为误会伤身体、伤感情。"
　　"问不清楚的。"田雨喃喃地说。
　　"怎么问不清楚呢?我和你一起问。你先告诉我是怎么回事儿。"
　　田雨简短地告诉小月,前些天雷力去新疆出差,买了一根金项链和一对金锁耳坠,就是芦晚秋耳朵上戴的。
　　"应该是碰巧了。"小月坚持自己的看法。
　　"你不懂,你不了解。"田雨无声地叹气。
　　"一会儿我就了解了。你先靠在椅背上休息,哪儿难受告诉我。"
　　田雨闭着眼睛点点头。

　　雷力很快赶到,对小月道歉,"给你添麻烦了!请你替田雨向同学们解释,希望同学们原谅她。"
　　"没事儿。田雨身体不舒服,同学们都理解。"小月思考着怎么问雷力。
　　雷力抱田雨,体贴地在田雨耳边说:"坚持会儿,我马上带你去医院。"
　　田雨不想被他抱,雷力坚持,半搀半抱地把田雨放进他车里。小月跟在雷力身后想问,但找不到开口的机会。
　　雷力转身对小月说:"今天真是对不起!请替田雨给同学们解释。改天我和田雨请同学们喝酒赔罪。"

"没那么严重。"小月客气地说,"都是同学。"
"不跟你多说了,我赶紧带小雨去医院看看。"
"好的,快去吧。"
雷力开车载田雨飞速离去,小月愣在原地。

驶出小月的视线,又过两个红绿灯,雷力把车停下来。
"身体真不舒服?"雷力问。很显然,他更愿意相信田雨是心病。
"胸口憋闷。"
"多长时间了?"
"在家里换衣服时就有点儿。"
"去医院查查吧。"
"不用。"
"那就是心病。说说吧,又怎么了?"
"你在新疆买的耳坠,送给芦晚秋了?"
"我跟芦晚秋都没见过面,怎么可能送她?"
"她今天戴的耳坠和你买的一样。"
"这种仿文物的饰品,新疆很多地方有卖。其他省市旅游景点可能也有。"
"你那对送给谁了?"
"又来。"雷力重重地叹气,"我明确告诉过你,是替同事买的。"
"哪位同事?"
"能不无理取闹吗?"
田雨苦笑,"算了,反正你也不会说,送我回家吧。"
"你能不能成熟点儿?"雷力恨铁不成钢地说,"这么大个人了,参加同学聚会,因为怀疑一对耳坠,就任性离席,还连累小月不能和同学聚。你让同学们怎么看你?"
"讨厌我呗。"

十二、讨厌

"你的多疑、任性,确实很讨厌。以后你还怎么和同学们见面?"

"你不是说请他们喝酒赔罪吗?"

"客套话你也信。"

"都是同学,没那么严重。"

"幼稚!"

"我是挺幼稚的。刚才着魔似的,以为你和芦晚秋暧昧。"

"你太抬举你同学了。"雷力的语气透着不屑,"你眼界低,看到的就是你那些同事、同学。我们清北的女同学,学识、气质、格调,不是你们这些人能比的。"

"那你怎么不找清北女生结婚?"

"缘定三生,可能我上辈子欠你的,才罚我回武汉娶你。"

"你们清北的也迷信?"

"田雨你就是讨厌,没法跟你聊天。"

"那就不聊。"田雨恹恹的,她觉得很累,头脑胀痛,思维迟钝。

"你今天这么任性,把同学得罪了。"

"不怪我,要怪就怪芦晚秋戴的耳坠。"

"推卸责任,你不是喜欢认真吗?"

"认真有什么用?我找不到答案。可能我变笨了,或许从没聪明过,聪明的话就考清北了。现实越来越魔幻。随便吧,反正就是普通人,我也觉得自己很讨厌。"

"每个人都活在自己的世界里。你也没必要太在乎别人怎么看。"雷力安慰她。

十三、无视

田雨屏蔽了同学群的信息,她不想再看同学们热火朝天地聊天。上次她从同学会猝然离席,这件事情好像没发生,谁都没提。如果有人追问,哪怕是责怪,田雨心里也会好受些。无视她的存在,对错都忽略不计,这种无言的伤害,像冰刀扎进田雨的心。

这种感觉田雨熟悉。家长群里,家长们不理她。在工作群,同事们把她当透明人。回到家里,雷力很少和她交流。她明明活在人群中,却有强烈的被隔离、被抛弃感。

天越来越热,田雨的心却冰凉。问题究竟出在哪里呢?她想找出答案。

田雨约芦晚秋见面。芦晚秋没立刻回复。田雨悲观地想,也许芦晚秋已经去了北京,或者出国了。田雨抱着绝望的心情等待。好在芦晚秋回复了,把她家地址发给了田雨。

田雨买了束弗洛伊德玫瑰,到芦晚秋家。芦晚秋穿着睡衣,脸上还敷着面膜。接过田雨的花,放在鼻子下闻,"真香!我最喜欢的弗洛伊德玫瑰,花语是充满魅惑、魅力十足,还是你懂我!"

"这花跟你很搭。"田雨由衷地说。

芦晚秋拿花瓶插花,"快十一点了吧,我才起床。不工作,晨昏都颠倒了"。

十三、无视

"上次给你接风,我突然身体不舒服,没跟你打招呼就走了,对不起!"田雨道歉。

"这有什么呀!"芦晚秋爽朗地挥手,"别在意,没人会怪你。身体最重要,现在怎么样?好了吗?"

"好了。"田雨说,"你呢,都好吧?"

"我?"芦晚秋指自己,笑起来,"我也不知道自己好不好,凑合活吧。"

"上次同学聚会,你真漂亮!"田雨赞美芦晚秋,"戴的首饰也别致,限量版吧?"田雨摸自己的耳朵,"小时候我想过扎耳孔,怕疼放弃了。看你戴耳坠,我也想打耳孔,你戴耳坠真好看,风情万种。"

"看你把我赞美的!你要是男人多好!"芦晚秋把咖啡豆放进咖啡机。

"耳坠男朋友送的吧?"田雨直奔主题。

"我哪有男朋友啊!一个哥儿们送的。"

"在武汉买的吗?我也想买一对。"

"这我倒不清楚。等会儿,我帮你问问。"

芦晚秋把煮好的咖啡端到田雨面前,"你还是要加糖吗?"

"都行。"田雨说。

"我劝你别加糖了。原味咖啡,初入口时苦,后味浓香。为那口香,尝点苦值得。"

田雨点头。

芦晚秋拿出手机,语音留言,"我闺密也喜欢金锁耳坠,你在哪儿买的?"

芦晚秋称田雨是她闺密,这让田雨心里涌起一股暖流。田雨更多地看见芦晚秋的优点:人漂亮,性格爽朗,而且认真。眼前的情景,田雨对耳坠只是随口一提,芦晚秋可以装糊涂直接略过这个话

103

题，但她认真对待，马上就问。

田雨怀疑自己冤枉了芦晚秋，又不知芦晚秋的哥儿们怎么回复，不禁心慌意乱。

"我这哥儿们很忙，不一定什么时候回复，你别太着急。"芦晚秋点燃一支烟，"我抽烟你不介意吧？"

"不介意。"

"在深圳那些年压力大，抽烟减压。"芦晚秋说着笑起来，"其实都是借口。抽烟啊、喝酒啊、蹦迪啊，真能减压吗？未必。可你说人活着这么苦，总得有宣泄的渠道，给自己找点乐子。"

"是啊。"田雨发现芦晚秋看起来浮夸，但并非华而不实，说真话，不装。田雨对她产生信任感。

"你不一样。"芦晚秋透过袅袅的烟雾看田雨，"你是温室里的花朵，不知道外面风大浪急，也挺好，不经历风雨不受磨砺，保持本真。"

"玻璃心。"田雨自嘲。

"曾经我也是玻璃心。碎了一次又一次，怎么样？总不能去死吧！再难也要撑，一步一步熬过来，经历了风雨，也未必见彩虹。"

"我觉得你挺好的，漂亮、聪明、洒脱，有气场。"

"哈——田雨你怎么不是男人呢？你要是男人，我就从了你，你养我，不挺好吗？"

"我哪有那本事，自己都养不了。"田雨也以开玩笑的口气说。田雨心情不好，也只有芦晚秋，有能力让焦虑的田雨得到短暂的放松。

芦晚秋的手机有信息提示音。田雨屏气敛声。芦晚秋扫了眼手机，"是他，回信息了。"芦晚秋把手机放到田雨面前，点击播放语音。一个男人的声音，"我也是托一个哥儿们买的，具体在哪儿里买的我也不清楚，应该不在武汉。你闺密要喜欢，我跟那哥儿们说

十三、无视

说，让他再买一对？"

田雨摇头对芦晚秋说："不用了，我还没打耳孔呢。"

"你要实在喜欢，我这对送你也行。"芦晚秋慷慨地说，"我这人就是图个新鲜，戴几次就厌了。"

"不用，谢谢！"

这次见芦晚秋还是有收获的，至少可以断定耳坠不是雷力直接送给芦晚秋的。应该是错怪了雷力和芦晚秋。田雨愧疚地说："上次给你接风没能好好陪你，我真的很抱歉！改天我请你。"

芦晚秋不客气地说："好！"

到离开的时候，田雨却不想走，"上次你说要去北京，什么时候去，我为你饯行"。

"我就是随口一说，不定去不去呢。"

"有点私事儿，想请你帮我出出主意。"芦晚秋成熟爽朗，田雨想听听她的意见。

"你说。"

"不知是不是我的错觉，我觉得身边的人都不喜欢我，我也不知道是什么原因。"

"谁不喜欢你？说具体点。"

"领导、同事、学生家长。"

"大家都是成年人，都有自己的一堆烦心事儿，没多少心思喜欢或讨厌别人吧。"

芦晚秋和雷力的观点不谋而合。田雨无趣地说："可能是我想多了。"

"是啊，林黛玉多愁善感，人家有那资本，衣食住行有人包揽。像我这样的，什么都要靠自己，只想埋头挣钱，盼望后半生实现财富自由，哪有空琢磨谁喜欢我、谁讨厌我？"

田雨尴尬，好像自己故意在离婚的芦晚秋面前显摆，凡尔赛。

田雨向芦晚秋解释:"我真觉得苦恼,向你请教。"

"我知道。"芦晚秋凄然一笑,"你有空多愁善感,因为你有好父母、好老公。听说你老公还是清北毕业的,多难得!看我这房子,还是租的,你住的是东湖边的别墅。我要是像你一样多愁善感,应该去跳东湖,或者在磨山上找棵歪脖子树吊死自己。"

田雨懊悔不该勾起芦晚秋的悲观情绪,她阻止芦晚秋说下去,"别这么说,不吉利!"

芦晚秋不接田雨的话,继续表达自己的观点:"你觉得别人不喜欢你,可能是真的。你清纯可爱,老公又爱你,别人立风雨中,你坐温室里,让人怎么喜欢你?"

这么说,别人讨厌她是真的。印证了这一点,田雨似乎踏实了,又怅然若失。

分别时,芦晚秋安慰田雨,"你也不用难过。有你老公爱你就够了。"

田雨想起林校长说过类似的话。可人是群居动物,有社会属性,人类通过与其他人的交往与合作实现自己的价值,获得情感与心理支持,不可能脱离集体单独存在。林校长和芦晚秋都有大格局,并不是故步自封的人,她们对田雨这么讲,难道是觉得田雨不可能被其他人喜欢,同情、怜悯地安慰田雨?

雷力批评田雨爱较真,不洒脱。是不是大家都有同感,觉得她讨厌?田雨越想越不安。田雨没意识到,她根本不用想那么多,应该停止内耗。性格洒脱固然可爱,认真执着也是优势,做事情靠谱,值得托付。

此时的田雨已不能冷静客观地判断和分析,她用雷力带有偏见的模板套自己,沮丧自卑。她向人求证,想得出相反的结论,给自己安慰和自信。

十三、无视

田雨买了牛羊肉、水果等回父母家,妈妈说:"不用为我们花钱,需要什么我们会自己买。"

妈妈可能是心疼田雨。心情灰暗的田雨却理解为妈妈不需要她。

"你现在有家了,跟雷力好好过。"爸爸叮嘱田雨。

这是一个父亲对女儿说的家常话。深度解读,也可以理解为爸爸紧张雷力,想让田雨保住这桩婚姻。越是缺乏自信的人,越容易悲观,往不利于自己的方面想。

妈妈和同社区的一群阿姨唱歌跳舞,爸爸有几位棋友。偶尔他们还会参加老年旅行团,国内外旅游。好像有没有她这个女儿,爸妈都能幸福地安度晚年。没有她,也许爸妈过得更轻松自在。

这么想时,田雨情绪更低落了。她给自己养的花浇水,妈妈阻止田雨:"现在不到浇水的时候,我按时浇水施肥,你放心,会给你养好的。"

妈妈不想田雨受累,让她放心。可田雨误解为妈妈怕她把花浇死,像雷力说的,她什么事情都做不好。这么东想西想的,田雨心里和爸妈添了层隔膜。

爸爸妈妈问田雨过得怎么样,工作顺不顺利。田雨本能地报喜不报忧,"挺好的!"

"你过得幸福,我和你爸心里就高兴,比给我们买什么都好!"妈妈感慨。

爸爸关心地问田雨:"雷力对你怎么样?"

"他请了钟点工,家务不让我做。"田雨思索着,想让爸妈知道雷力待她很好,却想不出实际内容,只好概括说,"很关心我。"

田雨这么说,想让爸妈放心,同时也给她自己增加自信。田雨从没这么在乎过自信,人对自己缺失的很敏感。

"这个我知道。"爸爸说,"雷力怕你任性辞去班主任的工作,特意来一趟，想让我和你妈找机会做做你的工作。"

"你怎么连这个都说了？"妈妈责怪爸爸，"雷力不让说，看你的记性，越来越差了！"

"自己闺女，有什么不能说的？"爸爸不接受妈妈的批评。

妈妈对田雨解释，"雷力想让我们找个合适的时机劝劝你，又怕你不高兴，不让我们明说。我看雷力这孩子不错，他工作那么忙，还操心你的工作"。

"我还是班主任，没辞。"田雨不想让父母操心，"我跟他说着玩的，他当真了。"

"原来是这样。"爸爸又想起另一件事儿，"你班孩子的家长，现在好些了吗？"

"家长很好啊。"田雨茫然地说。

"那就是雷力做好了他们的工作。"爸爸点头，肯定自己的判断，"雷力这孩子细心，你班学生的家长他都想办法联系到，帮你做外围工作。"

原来雷力真掺和她的工作了。推测竟然成真，田雨说不出地愤怒。

"他是不是还联系我的同学？"田雨问爸爸。

"同学他倒没讲。只是说你单纯脆弱，不适应这个社会，他尽量多做些。"

田雨想说我不希望他掺和我的工作和我的人际关系。如实说，会给父母添忧愁。"他做的是挺多的。跟他在一起省心。"田雨违心地说。

离开父母家，田雨漫无目的地在街上逛，她不想回别墅，也不知该去哪里。正好路过一家电影院，田雨买张电影票走了进去。放映的是一部爱情电影，影片中男女主人公骑单车郊游，路两边分别

十三、无视

是碧绿的溪水和金色的稻田,微风拂面,稻花飘香,那种单纯的快乐,让田雨有隔世的恍惚。

田雨和雷力从来没有这么天然的快乐。她被雷力带入他的世界,工作、人脉、利益像一个金光闪闪的笼子将她罩住,让她透不过气。

田雨认为她和雷力的婚姻生活,没有柴米油盐的琐碎,缺乏烟火气,像空中楼阁。也许这就是雷力想要的——精致、成功、高层面。追求精致和高端没错,可总得顺其自然。田雨希望在雷力面前可以任性,偶尔撒个娇,有小女人的慵懒和松弛感。在家里,就做普通夫妻。可雷力喜欢当一个成功的丈夫,他需要的是一个光鲜华丽的妻子。

田雨刚走出电影院,就接到雷力的电话。田雨不想把看电影的事情告诉他,一个人看电影,总归说不清。雷力说:"单位有个聚会,大家都携家眷,你也来吧。"

"我还在外面,都这么晚了,时间来不及了。"

"那就打个车赶紧回家,换好衣服打车过来,来得及。"

田雨不想去,太突然了,她不习惯没有心理准备匆匆忙忙参加聚会。

"你知道我缺乏应变能力,急匆匆赶过去,我怕尴尬,还是不去了。"

"有我在,你怕什么?"

"还是算了,你就说我病了。"

雷力挂断电话。田雨知道他不高兴。即使她去了,也未必能让雷力高兴。既然这样,她勉强自己去没意义。

本来在街头游逛的田雨,知道雷力参加聚会深夜才会回来,她结束游荡,打车回家。

如田雨所料，雷力到家时，已是深夜。

"你打电话时，我确实身体不太舒服，所以就没去。"田雨解释着，心里鄙视自己不诚实。

雷力不说话，脱下外套，去浴室洗澡。已睡下的田雨，从床上起来，把雷力扔下的衣服放进洗衣筐。

雷力洗完澡，用吹风机吹头发，田雨过去问："你没生气吧？"

"生你的气，我气得过来吗？"

田雨见谈话难以继续，坐回到床上等他。雷力掀开自己的被角，钻进去，背朝田雨躺下。

"其实我们没必要这么紧绷。"田雨说，"我们有工作，有房有车，可以活得轻松些。"

"你还不够放松吗？在学校教学生画些画，班级工作有班委小助手，家长们也不给你添乱。"

从爸爸那里得知雷力替她摆平家长，本来田雨还忍住不提这茬儿，既然雷力主动说了，田雨不由质问他："你为什么要联系家长？"

"我没那么蠢，直接联系家长。家长有领导、同事、客户、朋友、同学、亲戚，武汉市小，圈子不大，想给谁递个话，不难做到。"

"你这样做，家长们怎么看我？"

"家长不挑你刺，不找你麻烦，你当班主任工作就简单。"

"家长怎么看我？"田雨生气地重复问。

"应该高看。"

"我不这样想！"

"你怎么想不重要，重要的是怎样才对你好。"

"我是一个成年人，我有我自己的想法。"

"你的想法只会让你处处被动，一事无成。"

十三、无视

"我需要自己的空间。哪怕失败、踩坑,我也希望是自己跌倒,而不是被别人推进坑里。"

"我所做的,就是不让别人把你推倒,也避免你自己跌倒。"

"我们是夫妻。你不是我的人生导师,也不是我的教练。我和你是平等的。"

"这世上没有绝对的平等。如果你够聪明,自己把事业做得风生水起,还用我劳心费力?"

"我不追求成功。我有自知之明。我就是普通人,想过普通生活,享受平凡的快乐。"

"那你为什么嫁给我?平庸之辈,满大街都是。"

田雨气结,说不出话来。她想起在哪里看过一个理论,选择伴侣等于选择一种生活方式。田雨检讨自己:"是我错了,选择了一个不平凡的人,却想过平凡生活。"

"你没错,只是你没看清自己。你喜欢高品质生活,也想在工作中做出成绩,可惜缺乏相称的能力。我帮你,你觉得被干预。就像一个孩子想摘一只苹果,身高不够,我送他一个凳子让他踩在脚下,或给他一根长钩,帮他摘到苹果。这样不好吗?"

"也许他不想让人帮。"

"那他的想法有问题。"

"我希望你能关注我的感受。"

"做正确的事情,不必瞻前顾后。"

"可以无视我的感受?"

"成年人的世界,大家看的是成败,不是过程。只要对你,对这个家有益,感受可以忽略不计。"

十四、反抗

田雨约小月在她们以前常去游泳的室内泳池见面。小月意外地问:"怎么想起游泳?"

"想体验自由自在。"田雨感慨,"我们太久没一起游泳了。"

田雨喜欢蛙泳,小月游自由泳。两人游到池边,伏到池岸边休息。

"我要离婚。"田雨突然说。

小月显然被吓住了,摘掉游泳眼镜,看着田雨,"他伤害你了?"

"也说不上伤害吧,也不是没伤害。"

"到底什么意思?"

"他管太多,我很难受,不想再过下去了。"

"你的想法,跟他聊过吗?"

"聊过,没用。价值观不同。"

"离婚,毕竟事关重大。你还是慎重考虑,不要轻易决定。"小月劝田雨,"他管你,应该不是什么恶意吧?"

"也许没恶意。但我受不了他的控制欲。我是一个活生生的人,可他只把我当成他的附属品,作为他的一部分存在。"

"那是不应该。每个人都是独立的个体。即使夫妻,也是两个个体在一起,不可能一方完全依从另一方。"小月慢慢理解田雨的感受。

"谢谢你,小月!我还以为没人能理解我。"

"跟我客气什么。可理解归理解,我并不赞同你离婚。"

"为什么?"

"雷力条件不错。缺点可能是管得宽,没给你足够的个人空间。可谁没缺点呢?离婚再找,那个人也许给你空间,可条件不一定有雷力好。古人说'贫贱夫妻百事哀'。更悲催的是我,还没找到贫贱老公,就先背上了房贷、车贷。钱的问题就够我头疼的,我做梦都想哪天要是还完了银行贷款,心里该多畅快!"

"别说丧气话,你会找到高富帅老公。"田雨没想到自己的吐槽会引发小月的悲观情绪。

"你嫁给了高富帅,不也不幸福吗?"小月意识到自己的话有问题,急忙解释,"我不是落井下石哈!实话实说。"

"是啊。"田雨肯定小月说得没错。"钱可以慢慢挣。我现在根本找不到自己的存在感,处处都是他布局。"

"你突然这么说,我也有点儿蒙,再游会儿吧。"

田雨和小月跳进泳池,鱼儿般欢畅。

游完泳,她们去泡温泉,玫瑰池、樱花池,还有中药池,田雨寻找人少的小温泉泡。

"我们应该经常出来放松放松,在一种模式里久了,会觉得累,产生厌倦情绪。"小月觉得田雨没到离婚的地步。"雷力除了管得宽,其他方面没大毛病吧?"

"我也不是说他不好。撇开我,单看他,是很优秀的一个人。"

"所以说呀!不能轻易离婚。"

"我和他在一起不自在。他对我挑剔,可能嫌我不够优秀。我也觉得自己不够好,在他面前谨小慎微,总是心慌,连呼吸都不顺畅。"

"那怎么行？心情压抑久了，会生病。你单纯率真，不是胆怯自卑的人呀！"

"我也觉得自己不是。可在他面前，我就是忐忑不安，总怕自己犯错。"

"他是清北毕业的，可你也不至于这样。他娶你，说明你配得上他。他那么精明的人，不会随便跟人结婚。"

"问题可能就出在这里。"小月的话给了田雨灵感，"他名校毕业，见过世面。跟我结婚可能是瘸子里面挑将军。"

"不许这么说！贬低我们武汉姑娘！"

"对不起！我不是那意思！武汉姑娘很好，漂亮爽直！我是说我配不上他，也可能他觉得我配不上他。"

"那他为什么娶你？"

"可能年龄到了，也累了，不想再费心找了。"

"没见过像你这么贬损自己的。你离婚，雷力会同意吗？"

"他应该会同意。在他眼里我很没用。"

"那是你的感觉。你的感觉可能有问题，你有没有意识到？上次同学会给芦晚秋接风，你认为芦晚秋的耳坠是雷力送的，当场崩溃。可结果呢？你现在知道答案了吗？"小月探询地看田雨。

"那个耳坠不是雷力送给芦晚秋的。"

"你看看，一场误会，差点要你的命，你不知道当时你脸色多可怕。同学们也被吓住了，以为你家里出了什么事情。"

"有时候我的感觉会出错。可他让我难以舒展，找不到存在感，像一条鱼被放进瓶子里，这感觉没错。"

"他可能太在乎你，太想保护你。"

"我不是他观察、审视、培养的对象，不想在他营造的真空环境里窒息。"

"离婚再找，可能没这个问题，会有别的问题。"小月提醒田雨,"就算你下决心离,也和雷力商量着来,争取好聚好散。"

"如果我离婚,你会支持我吧?"

"我是你闺密,不管你做什么,我都支持你。"

夜晚,田雨坐在客厅等雷力。墙上的钟嘀嗒嘀嗒地响,田雨心乱如麻。远处响起雷声,要下雨了。

雷力到家时,雨已在下。闪电划过夜空,窗帘被风吹得飘起来。"下雨了,怎么不关窗户?"雷力不高兴地问田雨。

田雨起身关窗户。

雷力收雨伞,换鞋,埋怨田雨:"地板都湿了,你在家发什么呆?"

"对不起!"田雨拿布擦被雨打湿的地板。

"不用跟我说对不起,这不是我一个人的家。你用点心,别整天胡思乱想。"

看雷力要上楼,田雨脱口而出说:"我们离婚吧。"

"就因为你不关窗户,我说你两句?"

"不是。跟你在一起,我做不了自己。"

"不懂。"雷力摇摇头,继续上楼。

"我是认真的。"田雨在他身后说,"我们分开吧,你应该找个比我更好的。"

"你也可以让自己成长得更好。"

"我想做我自己。"

"什么样的你自己?"雷力停住脚步,站在楼梯上,转身居高临下地看着田雨,"自由散漫,随遇而安,不求上进,躲在舒适圈,就是你想要的吧?为了躺平、摆烂,你要跟我离婚。好啊,先看看能不能过你父母那一关。他们要是同意,我会考虑。"

雷力说完快步上楼。田雨呆立在原地。雨越下越大,狂风裹着雨柱拍打窗户。田雨问自己：上楼继续睡在主卧，还是跟他分居？窗外暴雨倾盆，像在给她力量。田雨决定分居。

她要让雷力看到她的决心。田雨打开一楼卧室的门，躺到床上，关掉灯，让自己陷入黑暗中。

不等田雨入睡，雷力拍门。"你疯了吗？睡保姆间。"

"阿姨又不住这儿。"

"二楼三楼都有客卧。"雷力冷冷地说，"想分居可以，得有理由。"雷力打亮房顶灯，田雨暴露在灯光下。他审视地看着田雨，"我今天做了什么，让你闹分居？"

"今天没有，不是今天。"

"那为什么选择今天？"

"今天下的决心。"

"谁给你的决心？"

"没谁，我自己。"

"你没有这样的魄力。你今天见了谁，我会调查清楚！"雷力说完摔门而出。

田雨不安。她见了小月，可小月并没唆使她分居。田雨相信，明天雷力就能查个水落石出。她不想给小月添堵。

田雨下床，追到楼上的主卧，向雷力坦白："我今天和小月去游泳，她没唆使我。"

"欲盖弥彰。"

"你可以不相信我，你去调查，事实就是这样。"

"我相信你。"雷力说着关上主卧的门。"小月没唆使你。那就是你无事生非。忙了一天，晚上不睡觉，闹什么闹！"

雷力像往常一样，在他的位置躺下，关掉他那侧的床头灯。

"别愣着，快睡吧。下这么大的雨，温度骤降，别着凉。"

十四、反抗

田雨站着不动。

"你愿意站就站着吧。能给你的,我都给你,就想让你好好的。你偏要闹。算我上辈子欠你的,不跟你计较。"

"你不欠我什么,我就想让你少管我,给我空间,让我有自己的存在感。"

"你的存在感,不是别人能剥夺的。你找不到存在感,那要问问你自己,是不是缺少拿得出手的成绩?如果你年薪百万,你会找不到存在感?"

"存在感不是钱能衡量的。"

"钱是其中一种衡量标准,至少代表一个人的工作能力,创造的价值。你不承认钱能衡量就不提钱。你若是全国道德模范,会没有存在感?你的工作,随便找个老师就能取代。作为女儿,你也没什么值得父母骄傲的。当女主人,你不擅长烹饪,做家务一般,缺乏亮点。为人妻,你也难以胜任,我公司聚会,投资人的老婆都到了,你随便找个借口不去;深夜不让我睡觉,闹分居。这样一个女人,找不到存在感怪别人?"

"我知道我不好,所以我想离婚。"

"离婚后呢?找个平庸男人,把你当公主供起来?是金子总会发光,木头也可以上供桌。你呢?一个离婚女人,条件不怎么样,性格还很挑剔,你觉得哪个平庸男人不找未婚姑娘,偏找你?你又能给别人带来什么?生一两个孩子,生孩子正常女人都可以。你有什么特别的?没什么特别,要享受特别礼遇,凭什么?男人是冤大头吗?"

"我不奢望谁对我好。"

"你把你的话说给别人听听,看人家怎么判断。你不奢望有人对你好,因为我对你好,你要离开我,有病吧!"

"在你眼里我上不了台面,你为什么娶我?"

"这问题你问过多少遍了?把我耳朵都磨出茧。我再告诉你一遍,我娶你,是上辈子欠你的。"

"我不信迷信。"

"那你说我为什么娶你?"

"我不知道。"

"我也不知道你会变成这样。当老师的,不应该通情达理吗?你爸妈要知道你这么爱纠缠、无理取闹,也会失望,好歹出身书香门第。闹得我头疼,我吃粒药。"

田雨去拿药,把药和水递给雷力。雷力叹气,"你也睡吧,熬夜对身体不好"。

田雨在雷力身边睡下。窗外的雨渐渐停了,她头昏脑涨,甚至想不起刚才为什么闹,心底残留着对自己的失望。原本铆足了劲儿提离婚,结果不了了之,像一场闹剧。

十五、冷战

田雨提出离婚后,雷力似乎不想面对她,每晚深夜回家。周末也一早出门,午夜才归。他们之间的交流很少。白天在家里见不到雷力,田雨心里反而平静些,愿意多在家里消磨时光。也许是不自信的缘故,她对工作的热情不如以前,表面看不出什么,但她知道自己心里的那股向上的力量在无声无息地减弱。

虽然是夫妻两人生活,但田雨感觉渐渐回到了单身状态。爸爸过生日,田雨没跟雷力打招呼,她一个人回家为爸爸庆生。让她惊讶的是,父母竟然不在家。

田雨打爸爸的手机,才知道父母在香港旅游,昨天就出发了,雷力为他们报的旅行团。

夜晚,田雨等雷力回家,为他准备了消夜。"谢谢你为我爸妈报旅行团。"

"谢什么,他们是我岳父岳母。"

"给你下了碗馄饨。"田雨知道雷力爱喝紫菜虾米馄饨汤,特意为他做好。

"放那儿吧,一会儿喝。"

雷力去楼上洗澡,换上家居服下楼。田雨坐在餐桌旁假装看手机,其实是不想让他一个人孤单地吃消夜。雷力埋头吃馄饨,田雨静坐,气氛沉闷。

"你不吃吗？"雷力问田雨。

"我不饿。"

"今天我爸生日。"田雨试探地说。

"我知道。"

"谢谢你记得。"

"应该的。"雷力淡淡地说。

"我还挺感动的。"

雷力看了田雨一眼，"你不闹，日子会很好。"

"我也不想那样。"

"要学会管理情绪。"

"嗯。"

这个夜晚，田雨不想跟他争论。雷力吃完馄饨上楼。田雨去厨房洗涮，心里琢磨着，要不要跟雷力缓和一下关系。

田雨回到卧室，见雷力坐在床上，便对他说："有部不错的电影，一起看吧。"

雷力不吱声，下床穿上拖鞋，跟田雨一起下楼看电影。田雨准备好了小鱼仔、蔓越莓曲奇、开心果等零食，还有两瓶鸡尾酒。

"瓶装鸡尾酒能喝吗？"雷力说着去拿干红。

"我和小月聚餐时喜欢喝，挺好的。"

雷力拿一瓶干红，一支高脚杯，他打开干红，为自己倒酒。"你喜欢喝瓶装鸡尾酒就喝，没关系。"

田雨有些尴尬。"小鱼仔味道不错。"她说，心里希望雷力能尝尝。

雷力无动于衷。田雨准备的零食，只有她自己吃。雷力慢慢喝干红，田雨喝瓶装鸡尾酒。几口酒下肚，田雨假装开玩笑地说："我们连貌合神离都做不到了吗？"

十五、冷战

"你不是想要空间吗？你选择你喜欢的，我喝我喜欢的。"

田雨选的爱情电影节奏慢，抒情。电影还没看三分之一，雷力就难以坚持，打起了哈欠。

"你困，就去睡吧。"田雨不想勉强他。

雷力起身，"这么枯燥拖拉，只能给人助眠，拍给无脑观众看"。

"网上评分很高。"田雨不赞成雷力的观点。

"没有自己的判断，就知道跟风。"

田雨本来想主动示好，结局却这般沮丧。在雷力面前，她显得既没品位，又缺乏头脑。

自从田雨提离婚后，雷力再没碰过她，好像她是一个陌生女人，不应该更不值得亲近。那又为什么对她父母好呢？生活像一团谜，田雨不知答案在哪里。

她谴责自己是一个愚蠢的女人，简单的生活都捋不顺。别人能把生活打理得井然有序，幸福快乐。她的生活云山雾罩，一团糟。

心绪紊乱的田雨，没再跟父母联系。等她想起和父母联系时，爸爸告诉她："我们已经回来两天了，雷力去机场接的我们，还在大酒店给我们接风洗尘。雷力说你参加封闭培训，最近很忙。"

田雨挂断电话，有种被戏弄感。雷力做这些，都不给她打招呼。她在迅速失去对自己生活的掌控，连孝敬父母都有人越俎代庖。

她越想越气，拨打雷力手机。雷力没接电话。田雨不想等到夜晚再和他理论，她冲动地打车去雷力单位。

在大厦一楼大厅，田雨给雷力发微信，把位置分享给他。雷力回复："去咖啡厅等我。"

田雨不想去咖啡厅，在咖啡厅只能轻言慢语，而此刻的她像一颗愤怒的子弹。可也不能站在大厅跟他吵吧？即使不顾雷力的面子，她也要考虑自己的形象，大庭广众之下吵闹容易被人当作泼妇，拍成视频发到网上，今后还怎么见人？

"好。"田雨回复他。

坐在咖啡厅的卡座里等雷力时，田雨想起雷力对她讲过要学会管理情绪，当时自己不以为然，现在看来他是对的。此时此刻，她不正在管理自己的情绪吗？

雷力很快到了，熟稔地招呼服务员，点了两杯咖啡，叮嘱服务员："我太太的卡布奇诺加糖加奶。"

雷力还要了提拉米苏、松饼和法式舒芙蕾。

"我不饿，不用要那么多。"田雨低声说。雷力已经对服务员说田雨是他太太，田雨就不得不格外顾及自己的形象。

"没关系，都尝尝。"雷力微笑着说。

窗外的树枝随风摇曳，阳光透过落地玻璃窗洒进来，留声机播放着老唱片，增添几分梦幻感。

在外人看来，这对俊男靓女，在工作时间如此悠闲，可能是热恋的情人、灵魂伴侣。

田雨觉得讽刺，谁又能想到他们是一对婚姻触礁，近期无性也无爱的夫妻？

"什么事？"雷力温柔地看着她问。

田雨心里一动，衣着光鲜、彬彬有礼的雷力，确实有魅力。这个男人，是她老公，她应该高兴。

"没什么，来这边办点事儿。"田雨警告自己又撒谎了，她讨厌这样的自己。

"嗯，好。你慢慢喝，多吃些糕点，我去忙了。"雷力轻轻放下咖啡杯，招呼服务员结账，把一张卡递给服务员。

十五、冷战

"你给她的什么卡?"田雨看那张卡不像银行卡。

"会员卡,我是这里的金卡会员。客户过来,有些话不方便在单位说,就来这里坐坐。"雷力耐心地向田雨解释。

"谢谢你去接我爸妈,还给他们接风洗尘。"

"跟你说过,他们也是我爸妈。"雷力微笑着冲田雨摆摆手,转身离开。

服务员冲雷力鞠躬,"雷总慢走!"

雷力微笑着点头,风度翩翩地离开。多么完美的一个男人!田雨不由憎恶自己:你是干吗来了?不是要谴责他偷走你对生活的掌控权吗?

白天在外面温和知礼的雷力,夜晚回到家冷若冰霜。他恶劣的态度勾起田雨的不良情绪。

"你偷走我对生活的掌控感。"田雨直接进攻。

"怎么偷的?"雷力反问她。

"你不跟我打招呼,送我爸妈去香港旅游,去机场接他们,为他们接风洗尘。"

"这些话你去找个外人说,让人家评价。"

"我的家事儿,用不着外人评论。"

"既然是你的家事儿,你爸妈去香港旅游,你为什么不知道?如果你孝顺,每天给父母打电话,你会不知道吗?你爸妈要是喜欢你,他们也会频繁联系你吧?"

"你告诉他们我在封闭培训。"

"他们为什么相信我这个外人?还是说,在他们心里,跟我比跟你更亲?"

"他们是我的爸妈。"

"正因为他们是你的爸妈,你不应该想得更周到吗?你知道他

123

们去了香港，不关心他们在那边的情况。他们回来几天了，你才想起联系他们。是你冷漠？还是你嫉妒他们被我安排去旅游？"

扪心自问，田雨羞愧地意识到雷力击中要害。父母不跟她打招呼，接受雷力的安排，她心里的确不舒服。所以她没有关心父母的行程，错过了接他们，没能为他们接风。

"你做不好的，我替你做了。你不感恩也就算了，还怒火中烧。白天去我单位，就是想找我闹吧？"

原来他什么都明白。田雨毛骨悚然，"你太可怕了！"

"我孝敬岳父母，就是可怕？道理跟你讲不通。你可以去找外人，让人家评说。"

"你明明不爱我，也不可能真心喜欢我的父母，你为什么要那么做？"

"我没说过不爱你。不是出于真心，我为什么要待你父母好？我也不指望他们能留给我什么巨额遗产，没什么动机。他们住的房，还是学校的，我能图他们什么？"

"可你也没说过爱我。"

"爱是说的吗？你这个女人就是浅薄！"

"我觉得你不爱我。"

"我不想跟你讨论这么幼稚的问题。你想不明白，去问问你爸妈、你领导、你同事，还有那些家长们，他们都能告诉你答案。"

"爱是私人感受，我为什么要去问别人？"

"因为你感受不到啊！自己愚钝，还不愿意请教别人，那有什么办法？"雷力无可奈何地摊开双手。

"你就不能像白天那样待我吗？"田雨鼻子一酸，眼里泛起泪花。她想要他的温存，渴望被爱。

"你也不像白天呀！白天在咖啡厅，你多么淑女，怎么一回家就变脸？"

十五、冷战

雷力的话让田雨反思,自己单向思维缺乏反省。她想要雷力的爱和温存,却没想过先给雷力丰沛的爱与温柔。

等到夜深,夫妻俩躺在黑暗中,田雨温柔地从背后拥抱雷力。雷力一动不动。"睡着了吗?"她轻柔地抚摸雷力保养得很好的头发。

"我不是演员,做不到突然激情万丈。"他冷静地说。

"对不起,我做得不好!"她发自内心地反省,"我不是一个好女人,没给你柔情蜜意。"

"罗马不是一天建成的,慢慢来吧。"他冷淡地说。

十六、离家

随着时间推移，田雨的心态发生变化，从不愿意在家里看见雷力，到希望见到他。别墅像一座孤岛，她和外界很难再有紧密连接。

和父母电话联系，父母总是夸雷力又为他们做了什么，让田雨好好工作，珍惜生活，抓紧备孕。田雨也就没了去看望他们的热情。偶尔回去，田雨也是匆匆逃离，不想跟父母多说，不想让父母担心，也不愿听父母多讲。

其他社会关系，田雨明知都被雷力渗透，她没心情联系，觉得无趣、没意义。

能听田雨说心里话的，只有小月。可小月除了听田雨倾诉，给不出实际建议。雷力没有家暴，没有出轨证据，小月缺乏支持田雨离婚的动力。

"不管你做什么决定，我都支持你。"两人又相约一起游泳时，小月说。

"我觉得憋闷、窒息。"

"出去旅游散散心。"小月提议。

田雨想说我们一起去旅游吧，终没说出口。田雨明白，如果和小月一起外出旅游，雷力会迁怒小月，认为是小月的主意，离间他们夫妻。田雨不想给小月找麻烦。

十六、离家

田雨尽量减少和小月的联系和见面。就算对小月倾诉，小月也不能完全理解，只是愿意听田雨讲罢了。田雨在网上看到一句话：世界上根本就没有感同身受这回事儿。

田雨深以为然。再亲密的闺密，也是两个个体，小月已经尽力，田雨不能苛求更多。

在别墅里，阿姨也阴阳怪气，对雷力和田雨的态度截然不同，什么事情都请示雷力，对田雨视而不见。

这天周末雷力不在家，田雨在院里给花剪枝。田雨让阿姨把剪掉的花枝清理出去。田雨在院里喊半天，阿姨不应声。田雨到屋里找她，发现阿姨坐在厨房里玩手机。

"请帮我把院里的花枝清理出去。"田雨说。

"我的工作只是买菜烧饭和打扫卫生。"阿姨头也不抬地说。

"清理花枝就是打扫卫生。"

"院里我打扫过了。"

"现在又乱了，需要再打扫。"田雨坚持，她已经够丧气了，不能再被请来的阿姨打败。

"你这是欺负人！"阿姨对田雨怒目而视。

她的目光激怒了田雨，"花钱雇你，是让你来干活的，不是让你坐在这里玩手机"。

"雇我的不是你。我的雇主是雷总。"

"你的雷总是我老公，我和他是夫妻。"

"夫妻又怎样？这别墅雷总认识你之前就买了。他买下别墅就雇了我。别以为雷总愿意惯着你，你就觉得自己了不起。想飞上枝头当凤凰，还要看有没有能飞的翅膀！你现在年轻，有几分姿色，等你老了，雷总未必愿意要你！"

"放肆！"田雨气得发抖，"你现在就走，永远别再回来！"

"走就走。你以为我愿意看见你！"保姆站起来，踢了凳子一脚，用胳膊肘狠狠地蹭了下田雨，摔门而出。

走出十几步，她又折身回来，"我倒要看看，你能在这别墅里待多久！"

"恐怕你看不到了。"田雨冷笑着说。

"走着瞧！"保姆解下围裙，摔给田雨。田雨不接，围裙顺着田雨的裤腿，滑落到田雨鞋子上。见田雨不愿意捡，保姆捡起围裙。"我就瞧不起你这绿茶女！心里只想攀高枝，表面还要装清高。装模作样给谁看？你结婚这么久，没一个亲戚朋友来看你。你在家，雷总白天就不回来。你还赶我走，雷总早就在赶你，你怎么不走？雷总心软说不出狠话，你赖在这里，还作威作福！"

"好啊！我现在就给你的雷总打电话，问问他是你走还是我走。"田雨颤抖地摸口袋，想起手机被她放在楼上。她双腿僵硬地上楼，几乎跌倒，双手紧紧地抓住楼梯扶手。

厨房里传来保姆粗粝的哭喊，"不拿保姆当人看！保姆也是人！"

田雨艰难地上楼，拿手机拨通雷力电话，有气无力地对他说："你回来一趟。"

"怎么了？"

"回来你就知道了。"田雨挂掉电话，坐到床上，四肢冰凉。

雷力回家，在楼下遇到保姆。保姆涕泪交流地哭诉："我打扫完了院子里的卫生，她把好好的花枝剪掉，让我再打扫。她心情不好就骂我，赶我走。"

"您去洗把脸，回房间休息，别跟她计较。我说说她，她人呢？"

"在楼上。您不用说她，她是铁了心要赶我走。"

"不会。"雷力安慰保姆，"田雨情绪不稳定，您多包容。"

"您太包容,她才蹬鼻子上脸,我都看不惯。"

"看不惯也要看。她是我太太,这一点儿没法改变。"

"也就您,换了别人——"

雷力打断保姆的话,"好了。您先休息一会儿,缓过来给我们做午饭。"

雷力和保姆的对话,被田雨清晰地听在耳中。等雷力站到面前,田雨坚决地说:"我不会再吃她做的饭!"

"她是钟点工,可保姆也有自己的尊严。"

"我就没尊严吗?"

"她不去清理你剪的花枝,就伤了你的尊严?你好歹是老师,别这么幼稚。"

"我幼稚。"田雨喘气,"我走,你把她留下吧。"田雨起身,去拿自己的行李箱。

"跟保姆吵个架,至于吗?"

"你都不问问她都说了什么!"田雨打开行李箱,把梳妆台上自己的物品扫进箱子里,又去拿柜子里的衣服。

"她说什么有什么关系?"雷力压低声音,"一个保姆而已。"

"她说你想赶我走,只是心软说不出口。她骂我绿茶女,说别墅你婚前就买了。"田雨大口喘气。

"吵架时说的话,能认真去听吗?都是情绪垃圾。"

田雨转身面对他,"她或者我,必须走一个!"

雷力叹气,"把她赶走,我们匆忙间很难找到合适的。她做的饭菜合我们胃口,这点就很难得。"

"是合你的胃口。"田雨纠正道。

"是合我的胃口。"雷力软语相劝,"你和我是夫妻,我们的利益是一致的。"

"那就她留下,我走。"

"何必非跟人置气呢?"雷力很快失去耐心。

"不是我非跟她置气,是她羞辱我。"

"如果你不羞辱自己,就没人能羞辱到你。"雷力冷冷地说,"你和一个钟点工争高低,有她没你,你这不是在羞辱自己?连我也被你羞辱了。"

"我没想过羞辱你。"

"那就不要把自己和她捆绑在一起,让我取舍。你是你,她是她。你跟她身份不一样,没有可比性。你跟自家钟点工闹得不可开交,传出去被人笑话。就算你不喜欢她,也得慢慢来,等我们雇到更合适的,再找个恰当的理由打发她走。"

田雨联想到保姆说的话,质问雷力:"你是不是也想找到更合适的对象,再打发我走?"

"我说的是打发保姆走。你是不是糊涂了?你先歇着吧。等会儿她做好饭,我让她给你送上来。"

"我不吃!"

"那就等你饿的时候告诉我,我们出去吃。"

田雨跟雷力出去时,发现院里散乱的花枝不见了。应该是雷力让保姆清理干净了,田雨暗自松了口气。

经过院外的垃圾桶时,桶外地上散落几个花枝。雷力也注意到田雨的视线,替保姆开脱:"栗树珍是个认真仔细的人,这次被气着了,干活不认真。"

结婚那么久,田雨都不知道自家保姆的姓名。雷力不说,田雨也没刻意打听,跟雷力一起喊她阿姨。

"让她走吧。"田雨说。

"都不容易。"雷力叹气,"栗树珍也很可怜,老公原来是货车司机,出车祸死了。家里还有两个孩子,她要挣钱供孩子上学。"

十六、离家

"不在咱家做，她也可以去别家做。"

"她现在就做两家，白天给我们做饭打扫卫生，夜晚去另一家给生病的老太婆陪床。"

"闹到这地步，没法再见面了。"田雨说。

"你跟她计较什么？"雷力猛打方向盘，车拐进一条巷子，"她没什么文化。我们是知识分子，得有包容心。"

田雨没有力气再争论，"这事儿没商量。"

"那也得等我给她找到下家。"

"她可以去家政公司找。"

"她照顾我们那么久，能帮就帮吧。"

"是我们照顾她。"田雨纠正雷力。田雨和雷力很少在家吃饭，栗树珍一周做不了几顿饭。家里既没老人也没孩子，本来就很整洁，又有洗地、消毒多功能擦地机器人，厨房有洗碗机，栗树珍打扫卫生不过擦擦桌面，清扫一下院里的落叶。

"她做的事情，以后我来做。"田雨说，"我报个周末烹饪班，让专业厨师教我烧菜。"

"厨房有油烟味儿，你以后还要怀孕生孩子，健康最重要。"

"那也不能再用她。"

"你跟她没那么大的仇。还是那句话，得有包容心。"

田雨注意到雷力刚才说她以后还要怀孕生孩子，这是雷力第一次提孩子。田雨想知道雷力的偏好，"你喜欢儿子还是女儿？"

"都好。"

"想要一个还是两个？"

"你先怀上再说吧。"雷力显然不想多讨论这个话题。

田雨心里说，你都不跟我亲热，我怎么怀上？我又不是圣母玛丽亚。

周一清晨，栗树珍准时出现，为雷力和田雨做早餐。田雨心里不爽，推说胃里不舒服，提前去上班。

田雨下班回到家，栗树珍在厨房做饭。两人互不答理。为了不见她，田雨只好躲到楼上。到了饭点，栗树珍不喊田雨吃饭。田雨为自己点了外卖。

外卖快到时，田雨到大门外等。田雨不想让栗树珍替她接收外卖。

田雨在楼上吃饭，雷力回来了。"怎么吃起了外卖？别吃了，下楼吃饭。"

"我已经饱了。"田雨放下筷子，盖上饭盒。

"别太幼稚好吗？你是女主人，想吃什么让栗树珍做。"

"我不吃她做的。"

"那你以后就天天吃外卖？"

"你就不能赶她走吗？"田雨生气地问。

"你这是小题大做。"雷力也不高兴，"我在单位忙，栗树珍哭着给我打电话说，你在外面买了饭，不吃她做的。"

"那又怎么了？"

"我工作很忙。你们能让我省省心吗？别后院起火。"

"好，我走。多余的不是她，是我。她能给你做可口的饭菜，照顾你的生活。"田雨把一次性饭盒丢进垃圾桶，收拾自己的衣物。

"你要这么闹，我也没办法。"雷力丢下田雨，下楼。

田雨收拾好两只行李箱。因为动作太急，她有些喘不过气，坐到床尾调整呼吸。

栗树珍过来了，说："田老师，雷总让我喊您下楼吃饭。"

"我吃过了。"田雨没好气地说。

栗树珍看见田雨整理的行李箱，"田老师，我劝你不要太冲动。上次吵架是我不好，我不该那么说您。可我说的也是实话。实话总归不好听。您要因为我，跟雷总离婚，我可担不起那么大的责任。"

"我不会因为你离婚。"

"那就好。您是想回娘家住几天？"

栗树珍的刺探，让田雨心烦，不理她。

"去娘家住几天也好。父母都不希望儿女离婚，让他们劝劝你，你也消消气。"栗树珍自顾自地说。

"你这是赶我走吗？"

"我哪儿敢？您不是把行李都收拾好了吗？"

"对！是！我把行李收拾好了。我要离开。你高兴吧？得逞了！"

"您这话怎么说的？我今天一早就来给你们做饭，把家里打扫得干干净净，晚上还做了您爱吃的清蒸武昌鱼。"

"好，我谢谢你！"田雨讽刺地说，"麻烦你受累，帮我把行李箱提下去。"

栗树珍提起行李箱，又立刻放下，"太重了，我提不动。我请雷总上来帮您。"

"好，去喊你的雷总吧。"

田雨被逼到死角，无路可退。她反而豁出去了，无所谓。

栗树珍下楼，没把雷力带上来，"雷总在吃饭，他让我喊您下楼吃饭。"

"我说过了，我不吃。"田雨一字一顿地说。

"雷总让我给您道歉，请您原谅我！"

"我原谅你了。"田雨古怪地笑着说，"你下去吧，没你的事儿了。"

"那您回娘家，不是因为我？"

"不因为你。"

"那我就放心了。雷总在吃饭，我帮您叫个车吧，等车来了让司机帮您提行李。"

"好啊!"田雨笑眯眯地看着她。

过了几分钟,栗树珍又来了。对田雨说:"雷总去单位加班了。他叮嘱我,劝劝您,不让您回娘家。"

"他凭什么不让我回娘家?"

"可能是不想让您惹父母伤心吧。"

"我不回娘家,我去别的地方。"

"那我得打电话问问雷总。"

"你不用问他。"

栗树珍不顾田雨的阻止,掏出手机拨通雷力电话,"雷总,田老师说她不回娘家,她要去别的地方"。

"让她别胡闹,这么晚了出去不安全!"雷力的声音清晰地传出,"今晚我可能通宵加班,你看住她。"

"我夜晚要去给老太婆陪床呀!"

"你去忙你的吧,别管了。"

"那我走了。"

"嗯。"

栗树珍挂掉电话,对田雨说:"田老师您也听到了,雷总同意我走,我下班了。"

田雨机械地点头。

栗树珍下班后,田雨拖着两只沉重的行李箱,离开别墅。她不让自己伤感,眼泪却像断了线的珠子,兀自滚落……

十七、调解

清晨,田雨从混乱的梦中醒来,发现自己在一个陌生房间。她努力思考,想起昨晚被栗树珍逼得离家出走,住进了宾馆。

简单洗漱后,田雨没胃口吃早饭,直接去学校。在学校浑浑噩噩地过了一天,又回到宾馆。潜意识里,她在等雷力联系她。雷力一言不发,似乎对她的离家无动于衷。就算是假惺惺地表示关心,也强于直接无视。

田雨想起在电视剧里看到的情景,女人哭泣着乞求:"哪怕你说谎骗骗我,我心里也好受些。你连骗我的心思都没有了……"

真的要这么卑微吗?田雨自问。她的答案是不要。她不希望雷力骗她。

可雷力为什么对她的离家出走漠不关心?田雨忍不住分析。就算他不爱她,也不至于为了一个钟点工逼走自己的妻子。雷力是最要面子的,传出去他脸上也不好看,好像他和钟点工说不清。就算他们之间真有问题,雷力也不愿意承认,更不想被人看出来,一定会想办法掩盖。所以,雷力这么肆无忌惮,说明他和栗树珍之间没什么。

那就有两种可能。雷力想借栗树珍赶走田雨,这话栗树珍在吵架时说了。有人说要记住吵架时别人的恶言,因为那是内心最真实的表达。如果雷力要赶走田雨,田雨已向他提出离婚,他可以顺坡下驴，光明正大地让田雨离开。借栗树珍逼走田雨，像雷力的做派，但是不光彩，会被人认为雷力和自家保姆有染，精明的雷力会考虑到这个。雷力即使借刀杀人，也会借把有来头的刀，比田雨年轻多金，好让他赢得漂亮。

另一种可能，雷力认为田雨闹得过了，不理她，让她自己反省。雷力和田雨冷战也不是一次两次了。他料定田雨不回父母家，就去住酒店。他知道田雨纯洁正派，不会在外面乱来。所以他没什么好担心。冷冷她，让她明白冲动是魔鬼，不管理好情绪就要承担相应的后果。

最后这种可能性最大。田雨承认自己冲动，没管理好情绪。人都有自己的情绪，谁也不能保证任何情况下都保持冷静。他们是夫妻，雷力应该给予田雨爱护和包容。雷力教育田雨要对栗树珍有包容心。他为什么就不能包容自己的妻子呢？

渴望被包容、被呵护，无疑是小女子、玻璃心。这么推理，自己还真是玻璃心。也不对，如果雷力离家出走，田雨不会置之不理。即便是男人，也希望得到爱人的关心和呵护。谁都有脆弱的时候。爱存在的意义不就是相互扶持、彼此关爱吗？

雷力对她的离家出走置若罔闻，至少可以说明他不够爱她，甚至藐视她。想到这里，田雨的心情更是断崖式坠落。

田雨像是惩罚自己，不吃晚饭，虚脱地躺在床上，拉严窗帘，把自己封闭在小小的房间。外面偶尔传来电梯停在这层楼叮的一声，然后是脚步声和说话声。田雨不抱幻想，没人知道她住在这里，不会有人来找她。

田雨夜里睡眠很差，半睡半醒间，总觉得自己在期待什么。她像一个落水者，渴望被人拯救。外面的世界，每个人都在忙自己的事情，没人注意到她离家出走。

知情的只有雷力和栗树珍。栗树珍不可能来找田雨，田雨也不

十七、调解

希望再见到栗树珍。仅剩雷力。雷力明知田雨离家出走,却不联系她,置之不理。看来,栗树珍不是信口开河,雷力是想赶她走,不惜以最难堪的方式逼她离开。

田雨的心冰冷绝望,夜里浑身发烫,她病了。熬到天亮,田雨头昏脑涨地去药店买退烧药,在工作群里请假,说自己病了。得到领导的批复后,田雨关掉手机,服了药继续睡。

好像除了睡觉,她没有别的事情可做。一个人静静地躺在床上,田雨被孤独感吞没,她又打开手机。

出乎意料地,芦晚秋打来电话,问田雨忙不忙,不忙的话见面聊聊。田雨心想,见就见吧,已经这样了,还怕跟谁聊?田雨把宾馆地址发给芦晚秋。

"咱俩见面,不用开房间吧?"芦晚秋开玩笑。

芦晚秋很快就到了,还带了一个榴梿。"我在深圳没少吃榴梿,回到武汉不得不收敛,很多人闻不惯它的味儿。既然你开了房,我们就吃榴梿,这才对得起你付的房钱。"

芦晚秋剥榴梿,田雨正鼻塞,还是闻到味道。田雨不理解地问芦晚秋:"你怎么喜欢吃它?火龙果、山竹不比它好吃?"

"那两样水果清爽,没它醇厚。"

芦晚秋递给田雨一块榴梿。放在往常,田雨不会吃它。眼前的田雨,已经错过两顿饭了。

"你怎么住这里?和情人约会?"芦晚秋喜欢开玩笑。

"是啊,你不是来了吗?"田雨也调侃。芦晚秋最大的好处,就是让人在她面前不拘谨,谈笑自如。

"跟老公闹别扭?"芦晚秋问。

田雨摇头。

"那是为什么?"

"不为什么，就想出来住两天。"

"看你脸这么红，病了吧？"

"有点发烧，吃过药了。"

"哟！病可不能拖延，我陪你去医院吧！"

"不用，药店医师看了，说是内火，吃点药多喝水就好。"

芦晚秋不再坚持陪田雨去医院。沉默了两秒，芦晚秋放下手中的榴梿，"上次你说喜欢我的耳坠，我给你带来了。"

"不用，我都没打耳孔。"

"打个耳孔还不容易？"芦晚秋把耳坠从包里掏出来，放在桌上。"难得你这么清纯的人，能喜欢上饰品。君子不夺人所爱，我送你。"

"那不行！"田雨拒绝。

"你要实在过意不去，就按它的克数给我钱也行，手工费就免了哈。"

"多少克？我转钱给你。"

"不急，以后再说。"芦晚秋吃完手中的榴梿，认真地看着田雨，"傻姑娘，听姐的，人性经不起考验。不管你跟谁闹别扭，差不多就行了。"

芦晚秋的一句傻姑娘，让田雨想哭。田雨做梦也没想到，有一天自己会如此孤独无助，而安慰她的，竟然是和她关系并不亲密的芦晚秋。

"一对耳坠就把你感动成这样？"见田雨要流泪，芦晚秋慌了，"我也不全是为你。实话告诉你吧，我手头缺钱，准备把一些不常戴的首饰卖掉。"

"不是为耳坠。"田雨真诚地说，"我是没想到，自己有一天会变成这样。"

"你这才哪儿到哪儿呀？"芦晚秋点燃一支烟，"一个人一辈子，不知要经历多少坎。其中的血雨腥风，难过绝望，挺过去才知道自己有多坚强。听姐的话，回家去，没有解决不了的问题。"

"也不是什么大问题。"田雨吸着鼻子说。

"知道你不会有大问题。你一个老师，拿固定工资，也不做生意，没破产、欠巨债的风险。无非就是和老公怄怄气，跟领导、同事闹闹别扭。小吵怡情，你就当调剂生活了。"

经过芦晚秋一番说教，田雨沉重的心情轻松不少。"谢谢你！"田雨由衷地说。

"怎么谢呀？"芦晚秋含笑问，又认真地说，"来点实在的。你老公不缺钱，我眼前正困难。过两天你去我家，看看我那些首饰，喜欢的都收购了吧！"

"我不太佩戴首饰，不是有专门回收旧首饰的吗？"

"这你就不懂了。你先买下，等我哪天有钱了，我再找你买回来。卖给别人，那就彻底失去了。"

"回头我跟雷力商量商量。"

"好好跟你老公说。男人都是爱听软话的，你放低姿态，他就怜香惜玉，有求必应。千万别跟他拧着来，男人争强好胜，你不让他赢，他就让你伤心绝望。"

芦晚秋说动了田雨。仔细想来，她离家出走，不能全怪雷力，雷力也在努力调解田雨和栗树珍之间的矛盾。事情闹到这个地步，是田雨不肯妥协，坚持赶栗树珍走。栗树珍也可怜，死了老公，一个女人养一双儿女，在外面打两份工。如果田雨抬抬手，放过栗树珍，也就没有后面的事情。田雨的坚持，让栗树珍难堪，雷力左右为难，自己也被折腾病，借住在旅馆。放过别人，等于放过自己。这么想时，田雨心里豁然开朗。

"想什么呢？"芦晚秋掐灭烟，起身把烟蒂插进窗台花盆的土里。

"你不会是别人请来当说客的吧?"田雨半开玩笑地问。

"不会!我这么爱自己的人,怎么愿意被别人利用?别东想西想了,去洗把脸,我帮你收拾东西,送你回家。"

"我现在不想走。"田雨说的是心里话。芦晚秋虽不是田雨请来的,但毕竟是田雨的同学。率性离家出走,在同学陪伴下回家,像是自己找台阶下,低级地找补面子,被人笑话。

"怕我去你家?"

"你想哪儿去了?当然不是。"

"那就好,你有什么需要就告诉我。"

"好,谢谢你!"

"不用跟我客气!我要卖给你东西,你就是我的金主,听你吩咐。"

芦晚秋把吃剩的榴梿装进盒里。"你要不退房,这东西我就不带走了,明天我再来。"

"你还是带走吧,我明天一早退房。"田雨不想再让芦晚秋来这里找她。她也闻不得榴梿的味道。

田雨担心芦晚秋再来找她,清晨退了房,把行李寄存在前台。她早早赶到学校。同事看见她很吃惊,"你不是病了吗?"

"已经好了。"田雨说。

"听说——"同事诡异地四处张望,见周围没人,接着说,"你被你家钟点工给赶出来了,不会是真的吧?"

这么私密的家事儿,这么快就传到学校,就是田雨想瞒,也是枉然。栗树珍没能力把消息传到学校,只有雷力。雷力为什么要这么做?眼前他们还是夫妻,抹黑她,他脸上也不好看。令人费解的事情积累多了,田雨也不愿意再费心琢磨。

"是真的。"田雨坦然承认。

十七、调解

"啊？钟点工这么强悍！是不是她跟你老公——"
"没有。是我看她不顺眼，想赶她走。"
"那就直接解雇啊！大不了赔点违约金。"
"她也很可怜，没了老公，养两个孩子。我出来住两天散散心。"
"我告诉你，对外面的女人不能太心软。你老公什么态度？"
"他没在家，出差了。"田雨随口编了个谎。

田雨没心思再跟同事周旋。她出来两天了，雷力和栗树珍在家里，对她不闻不问。这个念头袭击了她，田雨好不容易稳定的情绪又乱成一团。

可田雨能做什么呢？谴责雷力？她离家出走时，雷力去单位加班了。痛骂栗树珍？栗树珍已经向田雨道过歉。

那就只能怪自己小题大做，一味强攻，不知进退，把自己逼得无路可走。发生糟糕的事情，有人喜欢甩锅，有人习惯自责。田雨就是后者。

刚放学，雷力就出现在田雨视线里。"今天不用加班吧？不加班的话我们回家。"他微笑着说。

田雨不说话。她离家出走，他不闻不问，其冷漠令人心寒。就这么突然笑容满面地出现，仿佛那些不愉快根本没发生过。他可以做到，田雨做不到，她心里的伤还在疼痛。

见田雨态度淡然，雷力的笑意更深了。"今天我生日，你是不是忘了？"

田雨猛然想起，今天的确是雷力生日，她竟然完全忘记了。田雨懊恼反思，她恨雷力冷血，可自己做得也不好，对他关心不够，不是一个好妻子。

"生日快乐！"田雨抱歉地说。
"谢谢！同事安排了庆生，我给拒了，我们回家。"

田雨无法拒绝，顺从地跟雷力走，坐进他的车。坐在雷力身边，她有种重回人间的感觉。过去的两天，她过得多么糟糕！她甚至不愿回想。

雷力带田雨到她寄存行李的宾馆，取走行李，放进后备厢。"饿不饿？"雷力问田雨。田雨摇头。在外面的这两天，田雨黯然伤神，饮食不规律，导致肠胃功能紊乱，不吃饭也感觉不到饿。

家里餐桌上摆有生日蛋糕，还有丰盛的菜肴，菜和汤都用保鲜膜封着。田雨猜是栗树珍做的。

雷力对田雨说："我算好了时间，你看看饭菜还需不需要热一下？"

田雨洗手，揭去保鲜膜，尝了口汤，温度正好。"不用热了。"田雨说。

"那你给我下碗长寿面。"雷力语气温和。

田雨明白了，栗树珍精心烹饪晚餐，在他们回家之前离开。田雨知道这是雷力的精心安排。她有些怨气，雷力不该再让栗树珍进这个家。同时又有些感动，雷力送台阶给她，提前支走栗树珍。不管怎样，田雨都没心力再计较，她什么都改变不了，索性以躺平的心态，顺他的意思，息事宁人。

田雨下好长寿面，回到餐桌旁。干红已醒好，雷力把酒倒进高脚杯。"来吧。"他冲田雨举杯。

田雨端起面前的玻璃杯，轻触雷力的杯口，"生日快乐！"

"嗯！"雷力品了口酒，招呼田雨离他近点儿。田雨听话地移动椅子，靠近雷力。雷力伸出一只胳膊，搭在她的椅背上，像是在环抱她。

"生活会有磕磕绊绊，但有一点儿不会变。"雷力看着他杯子里的干红说，"我是你老公，这儿是你的家。"

十七、调解

田雨表面沉默,心里并不平静,她当然知道雷力是她老公,这里是她的家。可她和这个老公之间,如同隔山隔水,她不知道他心里在想什么,他也不关心她在想什么。这个家让田雨没有归宿感。她既不是借宿,也并非暂住,可总觉得自己是个外人,难以融入,像一粒种子,处于漂浮状态,无法落地生根。

雷力继续说:"你爸妈年纪大了,越往后越需要被照顾。你妈有乳腺结节,不能生气焦虑;你爸做过心脏支架,又有高血压。两位老人自顾不暇。除了我,你还能依靠谁?"

"你怎么知道我爸妈的病?"田雨没跟雷力说过这个。

雷力不回答田雨的问题,"人上了年纪,不是有这病就是有那病,很正常。我说过要对你负责到底,就不会不管你。"

"我可以自己照顾自己。"

"你这是赌气。以后别没事找事,乖一些,好好过日子。"雷力又冲田雨举杯,田雨迟疑了一下,还是和他碰杯。

"今天我生日,我们不聊任何不开心的事儿。其实都是鸡毛蒜皮,不值一提。"雷力一杯接一杯地喝酒,田雨心里不痛快,也埋头喝酒。喝到后来,两人都有些醉了。

"哭也是一天,笑也是一天。我们为什么不享受生活?"雷力醉眼迷离地望着田雨。

田雨没有答案。她也不知道日子怎么被他们过得举步维艰。他们不缺钱,住着别墅,开着豪车,做着体面的工作,不应该生活得很幸福吗?

"你这个傻女人,不知道享受,就爱较劲。"

"对,你说得没错。"即使有酒精麻痹,也不能消除田雨的沮丧和自责。"我也讨厌自己。什么都做不好,一塌糊涂。"

田雨站起来,点燃蛋糕上的蜡烛,让雷力许愿。雷力双手合掌,闭目许愿。吹蜡烛时,雷力没能一口气把蜡烛吹灭,田雨帮他吹。雷力切蛋糕，切下一块放到自己面前的餐盘里。田雨以为雷力会和她分享蛋糕，但雷力似乎忘记了。

雷力坐下后，表情有些凝重。"田雨，我很辛苦。工作压力大，市场竞争激烈，研发一个软件，投入巨额资金，还有人力物力，可能就因为慢半天，被人家抢了先，前功尽弃。社会的残酷你不知道，一点小事儿不顺心就闹。你这样让我很累，你知道吗？"

除了道歉，田雨不知道自己还能说什么。

雷力并不在乎田雨的反应，继续讲他的观点："栗树珍她不重要。"醉酒后的雷力挥着手，"我没赶她走，是想磨砺你。你需要成长。我们要做正确的事情，不是随心所欲。栗树珍不像有些保姆，手脚不干净，顺主人家东西。她人品没问题，做事也尽力，我们没理由赶她走。"

田雨避开雷力的目光，不想顺着他的意思点头。

"先容她一段。我再想想办法，给她找个下家。"

田雨觉得自己再不点头，就有些过分了。见田雨点头，雷力拿起刀叉把餐盘里的蛋糕切成小块，分到田雨的餐盘里。"明天我要去杭州出差，你俩在家好好的，别闹。"

躺到床上，雷力借着酒劲要和田雨亲热。田雨不乐意，"我昨天还在发烧，刚才又服了药。"

"你这个女人，缺乏欲望，不正常。"雷力嘟嘟囔囔地说，"我娶你做什么？娶了个寂寞！"

田雨觉得抱歉，对不起身边这个男人。可她不想勉强自己。"栗树珍的事儿，就由他吧！"她对自己说。

黎明将至时，睡梦中的田雨有种奇怪的感觉，雷力在和她亲热。"不管你愿不愿意,你都是我的。"雷力喘着气说。

"我同意栗树珍留下。"田雨挣扎,她想把留下栗树珍做交换条件,让雷力放开她。

"两码事儿。她留下照顾我们生活。你是我的——老婆。"

十八、无语

栗树珍留下来，雷力出差了。田雨下班后尽量不和栗树珍打照面。两个女人在寂静的别墅里，都不愿意弄出声响，不想惊动对方。

不知是不是受心情所累，田雨的身体状况变差，有气无力，隔几天就发一次低烧。

林校长也看出让田雨当班主任勉为其难，征求田雨意见，"如果你觉得累，班主任可以让其他老师来担任。"

田雨感激林校长的体贴，顺势辞去班主任的工作。田雨告知雷力。雷力怪田雨没事先跟他商量，"我给你学校捐了钱，你以为班主任是他们凭空给你的？"

田雨心想：捐钱你也没跟我商量。她咽下不说。通过栗树珍去留的事情，田雨意识到：和雷力交流没意义，他着迷布局，认为自己能运筹帷幄，不听她的意见，不顾及她的感受。说了没用，不如不说。

田雨也不想对父母多讲，让父母觉得她一切都好，对父母最好。她不多说，父母就不会担心，父母相信雷力能给他们的女儿幸福。

芦晚秋给了田雨那对金锁耳坠后，田雨把钱转给她。芦晚秋没追着卖给田雨更多的首饰，田雨自然不提。

十八、无语

日子悄无声息地过去，却又像压路机，轰隆隆从田雨心头辗过，挤压掉她的新鲜活力，她对什么都提不起兴趣，一切都变得无所谓。

这天，田雨站在窗前发呆，看见院子里进来一个年轻女孩。田雨以为是栗树珍的女儿。栗树珍却转身指向楼上，女孩看栗树珍手指的方向，和田雨目光相遇。田雨意识到是找她的，于是下楼。

女孩是小鱼儿，考上了大学，学的心理学专业。"雷老师让我过来看看您，陪您说说话。"

田雨觉得荒诞，怎么也轮不到小鱼儿来陪田雨聊天，田雨和她无话可说。"说什么？"田雨问小鱼儿，同时示意栗树珍去拿饮料，她陪小鱼儿在沙发上坐下。

"说什么都行。"小鱼儿好奇地左顾右盼。

栗树珍送来饮料。小鱼儿双手握住饮料瓶，纤细的手指，白皙粉嫩。田雨沉默着。

"您今天心情怎么样？"小鱼儿没话找话。

田雨笑笑，不回答。

"谢谢您的饮料。您身材保持得真好！您喜欢运动吗？比如跑步、瑜伽……"

这样无聊的话题，田雨不想继续，也无心再陪小鱼儿坐。见田雨要离开，小鱼儿急了，"雷老师说您病了，您愿意去医院吗？"

"不愿意。"田雨平静地说，"我没病。"

"这个，医院诊断后才能下结论。"

田雨站起来。小鱼儿也急忙站起来，又想起要放下饮料，在小鱼儿低头的瞬间，项链吊坠从衣领间滑出，和雷力去新疆出差时买的一样。田雨苦笑，世间荒唐的人和事都被她遇上了。

"等等。"田雨对小鱼儿说。

147

田雨上楼，从首饰盒里拿出那对金锁耳坠，送给小鱼儿。

"这么贵重的礼物，我不能收！"小鱼儿推辞。

"和她的项链是一对。"田雨把耳坠递给栗树珍，让栗树珍给小鱼儿。田雨转身离开。

小鱼儿走后，栗树珍把耳坠还给田雨。"你怀个孩子吧。"栗树珍对田雨说。田雨明白栗树珍的意思，担心别的女孩抢走雷力。田雨知道栗树珍是好心，但田雨不为这个焦虑，该来的总会来，该走的拦不住。她像秋风中的落叶，离开树枝，被风裹挟，担不担心结果都不由她。

"耳坠你留下吧。"田雨不想再看到那对耳坠，与其送小鱼儿，不如给栗树珍。

雷力曾说过小鱼儿暗恋他，为了断她的念想，他向田雨求婚。小鱼儿促成了田雨和雷力的婚姻。现在看来，雷力和小鱼儿并没断。发展到哪一步不知道，肯定有联系。田雨不愿意多想，稍微一动脑筋，她就头疼。

雷力回来后，指责田雨："你凭什么送人家首饰？"

田雨看着他，不说话。

"你很无礼，你知道吗？还有你——"他把矛头指向栗树珍，"家里来客人不好好招待，阴阳怪气的！"

"我没有。"栗树珍不服，"是那个女孩没道理。她凭什么说田老师有病？"

田雨见他们要吵起来，转身离开。

"她的病还不够明显吗？"雷力压低声音吼。

"我看不出来。"栗树珍没好气地说。

"你能看出什么来？"雷力不屑。

"那女孩才有病！登堂入室，还对人家老婆说三道四！"

十八、无语

"放肆！人家是学心理学的大学生。"

"学心理学，就为了迷人家老公？"

"跟你说不通！"

"你不能这么对田老师！"

"你还反了！走吧，走吧！"

"我不走！"

"还真反了是吧？"

"人得讲道理。田老师没做对不起您的事情，您也要对得起田老师。"

"我怎么对不起她了？"

"您不该找个女孩来刺激她。"

"有竞争才有压力，有压力才有动力。你不懂！"

"现在是一夫一妻！"

"这个还用你告诉我？"

"你不是我男人，你要是我男人，这么花心，我拿刀劈了你！"

"哟、哟！你吃哪门子醋？"

"我替田老师吃，不行吗？"栗树珍气愤地说，"女人最恨男人花心！"

"我没怎么着，就是吓吓她。"雷力低声为自己辩解。

"过日子得真心换真心，不能靠玩花儿样。"

"嗯，你说得对！只此一次，以后不这样了。"这样的话，连雷力自己都不信，他只想息事宁人。

栗树珍送给田雨一本书，内容是指导女人备孕。"男人有了孩子就收心了。雷总有不对的地方，你原谅他。他也就吓吓你，没在外面真怎么样。"栗树珍安慰田雨。

田雨感激栗树珍的好意，只是她不想用孩子拴住一个男人，她都不确定要不要留在这男人身边。栗树珍开始和田雨交心,讲她去世的老公,人很老实,从不用别的女人刺激栗树珍。他开大卡运货挣钱不少,收入都交给栗树珍,从不打压她。

"你看我没多少文化,长相一般。在他眼里,我美着呢!他比我文化程度高,从来没有瞧不起我,家里的大事小情都跟我商量,让我拿主意。在他面前,我这丑小鸭感觉自己像白天鹅,父母都没他宝贝我。"

甜蜜回忆勾起栗树珍的眼泪,田雨陪她一起落泪。

"你还年轻,我帮你劝劝雷总,别动那么多心思,实实在在过日子,真心对你好,你们才能过好。"

田雨并不指望栗树珍说服雷力,改变一个人太难了。让田雨没想到的是,栗树珍被辞了。雷力没对田雨做任何解释。田雨也不想问,没必要逼他编借口。

栗树珍和田雨闹矛盾时,田雨离家出走都没能让雷力辞掉她,说栗树珍可怜,冠冕堂皇地教育田雨要有包容心。现在栗树珍就不可怜吗?他的包容心呢?栗树珍的来去,不是田雨能决定的,完全看雷力的心情。

雷力说田雨状态太差,难以照顾自己,给她请个住家保姆。田雨拒绝了。再请保姆,也是顺他者留,逆他者走。

栗树珍被辞不久,小鱼儿又来了。这次,是雷力带她来的。雷力对田雨说:"你病了,好好跟小鱼儿聊聊,让她帮你疏导疏导。"

田雨沉默不语,雷力生气,"心理医生收费贵着呢!你时间不值钱,别浪费别人时间!"

田雨的视线在小鱼儿衣领里搜索,没发现那根项链。田雨不想坐在雷力和小鱼儿对面,一言不发地离开。

"看师母的表现,应该是抑郁了。"小鱼儿对雷力说。

十八、无语

"吃饱撑的,矫揉造作。"

"您还是带她去医院看看,免得越发展越严重。"

"这女人就是作。"

"师母是不是有什么心结?"

"我把保姆辞了。"

"辞掉一个保姆,师母不至于吧?"

"还能有什么?你了解我,我这人特别尊重女性。"

"是,可有时候亲密比尊重更重要。"

"没有尊重的亲密,强暴?"雷力哈哈大笑,"那种事情我做不来!"

"我是说,您和师母的亲密关系很重要。多向她表达爱意,送礼物啊,拥抱啊,亲吻——"小鱼儿没再说下去。

"那得双方互动。你看她现在的样子,很难勾起男人的欲望。"

"可她是师母。除了医生,您最能帮到她。"

"还是交给医生吧!"

"您说过师母不愿意去医院。"

"生病就要去医院,不是愿不愿意的问题。"

"雷老师,您对师母的态度,是不是可以温和柔软些?"

"她那么生硬,我温和不来。"

"师母病了,她是病人。"

"你也看到了,我身边就是一个病人。我也需要爱,需要亲密关系,我很喜欢你!"雷力凑近小鱼儿。

"我帮不了您,对不起!"小鱼儿匆匆离开。

雷力追出去,想开车送她,被小鱼儿拒绝。回到客厅,雷力愤怒地把茶杯扔出去,狠狠地踢茶几腿。叮叮咣咣的声音惊动了田雨,田雨站在二楼俯看他。

"看什么看?没一个好东西,忘恩负义!"

雷力失去平静,狂躁起来,动不动就摔东西,指责田雨,嫌弃田雨做的饭,说根本不能吃,熨的衣服不平整,干啥啥不行,整天板着脸,无声无息像个幽灵,好端端一幢别墅,被她变成坟墓。

雷力说要给别墅添些人气。他请了住家保姆,一个40多岁的女人,胖胖的,活泼开朗,叫吴凤云。有了做饭和收拾家务的人,雷力经常带朋友来家里,喝酒、看碟、打电动。

家里热闹起来。田雨在楼上躲清净。雷力不勉强她下楼见客。客人有时候留宿,雷力安排住宿不论关系,论男女,男人一个房间,女人一个房间。

朋友们都知道雷力老婆患有抑郁症,自觉地不给田雨添麻烦,对田雨礼貌客气。田雨也乐得当病人,不用应酬。

吴凤云向田雨抱怨,老有客人来,一来就是一群人,她吃不消,雷总也不给加钱。田雨不作回应,和吴凤云保持距离,田雨明白如果替吴凤云说话,吴凤云也干不长。

圣诞节前夕,雷力又带一帮朋友过来,在别墅过平安夜。那些人闹哄哄地,让田雨头疼,田雨晚上九点多就上床睡觉。睡得迷迷糊糊,被雷力喊醒。雷力说今晚客人多,房间不够用,他安排两个朋友跟田雨睡在主卧。

田雨不习惯和陌生人同床。雷力说:"总不能你去睡沙发,我陪她俩。"田雨不再说话。那两个女人来房间时,田雨假装睡着了。

"她有病,你俩轻点,别惹她。"雷力叮嘱。

"她会不会夜里发病?雷哥你还是别走了,别半夜我俩睡着被她掐死。"

"是啊,雷哥,跟她睡一张床,我俩害怕。"

"一张床睡不下四个人。再说,我跟你俩睡一起,怕你们老公不乐意。"

"那有什么的？你老婆在床上，你还能怎么着我俩？"女人说着哧哧地笑。

"那我就留下来？"雷力坏笑着问。

田雨听不下去了。她下床，去找吴凤云睡。吴凤云吃惊地说："你怎么让出了主卧？"

"睡哪里都一样。"田雨恹恹地说。

"雷总呢？"

见田雨不回答，吴凤云急了，"我替你去看看。你心真够大的！"

田雨并不认为自己心大，她厌了，不想再计较，她知道自己不是雷力的对手，争不过就不争，无所谓。

吴凤云回来，对田雨说："您回主卧吧。我让那俩女人睡我房间，我睡客厅沙发，没几个小时天就亮了，怎么都好凑合。"

田雨回到主卧，雷力和那两个女人都不见了。田雨换掉床上用品，她不想睡别人躺过的床，哪怕只躺几分钟。

田雨刚整理好床，雷力进来了，老鹰捉小鸡一般擒住她，"你一个人占这么大的床，不能不作为。在其位，尽其事！"

田雨奋力挣扎，夺门而出，她想逃离这别墅。躺在客厅沙发上的吴凤云发现了田雨。"田老师，您现在别出去，深更半夜的外面不安全。咱俩在这沙发上凑合一会儿，天亮再说。"

天亮后，吴凤云带田雨去她家。"您先在我家住两天，缓缓再说。我不干了，剩下的工钱也不要了，不想再回那个乱糟糟的别墅。"

十九、威胁

田雨没住吴凤云家,她在学校附近租了套一室一厅的房子。吴凤云坚持不再去雷力的别墅,田雨多付她三个月的薪水。

趁白天雷力去上班,田雨回别墅把自己的衣物、洗漱用品搬进出租屋。房东是一对50多岁的夫妻,女儿在国外留学,夫妻俩对田雨温和客气。

在出租屋里,田雨睡得很踏实。可惜好景不长,刚住了两天,房东找田雨谈话,说他们的女儿最近要回国探亲,需要住田雨的房间……房东太太说得吞吞吐吐,态度并不肯定。田雨觉得蹊跷。

决定租下这套房时,房东明明告诉田雨有两套空房,一套是她女儿住过的,不对外出租,另一套可以租给田雨。房东女儿住过的那套房,是田雨租住的对门,田雨知道那套房无人居住。

"我想知道您赶我走的真实原因。"田雨对房东太太说。

"也不是赶你走,只是不想出租了。"

"可我们签了合同,钱也付了。"

"钱我们退给你,可以给你违约金。"

田雨猜测:应该是雷力找到了这儿,付给房东夫妇钱,安排他们赶她走。"我可以给您加钱。"田雨试探。

"不是钱的问题。"

"您不说清楚,我是不会走的。"田雨坚持。

十九、威胁

"好吧。你看,你也是我们武汉人,在学校当老师,出来租房住,可能是和家里闹了别扭。宁拆十座庙,不破一桩婚。我们情愿不挣你的钱,也不能害你离婚。"

话已经说得很明白了。想到雷力追踪到这里,田雨不想逗留,同意搬走。

田雨以最快的速度搬离出租屋,住进一家酒店。进了自己登记的房间,田雨拉上窗帘,不让外面的光线进来。田雨坐在床上思考雷力是怎么找到出租屋的。出租屋的地址,田雨没对任何人说,只有一种可能,雷力在她下班后跟踪她,找到了出租屋。

住酒店也不安全,只要田雨上班,雷力就能在她下班后尾随跟踪找到她的落脚点。田雨气愤,武汉这么大,自己竟找不到一个可以踏实睡觉的地方。除非她辞职,暂时切断与外界的一切联系,闭门不出。

凭什么?她又没犯错。既然躲避不是办法,躲不开他,不如面对。

田雨给雷力发微信,提出离婚。她不想列举理由,也无意给自己找借口,大家都是成年人,过不下去就离婚。

田雨猜到雷力不会回复她。她继续发微信给雷力,表明自己净身出户,只带走自己的随身物品,离婚不会要他一分钱,不分割他的财产。

仍然没有回复。

田雨再发:你不愿意理我,没关系,我找律师,请律师代理。她点击发送,没成功,她被雷力拉黑了。田雨不怕被他拉黑,不怕失去,就无所惧。

田雨在网上搜索律师事务所。小月打来电话,说左欣昱来武汉开画展,今晚开幕,请同学们捧场。田雨觉得突然。小月说并不突然，左欣昱在他自己的朋友圈和同学群里，上周就发布了消息。

田雨早就不看朋友圈和同学群了。心情灰暗的田雨，对什么都不感兴趣。

"我就不去了。我这个样子，去了也是给人添堵。"

"正因为你心情不好，才要去喜庆场合，冲冲晦气。"

去就去吧，田雨劝自己，既然境遇和状态已经触底，应该打起精神，不能颓废下去。

左欣昱的画展很成功，评论界、新闻界，反应热烈，不仅得益于左欣昱深厚的绘画功底，题材本身也有意义，画的是濒临灭绝的珍奇动物。

田雨的出现让左欣昱眼前一亮。左欣昱说上次见了田雨，他就有个想法，田雨天然本真，适合画花草，一些植物也濒临灭绝，田雨画很合适。

"我很久没动画笔，早生疏了。基本功本来就不扎实，又搁置这么多年，废了。"说到这个，田雨替自己惋惜。

"你可以的。"左欣昱鼓励她，"你的性格适合画画。"

田雨同意左欣昱的说法。她心静、恬淡、与世无争，喜欢大自然。回想这些年，她都经历了什么？她把自己弄丢了，丢弃在一桩不合适的婚姻里。

她羡慕左欣昱，画了那么多好作品，人还像大学时期一样朴实自然。艺术润养观者，更滋养创作者。

看了左欣昱的画展，本来想请律师的田雨，改变主意，决定找雷力谈谈。毕竟夫妻一场，还是不要让他太难堪。

田雨趁下午没课，去雷力单位。雷力把她拉黑，田雨没法直接联系他，找到前台。田雨没直接说雷力的名字，说是找袁媛。田雨

十九、威胁

担心直接说雷力的名字,会被问有没有预约,她不想让雷力居高临下地打发她。出乎意料地,前台小姐说袁媛离职了。

"噢,对不起!我近期没跟她联系。"田雨解释。

"她去美国结婚了。"前台小姐说。

"嫁给了美国人?"

"不是。她老公武汉人,在美国读完博,留校任教了。"

田雨心里感慨,每个人都在往前奔,只有她停滞不前。田雨报出雷力的名字,前台小姐果然问田雨有没有预约。田雨摇头。

"雷总很忙,没预约的话,恐怕——"

"有要紧事找他。麻烦你给他打电话,告诉他田雨找他。"

婚礼上,雷力的同事都到了。这个前台小姐应该也见过田雨,从眼前的情形判断,她应该没认出田雨。

其实不奇怪,新娘妆和素颜,差别很大,不是熟悉的人很难分辨。田雨却不这么想,她悲观地认为自己变老了。

前台给雷力打电话,雷力很快出现。田雨想,可能是怕她闹。她心里冷笑,再怎么样,她也不可能在他单位扬家丑。雷力还是不了解她。

雷力一言不发地领田雨进电梯。在电梯狭窄的空间里,田雨有些紧张,好在雷力对她不闻不问,像对待陌生人。电梯到地下车库,雷力按遥控器开车门。田雨不想上他的车。

"放心,我不会伤害你。你不值得我搭上自己。"

他的轻蔑,她的屈辱感,如影随形笼罩着他们。田雨压下反抗的冲动。就快结束了,她劝解自己。

"去哪里?"田雨问。

"哪儿都不去。你找我不就是想说离婚吗?车里说。"

田雨上车,观察着雷力,见雷力不发动车子,她紧绷的神经稍微松弛。

"不是找律师吗？找我干什么？"雷力冷冷地说。

"我什么都不要。"田雨说着从包里掏出打印好的离婚协议，"你签字，我们去民政局把手续办了。"

"这么着急，有下家了？"

"没有。"

"那就等过完年再说。"

"没必要等。"

"我也不想等。"雷力冷笑着说，"可我做不到像你那么自私。马上就过年了，你现在离婚，还让不让你爸妈过年？"

"可以不告诉他们。"

"你可以谎话连篇。我做不到。"雷力看表，"没别的事儿，就别耽误时间了，我没你那么闲。"

"过完年再离也行。我不回别墅，你也别找我，互不干扰。"

"可以。"

雷力这么爽快，田雨目瞪口呆。雷力不管田雨的态度，他下车，大步流星地离开。

田雨离开酒店，请中介帮忙租了套房子。田雨收拾好房间，买了绘画用的全套工具。想到以后下班可以在家里画画，田雨有期待的喜悦。

小月来参观田雨的新家，告诉田雨一个不好的消息，左欣昱的画展搞砸了，每天都有几拨人到展厅，大声议论画如何不好，说画家走女人路线，渣男！

"他画的是动物，不是女人。"田雨不理解。

小月叹气，"你就是天真，跟画无关。画没问题，这是有目共睹的。问题是人，左欣昱不知得罪了什么人。一两个观展者不喜欢画和画家，可能正常。每天都有人捣乱，不正常！"

十九、威胁

田雨心里一紧,想到雷力。收买、唆使其他人当恶人,自己躲在背后当好人,这不正是雷力的手段吗?

"左欣昱怎么说?有没有怀疑对象?"

"左欣昱回北京了。他这次是全国巡展,武汉只是一站。过几天武汉的展览就结束了。"

"那就好。"

"不好也没办法。碰到恶人了,只能忍,总不能把自己也变成恶人。左欣昱的性格你又不是不知道,宽容平和,不爱与人争斗。"

田雨无心跟小月多聊,她恨不能一步跨到雷力面前,质问雷力是不是他干的!

田雨到别墅找雷力。开门的是一个二十来岁的年轻保姆。保姆喊出雷力。雷力笑眯眯地问田雨:"不进来聊?"

"就在这里说。"田雨站在大门外。

雷力打发保姆去买狗粮。保姆离开后,雷力对田雨说:"我养了只金毛,狗比人忠诚多了!"

田雨不理他的话。"有什么你可以冲我来。"她盯着雷力。

"这么看着我,是不是发现我更帅了?"

雷力身后传来响动。雷力回头看了一眼,对田雨说:"可能饭做好了,进来吃点?我现在用俩保姆,一个遛狗,一个做饭、打扫卫生。"

"左欣昱的画展,是不是你指使人干的?"

"左什么?什么画展?"

"左欣昱,我大学同学,上次跟他去山里露营——"

"噢,他呀!在北京开画展?"

"在武汉。"

"开画展不在北京,来武汉,跟你显摆来了吧?"

"人家是全国巡展，武汉是一站。"

"了解得还挺清楚。他开画展，你找我干什么？为他拉赞助？"

"每天都有人去他画展捣乱，那些人是不是你雇的？"

"有人捣乱就跟我有关？你想象力也太丰富了！我自己的事情还忙不过来，没闲心管别人！"

田雨明白，即使是雷力做的，他也不会承认。

"我倒想问问你，你这么关心你那男同学，你弄清楚状况了吗？他有没有老婆？愿不愿意娶你？"

"我没想让他娶我！"

"是不敢想吧？不敢想，就不要咸吃萝卜淡操心！别说你现在还是我名义上的老婆，就算我跟你离了婚，你也曾经是我的女人，别到处给我丢人！"

"你别给自己丢人就好。"

"这个你放心，我像爱护眼珠一样爱惜自己的名誉。我奉劝你一句：男人不娶你，说什么都是瞎掰！"

田雨找了雷力，等于没找。雷力不会对田雨说实话。田雨知道是他，可是缺乏证据。她痛恨自己，给左欣昱招惹麻烦。

田雨到左欣昱的画展展厅，想看看那些说风言风语的人。两个60多岁的老太婆，画都没仔细看，大声喧哗："这是画的吗！照片吧！"

"是画的。"田雨说。

"画这些动物干什么？拍个照片不就完了！骗人钱！"

"画家辛苦画这些画，免费供大家欣赏，不存在骗钱。"

"早晚不还是要卖？"老太婆质问田雨，"这些画是你画的吗？"

"不是我画的。"

"你是看店的？"

十九、威胁

"我是画家的同学。"

"画家的同学,你也是学画的。现在手机就能拍照,你们画画浪费力气罢了!"

"绘画是一门艺术。"

"我们不懂什么艺术。我们就知道你们这些人,说是搞什么艺术,搞男女关系罢了!"

"您说什么?"田雨不敢相信自己的耳朵。

"听说这个画家,利用北京女人的钱开画展,还到武汉来拐骗女人!"

"您从哪儿听说的?"

"要想人不知,除非己莫为!老百姓的眼睛是雪亮的!"

"您是别人雇的托吧!"

"你才是托!他雇你在这里帮他说话,给你多少钱?"

"请你们离开!"

"离开就离开,谁稀罕!不让人提意见,不让自由发言,你们搞的什么艺术?骗人眼!"

"您不喜欢可以不看。"

"我们后悔看了。"

两个老太婆离开后,田雨气得颤抖。果真有人雇人捣乱。这么下作的手段,除了雷力还会有谁!田雨恨雷力,更恨自己,若不是她,左欣昱不会遭遇这么恶心的事情。

雷力把她变成红颜祸水,靠近谁,谁就倒霉。

"雷力,你还能更下作吗?"在雷力单位堵住他,田雨大声质问。

"你怎么了?"雷力一脸无辜。

"你花钱雇那些老太婆,去羞辱别人,有没有做人的底线?"

"什么老太婆？我雇老太婆干什么？"

"不承认是吧？我会找到证据的！"

"没证据就别胡说！"

"我没胡说！你心里清楚！"

见田雨不示弱，雷力改变策略。他对围观的下属说："这是我太太，患有抑郁症和被害妄想症。别看了，工作吧。"

转向田雨，他温柔地说："别在这里闹，影响大家工作。你不是在医院吗？怎么跑出来的？医生、护士该着急了，走，我送你回去。"

"你才在医院，有病的是你！"

"好，你健康，我有病。你陪我去医院好吧？"雷力伸出胳膊揽田雨。田雨甩开他。

"你不怕被人拍成视频放网上？"他小声威胁田雨，"你的学生怎么看你？"

雷力的威胁起了作用。田雨愤怒地说："不用你送，我自己走！"

"你一个人走我怎么放心？别闹了。"他带田雨到电梯旁，按下楼键。

进了电梯，雷力原形毕露，"你这个疯女人，闹到我单位！现在大家都知道你疯了，你满意了？"

"你会遭报应的！"

"我不信迷信。倒是你，管好自己，别连累太多人。"

"你终于承认了！"

"我承认什么？"雷力古怪地笑，"我是说该过年了，你管好自己，老老实实地待在出租屋，别连累你关心的人，别大过年的把你

十九、威胁

父母闹进医院。"

"你是个魔鬼!"

"有我这么善良的魔鬼吗?顾全大局,乐于奉献。只要你老实,我保你父母欢喜过大年!"

二十、过年

春节临近,田雨不想被动地受制于雷力。她给父母买年货,顺便试探父母知道多少。

爸爸妈妈一如往常。爸爸叮咛田雨也要照顾到雷力的父母,"雷力工作忙,不像你有寒假。雷力大年三十才放假吧?"

田雨急忙点头说:"他赶一个项目,春节也加班。"

田雨灵机一动,建议父母和她一起去北京旅游。父母问田雨是不是雷力的意思。田雨顺势解释雷力没时间过年,希望我们开开心心地去北京过个年。父母同意了。田雨喜出望外。

田雨急忙订往返机票,预订北京的酒店和景点门票。田雨想尽快出发,以免夜长梦多。好在父母配合,田雨帮父母整理行李,想到马上就可以飞往北京,离开雷力的视线和控制,田雨有即将解放的快乐。

一家三口要出门时,雷力突然来了,手里提着年货。田雨爸爸惊讶地说:"你来送我们去机场,不用买那么多年货。"

雷力见客厅几个行李箱,田雨和父母整装待发的模样,很快明白了。"对,我送你们去机场。这些年货不是买的,单位发的。"

田雨看表,催促爸妈:"我叫的网约车两分钟就到楼下,我们下楼吧。"

"田雨,我正要跟你说,你的检查结果出来了。"

二十、过年

"什么检查结果?"田雨父母异口同声问。

"前段时间,田雨身体不舒服,她一直拖着没去医院。昨天去医院做了检查。"

"别胡说!"田雨生气地阻止他。

雷力笑了,"瞧你急的!这有什么呀?好事儿!你怀孕了。"

雷力这样的瞎话都能编,是否怀孕医院当天就能出结果,还用等一天吗?田雨气得说不出话来。

雷力不理田雨,转向田雨父母,"爸爸、妈妈,给您二老报喜,你们就要当外公、外婆了!"

"啊!"田雨父母喜出望外。

田雨气愤极了,想戳穿雷力,又顾虑父母,不想让他们知道她和雷力的现状。田雨口气软下来,"你们别听他瞎说"。

"田雨就是不好意思。她自己还是小孩心态,没做好当妈妈的准备。"雷力假意解释。

妈妈笑容满面地劝田雨,"你年龄不小了,怀孕是好事儿!快,别站着了,坐下歇会儿。"

"我没有!"田雨生气地说。

"什么有没有的?你这孩子,就是糊涂。自己怀孕不知道,还要带我们去北京旅游。你这身子,不能奔波受累。把票都退了吧!"爸爸要回卧室换回居家休闲装,"你们也别都站着了,坐下歇歇吧。"

"爸爸说得对!明年等宝宝出生了,我们一起去北京过年!"雷力对田雨说。

田雨想尽快把雷力打发走,"你先回去吧,我吃完饭回去。"

"我还要带你去医院,专家说看缺不缺微量元素,缺的话得补。"

"我什么都不缺!"

"你这孩子,怎么说话呢?"妈妈劝田雨,"马上就要当妈妈了,别那么任性。想在这儿吃饭,去完医院,让雷力再把你送回来。"

田雨无路可退,只好跟雷力出门。

离开父母视线,田雨愤怒地说:"你也太会演了!"
"你要带你父母逃走?"雷力气急败坏地问。
"我们去哪里是我们的自由。"
"你还没离婚!"
"没有哪条法律规定,出嫁的女儿不能带父母外出过年。"
"你现在回去带他们,看他们愿不愿意跟你走。"
"骗子!"
"你先骗的你父母吧?你告诉他们,我们要离婚了吗?你告诉他们你在外租房住了吗?"
"我家的事情,不用你管!"
"你以为我乐意管!在其位,谋其事。他们现在是我岳父母,孝心我要尽。我不像你,逃避责任。"
"我逃避什么责任了?"
"你现在还是我老婆,你尽老婆的责任吗?如果你肯尽责,现在跟我回家,我会让你怀孕,不让你父母空欢喜一场。"
"无耻!"
"无耻的是你。你不怀孕,过段时间只能告诉你父母你流产了,你父母不伤心?"
"我跟他们说实话,我没怀孕,也没流产。"
"去说呀!看他们信不信。"
"雷力,做人要有底线!"
"你的底线在哪里?辜负丈夫,伤害父母。"
"我没伤害我父母。"

二十、过年

"你要离婚就是伤害你父母。让别人背后指指点点,说他们的女儿离婚了,被抛弃了!"

"离婚是我先提的。"

"你年薪多少?我年薪多少?我名下有房有车,你名下有什么?你跟我离婚,谁信?"

"爱信不信!我不在乎!"

"你在乎不起。"

"雷力,你就不能真诚点吗?我们过不下去,就去把婚离了。"

"你先冷静冷静吧。除夕,我要回去陪我父母。大年初一,我来看你爸妈。"

"用不着!"

"也就我惯着你,你跟我作对。除了我,谁还管你?过年你想跟你父母在一起,就在一起吧。看你可怜,不戳穿你。"

田雨原以为自己在出租屋孤零零地过年,因为雷力的"特赦",她可以和父母在一起。田雨愤愤不平,她和父母在一起,凭什么要雷力"特赦"?但事实就是这样。田雨不由恨自己。

父母以为田雨怀孕,欢天喜地。幸福像漂亮的肥皂泡,把这个新年装扮得花枝招展。亲戚邻居很快也知道田雨怀孕了,纷纷表示祝贺。事情的真相,被喜庆氛围掩埋起来,连田雨自己都羞于承认。

除夕,雷力来接田雨,陪他父母跨年。田雨心里抗拒,又不想让她爸妈看出端倪,只好不情愿地跟雷力走。

雷力父母住在武汉郊区,一幢漂亮的三层小楼。雷力父母对田雨很客气,还给田雨两万元红包。

离开公婆视线,田雨把红包还给雷力,雷力没接,"你现在还是他们的儿媳。你那么衰，也许红包能给你带来好运，图个吉利。"

看完春节联欢晚会，田雨不准备睡觉，她想守夜。守到凌晨一点多，雷力递给她一把钥匙，说是三楼的客房，你悄悄上去睡，别让我爸妈知道就好。

雷力爸妈住一楼，雷力的婚房在二楼。田雨轻手轻脚上三楼，简单洗漱后休息。睡得迷迷糊糊，她感到一阵窒息。雷力压在她身上，她用尽力气推雷力。

"你给我，没人知道。你不给，也不会有人说你好。你图什么？你这个女人，我最恨的就是你蠢！"

"我不喜欢你！"

"那你为什么要跟我来？"

"你带我来的。"

"来都来了，就不要装了，没意义！"

"有意义！"田雨推开雷力。

"为了谁？"雷力低吼。

"为我自己！"

田雨穿好衣服，拎起包，把红包丢在床上，走出雷力家。远处传来鞭炮声，空中偶尔升起一两朵璀璨的烟花。

"新年快乐！"田雨对自己说，眼泪悄然滑落。

大年初一，田雨身心疲惫地回到父母家。田雨不知道雷力会不会来，只好跟父母含糊其词地说，雷力喝醉了，胃里不舒服，吃了药在他父母家休息。

"大过年的，吃药不吉利！"田雨妈妈说。

"是不是喝了假酒？"爸爸问田雨，"喝假酒很危险，让雷力去医院看看，别耽误了。"

"没那么严重。"田雨说。

二十、过年

陪父母吃了早饭,田雨带父母出去逛。她不想和父母在家里,心里琢磨着万一雷力来了,家里没人,他就走了。

田雨陪父母去黄鹤楼,登高祈福。田雨默默祈祷父母身体健康,祝愿她不再看见雷力。

午饭,田雨带父母在外面吃。爸妈不乐意,说大过年的,还是回家去。田雨不多解释,倔强地坚持。她带父母东游西逛,熬到天黑才回家。

父母提醒田雨,打电话问问雷力身体怎么样了。田雨说:"他没事儿,有我陪着你们就行了。"

初二一早,田雨告别父母,回到她自己的出租屋。她不想在爸妈家遭遇雷力,也不能再拉着父母到处闲逛躲避雷力,天冷,父母年纪大了,经不起折腾。

群里大家相互拜年,抢红包。田雨置身事外。她发现自己麻木了,对什么都不感兴趣,觉得没意思。

有人敲门,田雨以为是房东,打开门却是雷力。换到以往,田雨会大惊失色,但现在,她不在乎。雷力打量着屋子,评价说太简陋了,寒酸。田雨不以为然。

"我初二去看你爸妈了,他们不知道你没怀孕,这事儿你打算怎么办?"雷力问。

"你随便。"田雨漠然地说。

"都这么淡定了吗?"雷力在床上坐下,按了按床垫,"这么硬,你也不怕硌得慌!"

"我什么都不怕。"

"牛!"雷力竖起大拇指,"所谓无耻者无畏,一个人自私到极致,谁都不顾,就没什么好怕。我不是你,我怕,怕你爸妈伤心,怕你愚蠢在外面遇到坏人，怕你丢了工作受刺激。"

"我和我爸妈不用你费心。"

"我也不想费心。可你看看你自己！大过年的，一个人在出租屋里，像孤魂野鬼。你这个样子，还怎么当老师？"

"都是拜你所赐！"

"你非赖我，也行，我承担。跟我回家，好好洗个澡，打扮打扮，像个正常人，好吧？"

"我不想看见你。"

"我也不想。"雷力格外有耐心，"可你现在这个样子，得有人管。除了我，谁还管你？"

"我不需要人管。"

"那你得先证明自己是个正常人。"

"我本来就是正常人。"

"你有父母，有老公，大过年一个人在外面租房住——且不说这个，我问你，你给你领导拜年了吗？和同事互道新年快乐了吗？参加同学的新年聚会了吗？"

"你管不着。"

"田雨你病了，你不正常。我是你老公，你的监护人，对你有责任。"

"我不需要监护人！"

"我也希望你不需要。我们就不要在这里说废话了。我约好了专家，带你去看医生。"

"什么医生？"田雨警觉地问。

"心理医生。"

"需要看心理医生的是你！"

雷力叹气，"能不闹吗？去填个表，让专家测试一下，有病就是有病，没病就是没病，专家不会骗你。"

二十、过年

"你找的专家,我不信!"

"那你说去哪家医院,我带你去,你自己挂号,随便挂哪个专家的号,这总可以吧?"

"我不需要。"

"你为什么那么怕见心理医生?"

"我知道自己没病。"

"很多人都以为自己没病。等发现,已经癌症晚期了。你现在就用手机挂号吧,医院和专家你随便选。"

"你走吧,我自己去看。"田雨想打发雷力离开,她没心思跟他纠缠。说话她都嫌累,她什么人都不想见。

"你一个人在这里,你万一做什么傻事儿,我有责任。"

"我不会做傻事儿。"

"那就去看医生,只要医生说你不会做傻事儿,我就放心了。"

"你认为我会做什么?"田雨反问他,"割腕、跳楼?我没那么自私,不会把人家的吉屋变凶宅。要跳楼,我也去你别墅跳,是你害的!"说出这句话,田雨的汗毛都竖起来了。

"你还说你没病。算我求你了,为你的爸妈考虑,跟我去医院,好吧?"

田雨口干舌燥,累极了。她问雷力,是不是不去医院,你就不会离开。雷力点头。田雨妥协,同意跟雷力去医院。她不想跑太远,选了家最近的医院,挂值班心理医生的号。

医生是一位和气的中年男人。田雨在电视上见过他,是知名心理专家。管他是谁,田雨不在乎。专家让雷力出去,温柔地问田雨睡眠怎么样。田雨不想浪费时间和精力,直言相告说:"我是被逼来医院的,我没病,您也不用在我身上浪费时间。您直接在诊断书上写没问题就行了。"

"那不行，我要对每一位患者负责。"

"我没病。"田雨强调。

专家笑，"我没说你有病。"专家招呼助手，助手让田雨填问询表格。田雨拒绝填。专家的助手软语相劝，请田雨配合。田雨说："我不是不配合你们。我没病。而且我也没力气。这表格别说填，看看我就头痛。"

心理专家示意助手出去，用哄小孩子的口气问田雨："感觉很累，什么都不想说、不想做，对吗？家人有没有带你做别的身体检查？比如有没有可能是怀孕了？"

"没有可能。"

"身体有没有哪个部位不舒服？"

"没有。"

"平常生活中，容易生气吗？"

"为什么问这个？"田雨警觉。

"容易生气的女性，容易患乳腺结节、甲状腺结节、肺结节等。"

"那些结节，不是心理疾病吧！"

"人身体的各项机能密切关联。"

"我每年都做体检，没问题。"

"身体没问题，那就要考虑心理方面，是不是有压力、焦虑？"

田雨叹气，承认自己有压力，很焦虑，还感到恐惧。

"恐惧什么呢？"专家追问。

田雨想说，害怕摆脱不了雷力的控制，觉得呼吸困难，有窒息感。但她有顾虑，担心无孔不入的雷力，事后来找专家。于是，田雨摇头说："我也不知道恐惧什么。"

专家问田雨做不做噩梦，田雨说经常做。专家让田雨讲述一两个梦中的情景。田雨回忆：坐大巴远行，她下车去厕所，回来发现大巴开走了；参加很重要的考试，自己忘记带笔，被时间追赶的绝望不断加剧,她就是解决不了问题……有时从梦中醒来,她紧张得身体还在颤抖。

"你需要放松。"专家建议,"我给你开些药,按时服用。药用完后,来一趟,让我知道药的效果,看睡眠质量会不会好些。"

"我没病,对吧?"田雨不放心地问。

"问题不大,多做一些让自己开心的事情。"

田雨走出诊室,雷力不放心地进去问专家。田雨对雷力不放心,又跟了进来。

"问题不大,按时服药,药只是辅助放松,家人还是要提供舒适愉悦的环境,尽量让她开心,多晒太阳,多聊愉快的话题,别有压力,避免焦虑。"专家叮嘱雷力。

"是!是!是!谢谢您!您看多久来复查?"雷力问。

"药吃完就来。"

雷力没带田雨回出租屋,车直接开往别墅。田雨抗议,要打开车门下车。雷力把车门锁死。田雨捶打车门。

"我不会跟你回去的!"

"你现在是病人,得有人照顾。"

车子开进别墅车库。雷力下车前,打电话叫来保姆。田雨一路挣扎,已精疲力竭。雷力和保姆要把田雨架进别墅。田雨不让他们动她,但她也懒得再挣扎,跟雷力进了别墅。田雨了解雷力,雷力想做的,她很难拗过他。

"田老师病了,我陪她刚去看过心理专家。"雷力对保姆说,"专家叮嘱要让田老师保持好心情,你顺着她,别惹她。"

"好的!"保姆不放心地问雷力,"田老师她不会打人吧?"

"不会。"

田雨觉得荒唐,雷力的保姆还真把她当成疯子。雷力对田雨说，你觉得累了就去楼上休息，你睡在主卧，我睡客卧。田雨懒得上楼，有气无力地坐进沙发里。

雷力给田雨泡了杯柠檬水，劝田雨把药吃了。田雨就着柠檬水，按说明书上写的量，服下专家开的药。困意很快袭来，雷力劝她上楼休息，田雨上楼，反锁好主卧的门，睡到那张熟悉的大床上。

田雨醒来，窗外一片漆黑，她不记得自己睡了多久。保姆告诉田雨，她已经睡了两天一夜。雷力让保姆给田雨做饭。田雨没胃口。雷力关心地说，没胃口也要吃。田雨一个人吃饭。饭后，雷力给她泡柠檬水，看着田雨服下专家开的药。

"你那个出租屋，我帮你退了。东西都给你带回来了。"

退就退吧，田雨没有心力再跟雷力拉扯。

此后，田雨如进入冬眠一般，每天深夜醒来，吃饭、服药，接着睡觉。这样的日子，没什么不好，田雨对自己说，如此简单，活在梦里一般。

田雨偶尔会想起父母，想起她的学生。雷力告诉田雨，她父母好好的，学生还在放寒假。田雨相信雷力不会刺激她爸妈，那就没什么好担心。

"大家都在过年，你也好好休息。"雷力安抚田雨。

"嗯，反正我对谁都没用。"田雨回应雷力，同时安慰自己。

二十一、服药

元宵节很快到了。雷力告诉田雨,已告知她父母,田雨身体不舒服,不过去陪他们过元宵节了。昏睡那么多天,田雨像长在黑暗处的植物,不愿意见光。

"学校那边呢?帮你请假,还是怎么办?"雷力问田雨。

"开学我就去。"田雨说。

"你这个样子,能去给学生上课吗?"

田雨不回答,她觉得没意思。雷力说过,她的工作随便找个老师就能取代。她不去,学校会找个老师代替她,学生不会有什么损失,会很快忘记她。

忘了也好,没什么值得记住的。田雨对雷力说,你帮我请假吧,辞职也行。雷力说请假可以,他不替她辞职,免得她以后反悔埋怨他。

"没什么值得反悔的。"田雨说。

她不想去学校,面对领导、同事、学生、家长。待在别墅里多好,空间大,人少,服了药就睡觉,简单、清静。专家开的药快吃完了,雷力问田雨去找那个专家再开药,还是换家医院再看看?田雨说不用换,他开的药挺好。

见到专家,田雨说吃了那些药,自己平静多了,睡眠也好,就是有点头疼。专家问:"每天睡多少小时?"田雨说二十个小时吧。

专家吃惊地说,你有嗜睡症状,最好做个脑部 CT 检查。

"不是药效吗?"

"我给你开的药,没有那么大的助眠功能。"

"是不是因为抑郁症?"田雨这么轻易说出抑郁症,倒让专家惊讶。他问田雨:"父母家人有没有谁患有抑郁症?"

"没有,就我自己。"田雨爽快地说。

"你去挂个脑科专家的号,排除一下脑部疾病。"

田雨不愿折腾,"您就再给我开点药,开上次那些药就好"。

"药不是随便开的,你先去做个脑部检查。"专家坚持。

田雨不耐烦,不就是抑郁症吗?她想拿到药赶紧回去。田雨对等候在诊室外的雷力说,你去让他帮我再开些药,我不想在这里多待一分钟,医院乱哄哄的,让人头疼。

"他为什么不给你开药呢?"雷力问。

"他怀疑我脑子有病,让我挂脑科专家号,做脑部检查。"

"听医生的话。"雷力劝田雨。

田雨不理雷力,转身回到诊室,对专家没好气地说:"请您给我开上次的药,我改天会做脑部检查。"

"不能耽误太久,尽快吧。"专家对田雨身后的雷力说,"做个检查,排除大脑器质性病变。"

专家只给田雨开了三天的药。田雨跟雷力发牢骚:"现在的医生不负责任,就想变着法折腾患者,让患者多做检查多花钱。"

"医院是公立的。你去做脑部检查,挂脑科专家的号,心理专家赚不到你的钱。"

"你也怀疑我脑子有病?"

"是专家怀疑,不是我怀疑。"雷力纠正田雨。他劝田雨把检查做了,免得三天后再来折腾。田雨不愿意,医院那么多人,声音嘈杂,她只想快些逃离。

二十一、服药

雷力把车开过来,田雨坐到他身边,耳边清静下来。眼前明晃晃的阳光,车水马龙,也让田雨头疼。

"这个世界怎么这么乱!"

"风和日丽,行人、车辆井然有序,挺好啊。"

"你也觉得我是累赘吧?"田雨问雷力。

雷力叹气,"我也希望你尽快康复,过正常人的生活。"

"你认为我不正常?"

"正常的话,我们为什么要来找心理医生开药?"

"以后我们不来找他!那个药,网上药店应该也能买到。"田雨不想再来医院。

"那是处方药,我们没处方。"

"你不是路子广吗?想想办法,多买点药。"

"药吃多了,对身体不好。"

"不吃药,我睡不好,不自信,心里七上八下的,我不喜欢那种感觉,不想活得那么煎熬。"

"我们不缺钱,你跟着我好好过日子,别想那些乱七八糟的。"

"问题就在这儿。不吃药,我脑子清醒,像夏娃吃了善恶果,有分辨就有烦恼。吃了药,脑子晕晕的,心里很平静。我喜欢平静。"

"平静不一定靠吃药。知足常乐,要学会知足。你嫁给我,我只比你大两岁,年薪是你的十倍,学历、外貌、家境,我哪样配不上你?"

"是我配不上你。"

"我娶了你,就会对你负责。你想上班,在学校教学生画画也不累;不想上班,辞职在家怀孕生孩子。被父母爱着、老公养着、保姆侍候着,你还要靠吃药才能平静,谁能理解?"

"我知道没人理解。是我自己想不开。"

"吃药,能帮你想开?"

"至少能让我平静下来。"

"你准备吃多久?"

"不知道。"

"你愿意让你爸妈帮你吗?"

"不要!我不要让他们知道我有抑郁症。"

田雨对自己患有抑郁症已深信不疑。她没有意识到,心理专家并没明确诊断她患有抑郁症。第一次看病,是她不愿意填表,专家只是给她开点药,帮助她放松心情。这次是她主动要求开药。专家建议她做脑部检查,排除器质性病变后,再做心理诊断,被她拒绝。

"你也不要告诉学校,不能让我的领导、同事和学生知道我有抑郁症。"

"嗯。"

"你保证!"

"我保证。"雷力安抚地拍拍她的手背。

"谢谢你!雷力!我真的配不上你!你以前说得没错,没谁管我,我只能依靠你。是我不知足,害了自己,连累你——"田雨羞愧交加,眼眶泛出泪花。

雷力和田雨商量,以什么借口为她请假。最好说生病,生什么病呢?身体上的疾病,需要医生开诊断证明。田雨不让说精神疾病。"要不就说流产了?"雷力问田雨的意见。

"也行。"田雨想不出更好的借口。

田雨想让雷力帮她买药。被雷力拒绝,说他忙,如果田雨实在想买,可以在网上药店试试。

"我这么没用,怕在网上买到假药。"田雨说。

二十一、服药

"那就试着戒了吧,是药三分毒。"雷力建议。

田雨答应试试,她心里明白,自己没勇气也缺乏毅力,戒掉药只是一句空谈。从前那个自律、坚强、做事有条不紊的田雨哪里去了?自律源于自信,当一个人自信丧失、内心坍塌,也就没了自律的力量。

消失了很久的芦晚秋联系田雨,兴奋地说她怀孕了,想来找田雨。

田雨不想见人,芦晚秋是例外。见大大咧咧的芦晚秋,田雨没压力。

这是芦晚秋第一次来雷力的别墅。她夸张地赞叹,说:"早知道你家这么大,我就不租房了,直接住你家,咱俩做伴多好!"

芦晚秋想拉田雨去寺院。田雨不愿意前往。"有些事情,信则有。"芦晚秋劝田雨,"你看你,本来条件不错,可现在身体这么差,没法工作,还丢了孩子——"

"谁丢了孩子?"田雨难以置信地问。

"对不起!我不该揭你的伤疤。"芦晚秋道歉,"你流产的事情,同学都知道了。"

"还知道什么?"田雨没好气地追问。

"没什么,就是你病了,抑郁症。现在抑郁症很流行,像流行感冒一样。"

"我头痛,得去吃药。"田雨把芦晚秋丢在客厅,独自上楼,吃了比平常多两倍的药量。同学们都认为她流产了,患有抑郁症——田雨不愿多想,唯愿药效快些发作,让她进入麻醉状态,不要多想,避免痛苦焦虑。

芦晚秋上楼来看田雨。田雨的药劲儿还没上来。她和芦晚秋聊别的，转移自己的注意力。"你突然怀孕，我听了还挺吃惊的。"田雨说。

"连我自己都吃惊。"芦晚秋大笑，"这小家伙，是上天送我的礼物，可能是最后的礼物！"

"孩子爸爸呢？"进攻是最好的防守，田雨不想让芦晚秋问她问题，先入为主地询问芦晚秋。

"孩子爸爸在香港，他公司在香港，我在深圳时认识的。他来武汉出差，我俩见了一面，都喝醉了，于是就有了这个——"芦晚秋指着自己的腹部，"神奇吧？要不我说是上天送我的礼物！以后我每个月都要去寺院，为这孩子祈福。"

"你们结婚吗？"田雨惊讶自己竟问出这样尖锐的问题。

好在芦晚秋不介意，爽快地说："不结婚！人家不可能娶我。"

"孩子出生后怎么办？"

"还能怎么办？跟我啊！我养，孩子爸爸出钱。人家数百亿资产，不会丢弃自己的孩子不管。"

田雨不知道该说什么。她羡慕芦晚秋的自信笃定。如果自己遇到事情，能像芦晚秋一样从容应对，该有多好！现在的田雨做不到，她不相信自己的判断和能力，自信缺失，自我怀疑，别说大事情，一件小事就能轻易将她转晕、绊倒。

自己曾经和芦晚秋一样活得清醒明白，想到这，田雨心痛，懊恼自己变成现在这副模样。

"田雨，不是我迷信，我觉得你可能撞了邪。你精神不正常，有班不上，孩子也没了，你就这样躺平，你老公早晚出事儿。"

"能出什么事儿？"田雨古怪地笑。

"外面年轻漂亮健康的姑娘那么多，你就不紧张？"

"我一无所有，我怕什么？"

"那你就戒了药，抓紧怀孕。生个孩子，他有了别人，也不能不管你和孩子。"

"是雷力请你来劝我戒药的？"

"当然不是！你的事儿，同学圈都传疯了。我来看看你，想带你去寺院拜拜，转转运。"

"我不信那个。"

"那你本来好好的，怎么变成了这样？"

"天下本无事，庸人自扰之。我作的。"

"那你以后能别作了吗？你这么作践自己，你老公也难受，对他不公平。"

"你也觉得我配不上他吧？"

"我没见过你老公，没办法判断。但你现在这样，哪个男人都不会喜欢。我说实话，你就当忠言逆耳吧。"

"我也不想摆烂。可你看看现在的我，我还有什么？"田雨奇怪，自己吃了那么多药，大脑怎么就不糊涂呢？搁往常，一半的药量，她早就晕晕乎乎，沉入梦乡了。

"那也不能这样下去。一个女人，什么都不做，专心生病，没有哪个男人能长期忍受。"

"他说过，娶了我，就不会不管我。"

"管和爱不是一回事儿！我们女人，需要的是爱。"

"你孩子的爸爸，爱你吗？"田雨冷冷地问。她觉得自己如此陌生，变得冷血、恶毒。

"我婚姻和事业都失败了，像只流浪猫，别人撑把伞，我就往里钻。你不一样，你有老公，他没抛弃你，你还有机会。"

田雨的言语进攻，并没遭到芦晚秋的反抗。芦晚秋仍然真诚地劝导田雨。芦晚秋的包容、诚恳，原本应该让田雨感动。可田雨不买账，认为在芦晚秋眼里她不过是身陷绝境的病人，激起芦晚秋的慈悲和怜悯。

"你快去办你的事儿吧。祝福你的孩子平安出生,健康成长!"田雨不耐烦地催促芦晚秋快走。

芦晚秋明白田雨的意思,不跟田雨计较。田雨看芦晚秋还不走,她索性躺到床上,拉起被子蒙住头。

"田雨,我没想到你病这么严重!"芦晚秋同情地说,"需要我做什么,你随时告诉我。千万不要想不开!"

躲在被子里的田雨不说话,眼泪却不争气地流下。

雷力下班回来,田雨告诉他芦晚秋来过了,说同学们都知道她流产了,还患上了抑郁症。这两样消息,只有雷力知道。田雨希望雷力给出解释。雷力不以为然,"你那帮同学,除了八卦,还能做点什么?"

"他们为什么会知道呢?"田雨生气地说,"我们俩编的谎,又不是事实,怎么会散播出去?"

"既然是谎言,更没必要管。"雷力问田雨按时吃药没,他泡了杯柠檬水递给田雨,叮嘱她吃药。

田雨用柠檬水送服药,药很快起效,田雨心情平复下来,酣然入睡。

雷力不在家时,他安排保姆每天按时提醒田雨吃药,为田雨泡柠檬水。芦晚秋来家里,田雨匆忙间用白开水服药,怎么都不困。田雨对柠檬水起了疑心。

保姆再给她泡水时,田雨说:"不用那么麻烦,我喝白开水就好。"

"雷总说药苦,柠檬汁酸,可以掩盖苦。他心疼您,不想您被酸着,专门为您买绵白糖加进水里。"

田雨反复实验,用雷力的柠檬水喝药,她很快就困。用白开水

二十一、服药

送服同剂量的药，基本没睡意。田雨仔细观察柠檬片，没问题。有问题的应该是绵白糖。

田雨用两勺绵白糖，泡一杯温开水，背着保姆给金毛喝。金毛喝了水，很快睡了，还打起了呼噜。保姆笑着说："还没见它睡这么香过！"

事情有了眉目。自己前些日子昏睡不醒，还对药物产生依赖，她依赖的不是心理专家开的药，是雷力掺在绵白糖里的药。雷力还避嫌，不愿意为她网购药，还劝她戒药。这个男人，究竟想干什么？又在掩饰什么？

田雨假装外出买卫生巾，买了包绵白糖，把雷力的绵白糖调包藏起来。

二十二、隐私

夜晚,田雨假装喝了柠檬水,沉沉入睡。雷力在隔壁房间,深夜十二点多还不睡觉。终于听到雷力打开房门,去洗澡。田雨起床,轻手轻脚地溜进雷力房间。田雨想知道雷力用药物为她催眠,让她沉睡后他做什么。

房间里的电脑没关,闪烁着保护屏。田雨退出保护屏,看到保姆房间的画面,保姆坐在床上看手机。田雨倒抽一口凉气,雷力在保姆房间安装了摄像头,他可以随时观察保姆!

田雨想到自己,他会不会也观察她?田雨看别的视频,没有主卧画面。正当田雨要退出时,一个视频闯进她的视线,她看到客房卧室洗手间的画面。

田雨寻找已拍的视频,有女客人在浴室洗澡,在客房卧室脱衣服……

雷力不仅监视保姆,还在客人卧室及浴室安装了摄像头。田雨联想到自己离家出走前,雷力经常呼朋引伴,让客人留宿,男客和女客分开住。雷力拍摄的是女客房间。

他竟然偷拍保留这么隐私的画面!田雨胃里一阵翻腾,想要呕吐。她嫁了个什么样的男人啊!

浴室传来吹风机的响声,雷力在吹头发,田雨打个激灵,急忙退出浏览的视频,回到主卧。

二十二、隐私

她无法入睡,心里说不出地难受。雷力拍摄、偷窥客人和保姆隐私,已经触犯法律。田雨谴责自己,作为女主人,竟然没想到保护客人和保姆,一味沉溺于自己的情绪,多么任性自私!

好不容易熬到天亮,田雨给小月发微信,约小月见面。小月把地点定在游泳馆,田雨没了安全感,担心游泳馆的更衣室被哪个心理扭曲的人安装针孔摄像头。

"我们在公园见吧。"田雨说。

"这么冷的天,去公园?"

"聊不了多久。"田雨只想去开阔的地方,不想去封闭的私密空间。

田雨和小月在公园碰面。田雨把雷力偷拍客人和保姆的事情告诉小月。小月反应很大,觉得匪夷所思。

"雷力也是受过高等教育的人,怎么做出这么恶心的事情?"

田雨不想评论。这个男人,已不值得点评。田雨对小月说:"我想报警。"

小月劝田雨慎重,"你和他还没离婚,事情传出去,人家怎么看你?"

"那也不能纵容他犯罪!"

"你想办法尽快离开他,尽快离婚吧!"小月建议,"他这样的人,你在他身边不安全。"

小月提醒田雨,不能让雷力察觉到田雨发现他的罪行,避免他毁灭证据、伤害田雨。

田雨没告诉小月,雷力偷偷给她下药的事情。田雨不想让小月过于担心。小月绞尽脑汁想办法,怎么帮田雨尽快搬离别墅,又不让雷力起疑心。

"我不能只想自己。"田雨说,"如果我搬离,他又会呼朋引伴到家里,不知道又会有多少女性被他偷窥!"

"你不走,你也危险。"

"我请个专业人士,到别墅排查,看到底有多少针孔摄像头。"

"也对,这样还保留了证据。"小月同意田雨的做法。

"我并不想把他送进监狱,我要阻止他伤害别人。"

"你这么善良,富有正义感,我都不知道该说什么了。"小月感叹。

"我要辞职。"田雨对小月说。

"他一个人做的,和你无关。他犯的错,不应该影响你的工作。"小月理性分析。

"我有责任。和这样的人生活在一起,我不配为人师表!"

"他是他,你是你。"

"我和他是夫妻。他做这些事情时,我在跟他闹离婚。我不知道是不是因为我,他才变这么恶。"

"他是成年人,人格早就定型了。你不要把他的罪过,揽到自己身上。"

小月的劝慰,并不能减轻田雨的自责。田雨急切地要弥补自己的过失。

田雨回到别墅,辞退保姆,给保姆多开三个月的工资。不管保姆怎么央求,田雨板起面孔,坚决不同意她再做下去。保姆给雷力打电话,雷力在电话里问田雨保姆做错了什么。

田雨说:"她没做错什么。我就是看她不顺眼,一分钟都不想再忍受!"

雷力见田雨态度强硬,没再坚持。

田雨问保姆:"原来雇的遛狗的年轻女孩,不会再回来了吧?"

二十二、隐私

保姆没好气地说:"人家跟男朋友去上海打工,不会回来了!去哪儿不能挣钱?谁还偏要在你家陪精神病人!"

被骂精神病,田雨不生气。保姆走后,田雨写了辞职报告,去学校面呈校长。

林校长挽留田雨,"学校知道你身体不好,批了你的假。在家养一段,再回来上班。你工作认真,为人正直,大家心里都清楚。"

田雨只当林校长在说客气话。田雨大学毕业,就来到这所学校工作,学校就是她的第二个家,她不可能不留恋。但她认为自己没资格留恋,一个罪犯的老婆,除了赎罪,还能做什么?

田雨请专业人士,用专业仪器,寻找家里的针孔摄像,找出六个。田雨决定暂不拆除那些针孔摄像头,但她不会再让雷力偷拍别的女性。

一个念头让田雨不寒而栗,雷力给她下药让她昏睡,他会不会也给别的女性下过药,趁机实施犯罪?

以雷力的高智商,如果他侵犯女性,为避免留下罪证,他应该使用安全套。田雨在家里寻找,没有找到,她暗中松一口气,同时也意识到这并不能证明雷力没有侵犯其他女性。

雷力一进家就不高兴地说:"好端端的,你辞退保姆干什么?辞退还要再找,我工作那么忙——"

田雨打断他说:"不用再找了,我忍受不了家里有保姆。"

"家务你自己做?还有金毛需要照顾。"

"遛金毛的,不早辞了吗?"

"你有病,家里你一个人不行。"

"先凑合吧,等我稍微好些,能容忍保姆了,再找。"

尽管做好了心理建设,和雷力单独在家里,田雨还是精神紧张。田雨说她觉得憋闷，想出去逛逛。

"这么晚了，去哪儿逛？"雷力问。

"哪儿都行，要不找个酒吧喝一杯？"

"这倒新鲜，不是你的 Style。"

"人都是会变的。"田雨说。

田雨跟雷力到酒吧。雷力要了杯"教父"，给田雨点了杯"盘尼西林"。田雨以为盘尼西林是药，雷力解释说是药味的鸡尾酒。酒吧灯光迷离，气氛暧昧。田雨对雷力说："我们玩个游戏吧，就当我们俩是刚邂逅的陌生人，推心置腹地聊聊天。"

雷力笑田雨傻，谁会和陌生人推心置腹？两人不再说话，默默喝酒。雷力的目光四处睃巡，注意力显然不在田雨身上，但田雨不会再为他招蜂引蝶伤心。

连喝两杯后，田雨问雷力："如果不是我，你找个真心喜欢的女人，会过正常生活吧？"

"我现在也很正常。"雷力说。

"我有自知之明。"田雨检讨自己，"我不漂亮，不性感，没有钱，更没权，你不可能喜欢我。"

雷力不说话，静静看着她。

"我担心是我害了你。我明知你不喜欢我，还嫁给你，是我的错。"

"你这是忏悔吗？"雷力唇边露出讽刺的笑。

"算是吧。"田雨认真地说，"我过去一直郁闷、纠结，你明明不爱我，为什么要娶我？现在我知道我错了，不管你为什么娶我，我明知你不爱我，就不该嫁给你。"

"然后呢？"雷力探究地看着她。

"你有野心，有能力，像一匹狼。我只是一棵草，对你没有意义。"

"你是求我放过你？"

"也放过你自己。"田雨说，"你不该把自己和我一起囚禁在这桩错误的婚姻里。找个你真心喜欢的人，过你想要的生活。"

"我不知道自己想要什么。"也许是喝多了酒，雷力眼圈泛红，"小时候，我的理想是考上北京最好的大学。多少年埋头苦读，耗费我整个少年时代，终于圆了梦。当所有同学都是学霸的时候，我看到自己的普通。我的很多大学同学，选择出国，我也想出国。大学期间，我考过托福和雅思，也拿到欧美国家名校的 Offer——"雷力招呼服务生，"再来一杯！"

"拿到 Offer 为什么不出去？"田雨不理解。

"不知道。"雷力猛灌一口酒，呛得他捂住嘴咳嗽。

"因为钱吗？"田雨追问。

"我妈身体不好，我不想让她着急。"雷力突然笑了，"也可能是我不想离家那么远，谁知道呢？"

"你不是胆怯的人。"田雨说。

"可能吧。"雷力左顾右盼，显然不想多聊他自己。

"你家的楼，是你出钱盖的吧？"田雨问。

"是。从我有记忆以来，我妈就为钱发愁。我小时候就发誓，长大挣很多很多钱，让我妈实现财富自由。"

"你做到了。"

雷力苦笑，"我大学舍友，两个在南加州，一个在澳大利亚，资产早就过千万了，人家是美元。"

"你也很棒！每个人选的路不一样。你选择照顾爸妈，不让父母承受分离之苦。"

"你还挺会安慰人。"雷力把自己杯中的酒，倒一些给田雨。

"让你失落的可能是我。"田雨尝了口雷力倒给她的酒，苦涩地说,"我跟你舍友的老婆不能比,差太远,对吧?"

雷力不回答她,"我的人生不知道从哪里开始错的,离我的理想越来越远。南辕北辙,你明白吗?"

田雨并不明白。在她看来,雷力尽管没出国,但在国内发展得不错。雷力曾批评田雨不知足,他如果知足,内心就不会痛苦。

"你喜欢北京,或者你把别墅卖了,去北京发展。也可以考虑出国,投资移民。"田雨替雷力考虑。

"我这点儿钱,到北京海淀,买套像样的房子就完了。更别说投资移民。到发达国家,资产不够,更可怜。你不懂。"

"总得争取,趁现在年轻,还来得及!"

"早就来不及了。"雷力把上半身靠在椅背上,眼神空洞地望着远方。

田雨没想到,看似强大的雷力,有如此脆弱无力的一面。她想说,即使人生不如意,也不能破罐破摔去犯罪。田雨忍住,没让自己说出口。

"回家吧。"雷力建议。

"这酒吧通宵吗?我还想再喝一杯。"田雨不想走,不想回家和雷力单独相对。酒吧是公共场合,人多,她自在一些。

田雨感慨,她现在才知道,雷力也不容易,"我应该对你好些,不应该跟你闹。"

田雨的话触动了雷力。雷力说他一直很努力,努力上学,努力工作,找个靠谱的女人结婚,努力生活。

"你对我特别失望吧?"田雨问他。

"我不知道该对你抱什么希望,所以也谈不上失望。"

这个夜晚,不知是不是酒精的作用,雷力展现出真实的自己。雷力和田雨一样迷惘,田雨把自己的脆弱表现出来,雷力出于男人

二十二、隐私

的自尊，掩盖自己的无助。

"我不能再耽误你，我支持你重新开始，过你想要的生活。"田雨诚恳地说。

"连你都迫不及待逃离我，我过什么新生活？"

田雨没想到，雷力竟不自信。她一直认为，雷力狂妄傲慢，残酷地摧毁她的自信。也许同时，她的疏远逃离也在毁掉雷力的自信，"对不起！我离开你，是因为我不够好。"

"所有原因和借口，都没什么意思，离开就是离开。"

"离婚后，我们还可以是亲人，朋友。"

"如果离婚，能让你变坚强，能让你过上你想要的生活，我会考虑成全你。我好奇，你想要什么样的生活？"雷力问田雨。

田雨陷入沉思，她想要的，无非是自由自在。两个人也许没多少钱，工作很辛苦，但回到家心情是放松的，可以随意聊天，无话不谈。也会有吵闹，吵完和好，不往心里去。没有那么强的边界感，不刻意，在对方面前做真实的自己。

在雷力身边，她无法随意。田雨意识到雷力想要的，应该是华丽、成功、引人注目的事业和生活。她给雷力添不了华彩。她这样的妻子，注定让雷力不满意。

能给雷力增加光芒的，也许雷力错过了，或者他没争取到。他放弃出国，也没能留在北京发展，退回到武汉，娶了个教师，努力让自己幸福生活，可心底又不甘，有坠落的失重感。

田雨读懂了雷力，但她帮不了他。雷力想要的成功，她没能力给。她想要的纯爱，也许雷力根本就没有，他过于理性和现实，他的情感和利益像一对同心连体儿，难以剥离。田雨和雷力，一个憧憬被爱，一个错失理想，谁也填补不了对方心里的空缺。他们在一起，不过是浪费自己。真要分开，又觉得可惜。

191

"我们该怎么办?"田雨问雷力。

"你爱我,我对你好。我们好好过。"雷力说。

其实雷力心里清楚,事到如今田雨已不爱他,他也不可能真对田雨好。爱是自然萌发的,仅凭理智去爱,或刻意对一个人好,谁都难以长期坚持。

二十三、悬疑

田雨在院子里画画,有人按门铃,来了一个陌生女人。

"不记得我了?我是陈琳,我们一起去汉阳的公园参加过婚礼。"

田雨想起来了,就是这个女人,最初说田雨有抑郁症,当时田雨还很正常,她就未卜先知。田雨问她什么事儿。陈琳说雷哥让她来的,来提醒田雨按时吃药,帮忙遛遛金毛。

"你不上班吗?"田雨想赶陈琳走。

"上班,我的工作是雷哥帮忙找的。"

看样子,赶不走她。田雨作罢,回到画架前,继续画她的画。陈琳站在旁边看,问田雨:"你的画能卖钱吗?多少钱一幅?"

田雨不理她。陈琳要去遛金毛,金毛对她不熟悉,冲她狂吠。

"你去忙吧,我这里不需要你。"田雨趁机说。

"我能跟你谈谈吗?女人之间的谈话。"陈琳咄咄逼人地看着田雨。

"说吧。"

"你画着画,我怎么说?"

"我画画,不影响耳朵听。"

陈琳想进屋子,见田雨坚持,只好站在院子里。"听说你丢了工作,抑郁症加重,怀不上孩子——"

雷力满世界宣扬田雨莫须有的流产。没想到他出品的流言这么快又升级了，从流产变成不孕。

田雨打断陈琳，"怀不上孩子，怎么流产？"

"你流产了？"陈琳很惊讶。

田雨讽刺地问："你雷哥没告诉你吗？"

陈琳像是受到打击，半天说不出话来。田雨完全不受干扰，继续流畅地画画。

"我雷哥说，你们早就没有夫妻生活了。"

"你雷哥跟你说这个，是什么目的？"田雨反问，退后两步，打量自己的画。

"我直说吧！"陈琳缓解紧张似的吐一口气，"我喜欢雷力，他也喜欢我，我想和他在一起。"

田雨放下画笔，看着陈琳，"你想让我尽快离婚？"

"是的，你离婚，我和他才能结婚。"

"我答应你。只要雷力同意，我今天就可以跟他离。"

"你说的是真话，不是赌气？"陈琳不相信。

田雨不知怎么，想起和保姆栗树珍因为收拾花枝闹矛盾那天，田雨打电话让雷力选择，让栗树珍走，还是田雨走。似曾相识的情景，田雨决定用老办法。

"你不相信？好，我现在给雷力打电话，让他决定。"田雨进屋拿手机。陈琳尾随而来。

田雨找到手机，问陈琳："你打还是我打？"

陈琳不说话。田雨拨通雷力手机，对雷力说："家里来了客人，说叫陈琳。她说想和你在一起，希望我尽快离婚。我答应她，她不信，我给你打个电话，让她相信。"田雨一口气说这么多，她很久没有这么流畅地表达过。

"有病！"雷力挂断电话。

二十三、悬疑

"他挂了,继续打?"田雨问陈琳,"要不你用你手机,给他打电话,让他现在表态。"

"不用了。"陈琳说,"我不想逼他。你按时喝药了吗?我去给你泡柠檬水吧?雷哥说你要用柠檬水服药。"

"好啊。"田雨转身上楼,不想再跟陈琳啰唆。

陈琳泡好柠檬水,端进主卧。看来,雷力细致地指导她,连柠檬在哪里,绵白糖在哪里,她都知道,还明白把水送进主卧,好让田雨喝了睡觉。

"你身体不好,我也不想刺激、伤害你。可我不忍心看雷力一天天耽误下去。他太善良了,善良到不顾自己的幸福。可他这样善良,你怎么忍心害他?"

"我怎么害他了?"田雨接过柠檬水,吹上面的热气。

"他正当壮年,不能长时间没性生活。你给不了他正常陪伴,生不了孩子,还占着妻子的位置,这不是害他吗?"

"不是生不了,是我不想生。"田雨纠正陈琳,"我承认给不了他正常陪伴。我愿意跟他离婚。你也听了他刚才说的,他不愿意。"

"他没说不愿意。"

"没说不愿意,不等于愿意。"田雨气馁,这个陈琳看起来精明,其实不聪明。

"只要你愿意离婚,雷力那边我去说。"

"我愿意。不过,我想问问你,你了解雷力吗?"田雨问。

"我当然了解!"陈琳理直气壮地说,"他高颜值、高智商、善良。如果说有什么缺点,缺点就是心太软。"

"对我心软,是吧?"田雨忍不住想笑,"我也觉得他应该尽快和我离婚,早就该离!当初就不该结婚,我不是他的菜。"

"你说对了。你不是他的菜。你是一碗清汤挂面,他喜欢大餐,硬菜。"

"就算我跟他离了婚，我也希望你先了解清楚，再决定要不要跟他结婚。"田雨不喜欢陈琳，但她不希望陈琳也陷入痛苦泥淖。

"你是嫉妒吧？嫉妒将来我和雷力在一起！"

田雨泄气地说："我吃完药就困。你愿意遛金毛就遛，走的时候把门关好。"

陈琳走后，田雨没从床上起来，事情乱糟糟的，她宁愿入睡，不愿面对。

雷力回来后，田雨以为他会因为田雨在陈琳面前逼他选择而怒火中烧，没想到雷力不以为然，还反过来安慰田雨："你不用放在心上。"

"以后她会天天来遛金毛，监督我吃药？"田雨问。

"不会再来了。"

"怕我伤害她？"

"怕她伤害你。"

田雨没想到雷力会这么说。雷力解释："朋友可以很多，老婆只有一个。"

"她可能真心喜欢你，她跟你，比我和你更合适。"

"我不可能娶她。"

"为什么？"

"不为什么。朋友就是朋友。桥归桥，路归路。"

"我们离了婚，也可以是朋友。"

"我不少你一个朋友，我缺的是老婆。"

"我一个病人，没工作，还不生孩子，你要这样的老婆干什么？"田雨不惜贬损自己。

二十三、悬疑

"你需要我,我对你有责任。"

"雷力,我们不说冠冕堂皇的话好吗?这是我人生最大的悬疑:你为什么要把我留在你身边?"

"我习惯了你。一个人的习惯,很难改变。我也不想改变。"

"陈琳说我是清汤挂面。"

"她说得没错!"雷力肯定,"你就是碳水,味道一般。可碳水是人体三大基础物质之一。"

田雨不喜欢雷力以这样的方式肯定她。她是她自己。难道她没有选择的权利吗?即使一棵草,也想活出自己的姿态。何况她是人,受过高等教育,有自己的专长、爱好,凭什么要配合雷力的选择?

田雨把留在别墅的这段时期,称为冷静期。她给自己一个月的时间,争取帮助雷力停止偷拍等犯罪行为。

雷力仿佛受不了寂寞。没过一周,又开始在家里招待朋友。家里又请了钟点工。一切回到从前。田雨坚持,不让钟点工在保姆房休息,不留宿客人。

"你这个女人,心胸越来越狭窄!"雷力气极败坏地指责田雨,"保姆房空着也是空着,她想休息就休息。客人想走想留,随意,在客房睡几个小时天就亮了,又不妨碍谁。你坚决反对,有道理吗?有病!"

眼看客人逗留到凌晨一点多,还没散去的意思。田雨很着急。她偷偷以邻居的名义,打电话向物业投诉,说有人深夜聚会喧哗,扰民。

物业的保安过来交涉。客人们见惊动了物业,不想惹麻烦,悻悻地离开。雷力认为在朋友面前丢了面子,很恼火。他发狠说一定要查出是哪个邻居投诉,要让那人渣付出代价。

田雨相信物业不会泄露投诉人，但也不能肯定。雷力人脉广，有手段，物业那些工作人员，不一定扛得住。

"这次向物业投诉，也许下次会直接报警。"田雨警告雷力，"我们还是自觉些，大家都是邻居，别伤了和气。"

听到报警，雷力在意了，不再嚷嚷要报复邻居。他把矛头指向田雨，"这倒顺了你的心。家里没一点儿人气，你迟早把它变成鬼屋。"

二十四、反转

雷力又招聘一位遛狗女孩,是学兽医的本科毕业生,正准备考研,做份兼职养自己。田雨不同意女孩留宿。雷力说,"楼上客房空着,让她住,还能和你做个伴"。

田雨和雷力相持不下。女孩恳求田雨,说她在外面租房,刚好房子到期,她留宿可以打扫别墅的卫生,帮田雨做家务。田雨趁雷力出去接电话,旁敲侧击地对女孩说:"你夜晚睡在这里不安全。"

女孩问为什么。田雨承认自己有抑郁症。女孩说抑郁症患者不伤人。"说不准,有时候我会梦游。上一个遛狗的,就是被我提刀梦游吓走的。"

田雨如愿赶走女孩。雷力大发雷霆,骂田雨变态,嫉妒年轻女孩。

"我还真不是嫉妒。"田雨冷静地说,"这屋子里是有人变态,但变态的人不是我。"

"你什么意思?"雷力冷冷地问。

田雨不想再瞒下去,她讨厌虚伪,"你那么希望异性留宿,是有什么想法吧!"

"我想法多了,你管得着吗?"

"我在,就管得着。离婚后,你请我管,我也不管。"

"你管什么?"

"雷力，你能不装糊涂吗？要想人不知，除非己莫为。你也是受过高等教育的，你不知道偷拍、偷窥违法吗？"

雷力愣住了，他没想到田雨知道那么多。两人像斗鸡一样，瞪着对方。雷力突然笑起来，"你有病，是你偷拍、偷窥吧。"

"好啊，我现在报警，让警察来判断。"田雨拿出手机。雷力抢过她的手机。

"你能自证清白吗？在这个家里，除了我，还有你。"

"我是女人，我不可能去偷拍女人。"

"有什么不可能？有现实的案例，妻子外出诱拐年轻女性，囚禁在家里供老公享用。"

"雷力，你不要太无耻！"

"你能证明自己清白吗？我可以对警察说，你想把我拴在家里，找人安装针孔摄像头……就算我难辞其咎，你也是同犯！"

田雨没想到雷力会栽赃陷害她。她气极而笑，"好啊，让警察来查，如果认为我有罪，我愿意去坐牢。"

"田雨，你疯了吗？坐牢之后，你这辈子都别想再当教师！"

"我已经辞职。"

"你病好后，还可以再找工作，去别的学校，我帮你。"

"我不能让你继续犯罪。"

"我们是夫妻，你对我有责任。我听你的，现在就去把那些视频删掉！"雷力去他的房间，把电脑搬到田雨面前，当着田雨的面，把电脑恢复到出厂状态。"现在这里面什么都没有了，不信你可以看！"

"还有那些摄像头。"田雨说。

"我现在就去拆！"

田雨跟在雷力身后，看他把六个针孔摄像头全拆除。雷力开车出去，说要把这些东西销毁。田雨不知道雷力会把罪证扔到哪里。

二十四、反转

只要他不再害人,田雨就松口气。

被田雨拆穿后,雷力受到打击,精神不如从前,更加暴躁易怒,经常夜不归宿。田雨认为自己完成了使命,应该离开了。雷力不放过她,怒斥她毁了他的生活,想扬长而去,没那么容易!

"你想怎样?跟我这么耗下去?我拖得起。我又不着急嫁人。"田雨惊讶自己的变化,她就是不想被雷力控制和打败。

"想得美!你还嫁人!谁会要你?"

"那可说不定。"

"是吗?没工作,有婚史,一个精神病患者,到婚恋市场会炙手可热?你的男同学,你从前的爱慕者,谁还联系你?"

"只要我喜欢,我可以去追。"

"好啊!走着瞧!"

田雨后悔,不该逞一时口舌之快。以雷力的为人,只要知道她想做什么,他会提前浇灭她希望的火苗。她并不打算追爱。这桩婚姻,让她心灰意冷。她只希望未来的时光,可以安静地画画。离开武汉,去北京或深圳,在画廊找份工作养自己。

真正的计划,她不会告诉雷力。追爱,只是一个幌子,把雷力的恶意吸引过去。她已不在乎自己的名誉。她不是名人,认识她的人不多,那些人早被雷力的谎言蒙蔽,认为她患重度抑郁症,流过产。

除了父母和亲戚,还不知道田雨的近况。想到这个,田雨揪心地痛。她不希望父母为她担心,更不愿意让父母知道她所遭遇的。

雷力当然深谙母女连心的道理。这张王牌,他不会轻易打出去。

田雨有个心病，觉得自己对不起那些被雷力偷拍的女性。这件事，她不想再跟小月讨论。小月生活在阳光下，田雨不想给小月增添心理阴影。

曾经，田雨的生活也阳光灿烂，纯粹、简单。田雨渴望回到过去，虽然没多少积蓄，没买过什么奢侈品，可是过得充实，心里坦荡。

现在自己心里，藏了多少不能对外人言的秘密啊！

田雨想找人聊聊。她想到芦晚秋。芦晚秋经历过大起大落，在人生的暗夜里挣扎过，不会因为田雨讲的事情，扩大心理阴影。

芦晚秋接到田雨的电话，很开心，"我正要去医院孕检，你陪我去，我总一个人去医院，自己都觉得可怜"。

田雨打车到芦晚秋住处，载上芦晚秋，一起去妇幼保健院。芦晚秋劝田雨怀孕，说肚子里有了宝宝，胎儿就是一切，自己的什么烦恼都能忘掉。

被母性光辉笼罩的芦晚秋，变得平和有爱。在她身边，田雨受到感染，平静很多。陪芦晚秋做完孕检，田雨请她吃饭。考虑到芦晚秋是孕妇，田雨选择一家可以提供孕妇餐的餐馆。

芦晚秋问田雨今天找她是不是有事儿。田雨说不出口，不想影响芦晚秋的心情。

"你说吧，什么都影响不了我的心情，我不是玻璃心。"芦晚秋大气地说。

田雨把雷力偷拍女客人的事情告诉芦晚秋。芦晚秋用手掩住嘴巴，"衣冠禽兽啊！"

"我觉得自己也有错。对不起那些被偷拍的——"

芦晚秋打断田雨，"你想干什么？你什么都不要做啊！"

田雨想找到那些被偷拍者，给她们道歉。如果她们选择原谅，让雷力给一些经济补偿。如果她们不原谅，田雨愿意和雷力一起接受惩罚。

"不需要让她们选择。"芦晚秋着急地说,"这么恶心的事情,像一堆垃圾,最好扔掉!不知道,对她们最好。只要那些视频被删掉,且没有散播出去。没有人会被不知道的事情伤害。你告诉她们,等于让她们接受二次伤害。"

"她们有知情权,有选择的权利。"

"你让她们怎么选?要钱?把雷力送进监狱?什么都不能弥补对她们心灵造成的伤害,心理阴影一辈子都难以驱除。一旦闹开,影响名声,伤害她们的配偶和家庭。如果有孩子,噢,孩子!田雨你还是省省吧,女人有了孩子就更伤不起!"

"我也不知道该怎么办。我都快被这件事逼疯了。"

"你不早就疯了吗?"芦晚秋和田雨开玩笑,"疯了挺好。事情是雷力做的,你就当不知道。"

"可我已经知道了。"

"是啊,你知道,成了心病。你告诉那些人,让她们也都患上心病,这不是你想要的吧?你问问你自己,你想知道这恶心的事情吗?"

"如果能减少对别人的伤害,我愿意。"田雨勇敢地说。

"她们不是你,她们是受害者。"

"受害者有权利让施害者接受惩罚。"

"你太天真了,田雨。把雷力送进监狱,你的名声也毁了。"

"一想到自己在包庇罪犯,我就绝望。"

"实在不行,你报警吧。"芦晚秋妥协。

"我想劝雷力自首。"

"可能吗?你觉得他可能自首吗?"

"我努力。自首可以减轻对他的处罚。"

"我劝你别抱幻想。"

"我的处境已经这样了,还能有什么幻想?"田雨苦笑。

和芦晚秋聊天后,田雨理清思路,劝雷力自首。雷力听了大笑。"田雨你就是蠢!那些都是我的朋友,我可以摆平。"
"欠下的,迟早要还。"
"你怎么就知道她们不欠我呢?"
田雨被问住了。
"我和她们之间,是利益关系,有什么交易你不知道,也没必要知道。"
"这世上,根本就没有完美犯罪。"田雨说。
"你这是断章取义。没有犯罪。你觉得我是能让自己犯罪的人吗?我很爱惜自己的名声。"
"人都会犯错。"
"是啊。我和她们之间的交易,你不喜欢,认为是错的。我把视频删了,现在什么都没有了,了无痕迹。"
"你真能摆平她们吗?"田雨滋生幻想,她并不希望把雷力送进监狱,闹得沸沸扬扬。大事化小,小事化了,也许是最好的结局。
"把'吗'去掉。"雷力打了个响指,"都是朋友。你不了解她们,那些人在外面玩的花样多着呢!她们还请我当裸模。这点事情,对她们来说,根本不算事儿!"
"你当裸模了吗?"田雨完全没想到,事情会发生这样的反转。
"当然没有!她们请了别人,从各个酒吧找的小伙子。"
"她们不画画,请裸模干什么?"
"只有画家才请裸模吗?拍照、欣赏。你以为只有男人欣赏女人,不知道女人也可以欣赏男人。男性雕塑《掷铁饼者》《思想者》,闻名全世界,你学过艺术,应该知道。人体艺术,是高级的美。欣赏和被欣赏，都是美的享受。你思想狭隘，不懂。本质上，你还是小女孩心态。"

田雨对雷力的话半信半疑。她确信的是，自己的心理负担减轻大半。她希望雷力说的是真话，那些女人很爱玩，喜欢欣赏人体艺术，也乐于被欣赏。

二十五、洗脑

雷力提醒田雨,是不是该回她父母家看看。田雨有顾虑,雷力曾撒谎说她怀孕了,她不知道该怎么跟父母解释,说流产,必然惹父母伤心;承认雷力撒谎,父母会追问雷力为什么撒谎,她解释不清楚。除非把一切告诉父母,她患抑郁症,并且辞去工作,目前处在离婚冷静期……

田雨缺乏勇气。父母是她的软肋。能瞒一天算一天,她希望父母无忧无虑。

雷力说他陪田雨去,田雨什么都不用解释,他来搞定。搞定这个词让田雨不舒服,"那是我爸妈。"

"你爸妈也是我岳父母。咬文嚼字没用,让他们开心才是真的。"

雷力给岳父母买了很多礼品,田雨说没必要。雷力开导她,"女儿出嫁了,就是客人。多带礼物总没错,代表尊重和孝敬。"

田雨父母家的老式防盗门,被换成新款智能防盗门。雷力熟稔地输入密码,门开了。

"你给换的门?"

"除了我,还会有哪个?"雷力反问田雨。

田雨父母家里重新装修,还添置了新家具、智能清扫机器人,

二十五、洗脑

洗碗机……

父母见田雨回来，喜出望外。他们不约而同地看田雨的腹部。雷力解释："忘记提前跟爸妈说，医院搞错了，张冠李戴，打印错了检验报告，把别的孕妇的检验结果错安在小雨名下。现在的医院，奇葩事情多，把病人遗忘在核磁共振舱几个小时，新闻都报道了。还有男性患者，被诊断出罹患子宫癌，和小雨一样，医院打印错了检验报告——"

"他们太不负责任了。"田雨爸爸感慨，"我也看到新闻，说把患者遗忘在核磁共振舱，病人最后自己爬出来，医院的管理需要加强！"

"小雨眼看就30岁，该生孩子了。"田雨妈妈说。

"我们在备孕。生孩子，急不得，得讲究科学。"雷力帮助田雨妈妈把礼物归置好，"这事儿怪我。春节前后，我应酬多，经常喝酒。这个项目过两周就交接了，下个项目很快签下来，签后我把酒戒了，按时作息，小雨也把身体调养好。"

"好！"女婿考虑事情这么周到，田雨妈妈喜笑颜开。

雷力还给田雨爸妈约好了体检时间，准备带他们做全面身体检查，"现在医疗条件好，只要早发现，早治疗，就不会有大危险。对老年人来说，最珍贵的是时间。"

"你们也要注意身体。"田雨爸妈叮嘱。

父母心情不错，家里环境焕然一新。眼前的情景，让田雨质疑自己，她经历的惊涛骇浪是不是自己臆想的悲剧？雷力对她父母好，他的付出是真实可见的。

如果她不闹离婚，让生活平稳继续，她应该已经怀孕了。

田雨的脑海里浮现出孕妇芦晚秋的幸福模样。芦晚秋将来要一个人带孩子。田雨的孩子，可以在父母的共同陪伴下幸福成长。前提是，田雨愿意守在雷力身边。你愿意吗？田雨不禁自问。

她在心底叹气，为自己，她不愿意；为父母和孩子，她也许可以牺牲自己。

父母那边有了交代，田雨的心情轻松很多。她的心理负担，还是雷力偷拍的事情。雷力怪田雨自寻烦恼。

"你既不是欣赏者，更不是被欣赏者，跟你有什么关系？"雷力不理解。

"我是知情者。"田雨说。

"你不能把别人想象成你。人和人不一样。"雷力开导她。

为了让田雨信服，雷力想出一个办法。他在朋友群里发信息，说田雨画人体，急招裸体模特，有意者可以私信他。

很快有位叫绿袄小妖的私信雷力："报酬多少呢？"

"优厚。"雷力回复。

"有多厚？六位数？"

"先不理她。"雷力对田雨解释，"胃口太大。"

初吻给了烟私信雷力："要画多久？"

"可以多角度拍照片，田老师参考照片画。"

"给五万，我就当帮朋友忙。"

荷塘魅影先发给雷力一个大笑的表情，说雷力："你就是现成的模特！干吗骑驴找驴！"

"不准骂人。"雷力发个炸弹给她，"为艺术献身，我倒是求之不得。可惜我家田老师要画女性人体。"

"为艺术献身，不是谁都有的机会。"荷塘魅影打字很快，"将来能成名画吗？"

"放心，会到北京展览。"

"隐私部位不打马赛克？"

"有打马赛克的名画吗？"雷力发笑出眼泪的表情。

二十五、洗脑

"不能无偿啊!要不要先发照片,给画家看看?"

"你没问题!"

"我三围你不知道,别误导你家田教师。"

"你只要不穿棉衣,男人就能看出三围。"

"你够坏的!得亏画画的不是你。"

"是我怎么着?不愿意让我画?"

"真是你的话,也可以考虑,只要是为了艺术。但也别让我无偿提供帮助。"

雷力得意地看田雨,"怎么样?说到底,她们要的是钱,不怕被人看。被画家画出来,到处展览,万一成为名画,流传几百上千年,敢脱光被全世界的人看,说明人家活得潇洒!"

"这不是一个概念。"田雨认真地说,"为艺术献身,和被人偷拍,不能混为一谈。"

"本质上是一样的,都是被人看。"

"你有你的道理,我有我的想法。"

"你的想法不对,脱离现实社会,太幼稚!"

"你准备拿钱摆平她们?"田雨问。

"可以呀。找个借口给人钱,这个不难办到。你放心,我会让她们满意。"

田雨虽觉不妥,可也说不出什么。再纠缠下去,反倒显得她教条古板,小家子气。

关于婚姻,雷力抽出时间和精力,对田雨深入阐述他的观点。男人和女人,最初靠视觉刺激荷尔蒙相互吸引。新鲜感过后,看的是实力。好的婚姻,夫妻双赢。不好的,两败俱伤。大多数夫妻,一边嫌弃一边珍惜。这个世界上,根本没有完美的男女。想找到完全符合自己理想的配偶,基本是奢望。

为什么有那么多剩男和剩女？其实就是思想不成熟，希望找到理想的另一半。我们可以自问："有谁对自己完全满意？对自己都不能完全满意，凭什么要找个让自己完全满意的？"

"残缺是现实。我不完美，你也有缺点。两个人相遇、相识，能走到结婚这一步，本身就不容易，应该珍惜。那些奋不顾身离婚的，有多少能过上自己理想的生活？概率很小。"

"你们女人相信爱情，结果呢？林黛玉被气死了，安娜·卡列尼娜卧轨自杀，包法利夫人服毒自尽……爱情是什么？爱情不落实到柴米油盐，就是空中楼阁，一脚踩空，粉身碎骨。"

"爱情照进现实，两个人一起生活。生活要有物质基础，男人擅长挣钱，女人纯洁懂事，不节外生枝，就是让人羡慕的好日子。"

对照雷力的观点，田雨显然不够懂事，爱节外生枝。雷力努力挣钱，踏实做事；田雨想得多，做得少，她被思维绊住。思维是抽象的，她让自己活在梦里，憧憬理想的远方……

立场不同，结果迥然。从田雨的角度看，雷力控制欲强。站在雷力的立场，田雨也不理想。让陌生人评判，多数会认为田雨不知足，不惜福。

田雨没有了以往的笃定，她怀疑自己，也许很多想法本身就不成熟，是错的。她唯一肯定的是雷力不该偷拍别人。可那些被偷拍的人，真的在乎吗？田雨不确定。田雨之前的判断，基于她以己度人。雷力让她意识到，人和人差别很大，甲之砒霜，乙之蜜糖。她又怎么能替别人思考、衡量？

二十六、对比

小月约田雨一起爬山。田雨到山脚下发现，左欣昱也在。田雨心情复杂，惊喜又不安。她为上次左欣昱画展被恶意骚扰的事情道歉。左欣昱说他关心的是创作本身，其他不重要。

在左欣昱身边，田雨有云淡风轻的惬意。她也说不清为什么。也许因为他们是同学，家境、成长经历都相似，容易理解彼此。但也并非所有同学都谈得来、没隔阂。

左欣昱收集了一些珍奇植物的高清照片，给田雨看。田雨明白，他在为田雨找绘画素材。换成明哲保身的雷力，在这样敏感的时间段，不会直接找田雨，雷力会把要给田雨的，通过别人，同事或者其他同学，转给田雨，万一事情暴露，可以撇清责任。相比雷力的世故精明，田雨更喜欢左欣昱的单纯直接。

三个人沿着密林中的小路，向山上走去。初春的气息裹着松木的清香，让人神清气爽。

"你也听说有关我的传闻了吧？"田雨问左欣昱。

左欣昱点头，"听说一些。你就是你，别人怎么说不重要"。

小月替田雨辩解，"都是瞎传！"

"喜欢你的人，还是喜欢你；不喜欢你的人，可能更不喜欢你。如此而已。所以对流言蜚语，不用在意。"左欣昱总结说。

田雨品味左欣昱的话。是啊，田雨听芦晚秋说左欣昱傍北京土著姑娘，她并没对左欣昱产生不好的看法，左欣昱还是左欣昱，有才华，朴实自然。

"你也听说有关我的传言了吧？"左欣昱仿佛知道田雨在想什么。

田雨不好意思。小月和左欣昱开玩笑说："你是知名画家，名人容易有绯闻，正常。"

"我就是画画的，不是什么名人。"左欣昱纠正小月，"传说中的那些事儿有几分真实，算不上绯闻。我和一个北京女孩谈过一段恋爱，两三个月吧，分了。"

"为什么分呀？"小月好奇地问。

"配不上人家。"左欣昱解释，"我就是一个画画的，卖画的钱用来保护野生动物，给不了人家幸福。"

"听说那土著不是挺喜欢你的吗？"小月追问。

"喜欢是因为不了解。熟悉了，也就知道我没什么值得她喜欢。"

左欣昱的回答，让田雨不由联想到雷力。换成雷力，他不可能说自己不值得被喜欢。就算分手，也一定是对方的错，对方有眼无珠。或者说，对方根本没资格分手，只能被他分手。他看不上，他不要。不管真实情况是什么，从雷力口中说出的，必然是对方不配留在他身边。如果雷力心情好，愿意多讲，那就是女方哭着求他，甚至要下跪，他觉得恶心，弃之如敝屣。

雷力这样的人，喜欢通过贬低别人，抬高自己。左欣昱给对方留尊严，即使分手，哪怕在对方不认识的人面前，依然尊重她。尊重曾经的恋人，也是尊重自己。这道理，雷力不懂。在雷力心里，可能值得尊重的只有他一个人，别人的尊严不值一提。

"那你现在没女朋友吗？总一个人画画，不孤独吗？"

左欣昱被小月的问题逗乐了，"画画怎么会孤独呢？把想画的

二十六、对比

对象,一点点呈现在画布上,这本身就很让人兴奋,画会和人互动——"左欣昱意识到自己说多了,及时止住话题,"可能是我喜欢画画,所以不觉得孤独。"

"你这么有才华,到处开画展,喜欢你的人很多吧?"小月问。

"我确实没什么值得别人喜欢。可能有人喜欢我的画,我是躲在画背后的劳动者。就像你喜欢吃蛋糕,不一定对做蛋糕的人感兴趣。我也觉得自己挺无趣的,除了会画画,别的方面很笨拙。画也画得一般。"

田雨又想到雷力。雷力认为自己深受异性欢迎,女人缘爆棚!他总提自己的异性朋友,隔段时间就会出现新女性,总有异性喜欢他,对他有意思。他是女性争夺的对象,行走的荷尔蒙。谁能靠近他,是多么大的荣幸!他屈尊和你交往,女方就应该感恩戴德,如履薄冰。

雷力娶了你,无异于把皇后的位置给了你。天哪,这么大的恩惠!你该怎么报答?你怎么做都不够!

田雨像在暗夜中看到一道朦胧的光,光里呈现出雷力超级自恋的模样。他在田雨眼里原本是一团谜,随着时间推移迷雾渐渐退去……田雨质问自己:现在才开始了解雷力,是不是太迟了?

半山腰有一座祈福池。池底有很多祈福者投下的硬币,水质清澈,鱼儿在水中欢快地游动。田雨、小月和左欣昱坐在池边的亭子里休息。

"这些鱼儿自由自在,多好!"田雨感叹。

"生命原本就应该自由,舒展。"左欣昱说。

田雨不再说话,她早已忘记自由自在的滋味了。在雷力身边,空气都是紧张的。雷力给人压力,他喜欢让人自惭形秽。用别人的自卑,喂养他的自信,衬托他的优越感。

在左欣昱身旁,风无拘无束,阳光温暖随意,空气轻盈透明。她可以畅所欲言,也可以什么都不说,静静地坐着,享受温情带来的惬意。

"再不找就真剩下了。"小月说左欣昱,"单身狗平常还行,逢年过节,不好受吧?"

"画画的人,哪有节日?不像上班族。"

"那也不能总单着。"

"顺其自然,随缘。"左欣昱说。

小月想投许愿币,发现自己没带钱。左欣昱掏出几枚硬币。小月惊奇,这年头都用手机支付,没谁带纸钞,更别说硬币。左欣昱说偶尔乘公交车,投币。公交车也可以刷手机,小月提醒他。

"经常到各个城市,有些小店不支持网上支付,养成随身带点现金的习惯。"左欣昱解释。

小月问田雨和左欣昱:"你们不许愿吗?"

"把钱投进水里,不环保。"左欣昱说。

左欣昱的环保意识很强。他喜爱大自然,爱护一草一木,生活主张零浪费。田雨欣赏左欣昱的返璞归真。

雷力追求奢华,对大自然不敏感,喜欢豪宅名车,享受科技带来的一切便利。

左欣昱尊重生命,崇尚平等。雷力认为其他生命应该为人类所用;人分圈层,低圈层的应该服务于高圈层。这两个男人,都出生于武汉,年龄接近,三观却相差甚远。

田雨越发认识到,她嫁给雷力,毋庸置疑是错的。婚前,她和别人一样认为雷力是很好的结婚对象,那是因为看的表象,没有深入思想。

田雨看不惯雷力的行为做派,雷力也不欣赏她。三观不合,才是她和雷力难以解决的分歧。

二十六、对比

下山后,小月提议一起吃饭。他们去了家温馨实惠的菜馆。三个人都很随意,不刻意为对方考虑,分别点自己喜欢的菜,拼在一起,很丰盛。

田雨又想起雷力。雷力去餐馆,首先考虑环境优雅上档次,菜品要精致,服务员漂亮。他不止一次对田雨说:"在外面就餐,享受的是环境和服务。"

田雨并不觉得享受,好像主题不是自己吃饭,而是要吃给别人看。给谁看呢?田雨不知道。雷力在外面彬彬有礼,出手大方。周围又没熟人,为什么不随意些呢?即使遇到认识的人,大家都出来吃饭,吃好就好,没必要太在乎别人怎么看。

这个问题,田雨从没和雷力讨论过。雷力在公共场合,像站在聚光灯下,仿佛有无数双眼睛在盯着他,他格外注意自己的言行,举手投足,很有风度。

田雨和小月喝汽水,左欣昱喝啤酒。"好久没喝汽水了,过瘾!"小月高兴地说。

左欣昱说他的啤酒味道也不错。小月想尝尝。左欣昱去服务台要了两只纸杯,给小月和田雨各倒半杯。三个人吃喝随意,很放松。

和雷力一起吃饭,他绝不会让田雨喝廉价的汽水。雷力通常要干红,他认为用高脚杯喝酒才显品位。如果非用高脚杯,田雨更喜欢甜葡萄酒或者香槟。雷力没问过田雨想喝什么,田雨也不说,说了好像自己低俗,上不了台面。田雨不懂酒文化,她不想因为自己多说一句,引来雷力引经据典、滔滔不绝的批评。

人活着,不是活给别人看,自己舒服才行。田雨在心里感慨。和小月、左欣昱一起吃的这顿饭,才是正常状态,应该成为生活常态。

田雨和小月、左欣昱，相互关心，但不刻意，谁也不支配谁；彼此关注，但不过度。这种舒服的状态，雷力没机会体会，他喜欢掌控局面。有人掌控，就有人被掌控。这样的关系，只能是一方太累，另一方满腹委屈。

分别时，左欣昱很自然，温暖地笑笑，好像他就在武汉，随时可以见面。

换成雷力，不会如此淡然，为田雨做事情，他从外围着手，每一分付出，都要让田雨周边的人知晓。不管田雨怎么想，雷力要的是，田雨认识的人都知道雷力对她好。

雷力高兴，天下太平。雷力不高兴，千错万错都是田雨的错。他的付出，有目共睹。田雨没有退路，除非孤注一掷，向所有人承认她不知好歹，不懂珍惜。

如此处心积虑地布局，不是找个伴侣相知相惜，更像一场战役，他好不容易俘虏你，你活该失去自己，从此活在他的阴影里……

田雨不愿意这么过一辈子，不管承受多少，她都要找回自己。

二十七、忍耐

田雨想和雷力好聚好散。田雨明白，她的想法在雷力面前很难实现。实现不了也要努力，这是田雨的性格。

周六清晨，雷力起床，洗漱完毕，吃过早餐，准备出门时，被田雨叫住。

"我想跟你谈谈。"田雨说。

"谈什么？"正在门口换鞋的雷力不耐烦地问。

"谈离婚。"

"我没时间，你想闹，晚上再说。"

"我没想闹。"

"不闹就好。"雷力拎包出门。走了几步，又返回来说，"我知道小月牵线，你见了那个谁。你跟他不会有结果。他不会娶你。"

田雨愣在原地，惊异雷力是怎么知道的。小月不可能出卖她，左欣昱更不可能说出去。

"你说过要想人不知，除非己莫为。现在信息社会，以你的智商，能藏什么秘密？掩耳盗铃罢了。好好在家画你的画，别搬石头砸自己的脚！"雷力说完向车库走去。

田雨好不容易树立起来的坚定自信，被雷力的几句话打得七零八落，如秋风扫落叶，一地寒冷萧瑟。

田雨不甘心，不能面谈，可以用手机交流。她给雷力发文字信息:"我们离婚,和其他人无关。你不爱我,我也不习惯你。根本的问题是,我们三观不和。和你在一起,我很累,很压抑。跟我在一起,你也不快乐。我们何必内卷内耗?你智商高,自然明白放过对方,等于放过自己。你条件那么好,很容易找到比我更适合你的!"

发送成功后,田雨猜测雷力可能不屑一顾地讽刺她,贬损她,或不理她。时间一分一秒过去,她的心绪渐渐紊乱。

"我知道你会骂我蠢,我的确不聪明。可我有权利让自己和其他普通人一样,踏实平静地生活,而不是活得自卑、压抑。"

田雨刚点击完发送,雷力回复四个字,"我在医院"。

"你病了?"

"病的不是我,是你爸妈。"

田雨不再选择用文字信息,她直接拨通雷力的手机,"我爸妈怎么了?什么时候病的?"

"你真的关心他们吗?"雷力不屑地问,"除了你自己,你还关心谁?"

雷力精准击中田雨软肋。她沉浸于自己的世界,想当然地认为父母一直健康快乐。父母毕竟年龄大了,又有基础病,病情加重,或罹患新的疾病,都不是没可能。

"我爸妈到底什么病?"

"上周,也就是你和你不靠谱的同学吃喝玩乐的时候,我带你爸妈体检。专家当天就建议你爸做穿刺活检,你妈做乳腺钼靶。我来取检查结果。"

"结果怎么样?"

"你妈乳腺结节直径超过一厘米,你爸甲状腺结节直径超过四厘米,需要手术。"

"啊?"

二十七、忍耐

"啊什么？傻了吧！你那么自私，谁当你的父母，想健康都难！"

"我爸妈在家吗？我现在过去！"

"你过去给他们添堵吗？直接告诉他们结果，吓得他们吃不下饭，睡不着觉，只会加重病情。"

"要做手术就瞒不住，迟早得告诉他们。"

"那也得慢慢来。说你蠢，你还不信！"

"他们知道你去取结果吗？"

"我告诉他们结果下周出来。"

"那就好！"想到父母都要做手术，田雨慌乱得心怦怦狂跳。

"下周安排手术。我现在就联系专家。"雷力条理清晰地说。

心慌意乱的田雨急切地想见到父母，"我去我爸妈家。"

雷力不耐烦，"你画你的画吧。等我回家，带你去看他们。"

田雨无心画画。她听从雷力的建议，等他回家，一起去看她爸妈。雷力考虑事情周全，她和雷力商量好怎么说，才不会让要做手术的父母惊慌失措。

田雨从来没有这么盼望见到雷力。终于等到他，田雨迫不及待地问："有没有联系好专家？在哪家医院做？手术有没有风险？"

"任何手术都有风险。"雷力说，"我找的专家，业内顶流。"

田雨问雷力专家的名字，她上网搜索，确实很厉害，两位专家都有留学经历，是学术带头人，业内权威。

田雨悬着的心稍微放下些，"一会儿过去，跟我爸妈怎么说？"

"你什么都不用说，我来跟他们说。"

"好。"

在去父母家的路上，田雨问雷力："你怎么知道我和小月去爬山的？"

"你还有什么是我不知道的？"雷力反问，"你是不是喜欢你那男同学？"

"有亲切感。可能因为我们同学是同类，朴素，不习惯名利场。"

"什么朴素？Low！你也不是不习惯，够不着罢了。你那同学不就是混名利场的吗？"

"他卖画的钱，用来保护野生动物。"

"大企业家都捐款，我也捐。做慈善，就脱离名利场了吗？No！你见识短浅，他也就蒙蒙你罢了。"

"他没蒙我。"

"这么替他说话！"雷力冷笑，"他如果不混名利场，可以随便找个公司打工，做设计，挣钱养家。你们学美术的，有多少人专职画画？不都先找份工作养自己吗？他能坚持专职画画，要的不是普通工作和生活，图的是大名大利。"

"画画是爱好。能坚持专职画画的，可能比一般人更着迷画画，愿意为了理想受穷，牺牲自己。凡·高就穷困潦倒，靠他弟弟养。"

"世上没有第二个凡·高，你那同学不配跟凡·高相提并论。"

"那你也不能说专职画画的人，都有大野心。事实正相反，淡泊名利，不计付出，勇于自我牺牲，才能坚持画下去。一个画家，可能画十年，也卖不掉一幅画，挣不到一分钱。装修工人涂刷墙面，涂十年，能挣多少钱？"

"既然这样，你准备跟他喝西北风？"

"我们就是登个山，没说别的。"

"没说别的，你又跟我闹离婚，闹个什么劲？"

"我们之间的问题，跟别人无关。"

"你这话也就是骗骗你自己。"

"我们的问题总得解决。"

"你不闹，我们之间就没问题。"

"自欺欺人。"田雨小声嘟囔。

二十七、忍耐

"你那点小心思，哄自己玩也就罢了，别拿出来让人笑话。你那男同学，不过想趁虚而入占点便宜。真喜欢你，多少年前，你们在校园里，他不追你？等你嫁了人，他如梦初醒看上你，这么荒唐的逻辑，骗谁？"

"你不了解他，他谁都不会骗。"

"那就骗你，因为你蠢呗！"

"我是不聪明，可我能分辨好人坏人。"

"在你眼里，他是好人，我是坏人。好人为你做过什么？"雷力露出鄙夷的表情。

田雨受到羞辱，不想再接受雷力的任何付出，"我爸妈的事情，你不要管了。"

"你说不管就不管？"

"我家的事情，我来扛。"

雷力笑出声来，"瞧你这点出息！我还以为你让那个好人扛。你连自己都管不好，能管谁？你害我也就罢了，别祸害你爸妈。"

"我自己的爸妈，我有责任管。"

"你有责任，可惜没能力。你让那个好人出面，我交接给他，就不管了。"雷力讽刺地冲田雨冷笑。

在田雨父母家，雷力没提检查结果，随意聊天似的说："结节留在身体里，终究是隐患。现在医疗条件好，技术先进，乳腺结节，做个微创手术，创伤小，疼痛轻，恢复快。甲状腺结节，有热消融手术，十分钟就做完了，不留疤，做完观察半小时就可以回家。"

田雨的爸妈有点动心，"手术风险大吗？"

"风险不大。愿意做的话，我可以找国内最好的专家，留过学，博士生导师，学科带头人。"

"找人家是不是得花钱？"田雨妈妈问。

"现在医生都不收红包。我公司和医院有合作，医院用的一款软件，是我们研发的，价格我给他们很大的优惠，他们欠我人情，成了朋友。"

"不多花钱，做了也好。"田雨妈妈说，"我老担心结节长大，医生让三个月去医院复查一次。每次复查前，我都几天睡不好觉，怕它恶化。"

田雨愧疚，妈妈的这些焦虑，她浑然不觉。田雨知道爸爸妈妈都有结节，她了解到良性结节癌变的概率不大，只要心情好，不生气，没压力，就问题不大，遵守医嘱按时复查就行。田雨没想到，结节本身就会给父母带来压力，让他们焦虑。

作为父母唯一的孩子，她应该多关心、开导他们。雷力话糙理不糙，她就是自私，只想自己的小心思。也不全为自己，田雨离婚一拖再拖，隐瞒自己辞职、生病，就是不想让父母担心。不管怎样，自己毕竟做得太少。田雨暗骂自己不孝。

雷力把一切安排妥当，为田雨的爸爸妈妈预约了手术。田雨爸爸先做手术。手术很成功。专家对田雨说："这么大的结节，有时一次消融不彻底，需要三个月或一年后再做。幸运的是，你爸爸的一次就做彻底了。"

田雨知道其中有雷力的功劳。甲状腺结节手术，恢复期一周。田雨爸爸恢复后，雷力安排田雨妈妈做乳腺结节切除手术。在选择微创手术还是传统手术时，雷力建议田雨："女人到什么年纪都爱美，微创手术创口小，心理创伤也会小。"

田雨接受雷力的建议，为妈妈选择微创手术。她和雷力在医院忙前忙后，有相依为命的感觉。田雨不想让雷力为她做太多。他做得越多，她越难以找回自我。

二十七、忍耐

可眼前,她没办法拒绝雷力。总不能这个时候跟雷力开撕,把真相暴露给父母,让病中的父母心碎一地。

小月来看望田雨爸妈,田雨对小月感慨:"雷力可能不是好爱人,却是好家人,考虑问题周全,执行力强,让人心里踏实。"

"你就知足吧。对你爸妈那么好,我都感动!"小月劝田雨,"左欣昱喜欢你,可他在北京。他画画挣的钱都捐了,跟他一起生活不靠谱。"

田雨不想和小月讨论左欣昱。她要先找回自己,再考虑寻找爱情。田雨知道找回自己并不容易,可谓前路漫漫。谁会在路的尽头等她?她不得而知。也许空无一人,那她也要坚强地走下去。

她不奢望任何人温暖她疲惫破碎的心。在雷力的反复打击下,她早已丧失自信。她甚至没勇气心存幻想,不敢眺望远方。

"你和左欣昱性格合适,都淡泊、单纯。"小月继续说,"可生活本身不单纯,除了需要感情,还要有物质基础。你和左欣昱在一起,对很多事情会有心无力。"

"雷力没找你说什么吧?"田雨随口问。

小月反应激烈,"当然没有!你以为我会当雷力的说客?侮辱我!"

"我不是那个意思,就是随口一说。"田雨急忙解释,"我们去爬山的事情,雷力知道了。"

"啊?他也太可怕了!"

"他很忙,应该没时间跟踪我。"田雨说,"我在家画画,很少出门,他也不至于雇人跟踪我。"

小月陷入思索,"黑客!雷力是做IT的,本身就是黑客!他单位有的是这方面的人,他自己不做,也可以让员工做。"

"你是说他监控了我的手机?"

"黑客可以侵入任何人的手机,进行实时监控。"

这个倒有可能。田雨分析,雷力希望全面细致地掌握她的动态,和谁交流,说了什么,去了哪里……有动机,有技术支撑,可以说举手之劳,雷力不会放弃不做。

想到自己的一举一动都可能被雷力实时掌握,像钻进天罗地网,难以逃脱,田雨感到窒息,"肯定不行!这样下去我会患精神病!"

"换谁都会病。"小月说。

田雨和小月只是猜测,没有验证就不能肯定。小月劝田雨先别想那么多,照顾好父母,也许事情没有她们想象的严重。"有问题随时打电话给我。"小月不放心田雨。

田雨不想让小月替她担心,"就算他侵入我的手机,我很少和人联系,更不做什么见不得人的事儿,随便他。"

田雨和小月明白,要想验证雷力是否监控田雨手机,只要田雨做一些反常的事情,就可以试探出雷力。验证之后呢?田雨的爸妈刚做了手术,田雨只能忍,不能在这个时候闹离婚。

"先别验证,假装什么都不知道。"小月提议。

"嗯!雷力很敏感,我什么都不做,等等再说。"田雨附和。

分别时,两人心情沉重。有些事情不如不知道,知道越多,痛苦越大。

二十八、黑客

手术后一周,田雨带爸爸去医院复查。父女单独相处,爸爸对田雨说了一席话:"和雷力不合适,就早点分。雷力对我和你妈不错,我们感念他的好。你什么都别要,回来跟我和你妈住。你想上班就上班,不想上班就在家画画。我和你妈妈退休金够我们一家三口开销。"

田雨很震惊,爸爸竟然什么都知道。"我这么大了,不能花您和我妈妈的钱。"田雨感动地说。

田雨更没想到,爸爸认为她和雷力不合适。她一直以为爸妈喜欢雷力,希望她和雷力在一起。

"我和你妈,看出来你和雷力关系不亲密。这么久忍住不说,是想观察观察,也给你和雷力磨合的机会。"

"这不是磨合的问题。"田雨说,"我和他三观不和,不是一类人。"

"你和雷力都是好孩子,可能在一起不合适。"

"他没你看到的那么好。"田雨直率地说。

"人都有缺点。实在过不下去,你和雷力好聚好散。"

自己确实蠢,田雨内心感慨。她以为父母蒙在鼓里,费尽心思瞒天过海,怎么都没想到父母洞若观火。雷力深信自己精明过人,认为爸妈是田雨的软肋,他把田雨爸妈当王牌,却没察觉田雨爸妈明察秋毫。看来雷力也没有他自以为的那么聪明。

"我妈妈什么意见？"田雨问爸爸。

"你妈妈和我一样，希望你幸福。"爸爸说，"你和雷力，能过就好好过，不能过就尽早分。你和雷力年龄都不小了，耽误不起。"

"您和我妈妈同意，我就没那么大压力了。"田雨由衷地说。

"雷力要强，好面子。别跟他死磕，多商量。"

"已经跟他商量很多次了，他不同意。"

"我跟他谈谈。"

田雨阻止爸爸找雷力谈。她不想把爸妈牵扯进来。离婚如果是一场战争，她宁愿战场上只有她和雷力，不伤及其他人。

"我离婚，可能会让您和我妈妈有压力。"田雨抱歉地说，"亲朋好友会说闲话。"

"日子是自己过，不在乎别人怎么说。"爸爸很豁达，"只要你开心，别的不要紧。"

田雨感恩父母对她的爱和包容。父母无条件的爱与支持，帮助田雨树立重新找回自己的勇气。

田雨想证实雷力是不是监控了她的手机。她加了一个策展人的微信，策展人组织了十多位画家，准备去云南采风画画，画出的画在当地展览。策展人把田雨拉进画家群。

田雨留意不让雷力看她的手机。田雨进画家群的第二天，雷力数落她："你现在的水平，离办画展还远。"

"我知道。"田雨说。

"有自知之明就好。"

为进一步验证，田雨在画家群里和画家们热情互动，为他们的作品点赞。雷力没再说什么。芦晚秋出现了，问田雨有什么打算。

"哪方面的打算？"田雨不明白芦晚秋想探听什么。

二十八、黑客

"你画画准备卖，还是有什么打算？"

"我才开始画，没想那么多。"田雨模棱两可地说。

"不准备办展吗？"芦晚秋问。

田雨不回答她，转移话题问芦晚秋："知道是男孩女孩了吗？"

"前些天到新加坡旅游，去医院做了四维彩超，说是女孩。"

"你这样怀着孕，还出国旅游？"田雨没话找话。

"孩子爸爸想知道，他安排的。得知是女儿，他很兴奋，准备让我去香港生。"

"真好！"

"还有更好的事儿。"芦晚秋两眼放光，掩饰不住地笑意，"我可能会跟我闺女的爸爸结婚。"

"太好了！"想到芦晚秋不用当单亲妈妈，田雨真心替她高兴。

"我闺女的爸爸，几年前就离婚了，他说这辈子不会再结婚，前妻把他闹怕了。得知我肚子里怀的是女儿，他动了心，你看——"芦晚秋伸出左手中指给田雨看，一枚闪亮的钻戒，"他向我求婚了！"

田雨表示祝贺，"这孩子是你的福星！"

"就是啊！有了孩子，就有了终生的牵挂。我现在深有体会，女人可以没有老公，不能没有孩子。当然，老公是孩子的爸爸，一家人在一起，就圆满了！"

转运的芦晚秋，精神面貌焕然一新。怀孕的她不再化妆，芦晚秋素颜也漂亮！

"你也别画画了，尽快怀孕吧！"芦晚秋游说田雨，"我告诉你，女人有了孩子，获得的充实和成就感，不是工作能给予的。你开画展，可能一幅也卖不出去，就算幸运卖出去一两幅又怎样？发不了财，也成不了名。画画的那么多，凡·高只有一个，而且已经死了。不是我乌鸦嘴，现实就是艺术品市场不景气。专业画家还转行,你干吗去踩坑?"

"我说过我要开画展吗?"田雨笑问。

芦晚秋愣了愣,"你没说吗?你画画是为什么?不就是想开画展吗?"

"画画不一定要开画展。"

"你画画,不联系策展人什么的吗?"

终于聊到正题了,田雨心里说。但田雨只能装糊涂,"为什么这么问?"

"画画不就是为了展出吗?你不会把画永远放家里吧。那你还画它干什么?"

"我还没画几幅画。"

"那就好。"芦晚秋快言快语地说,"策展人不一定可靠。我听说艺术界也有骗子。你天真,别被人骗了!"

芦晚秋果然是雷力派来的。田雨判断,芦晚秋应该没见过雷力,雷力擅长编织关系网,可能通过别人授意芦晚秋。田雨憎恨雷力把别人当木偶,他在背后操纵。连芦晚秋这样的孕妇,他都利用。田雨不想让芦晚秋难堪,她不提雷力,继续装糊涂。

"谢谢你的提醒!"田雨说,"我没钱,房子也不是我的,没什么好被骗。"

"有些画家骗人去给他当模特。"

"我是画画的,不会去给别人当模特。"

"总之,你多留心,不能随便相信别人。"

"好,你放心。"

"我能放心吗?你太单纯,不了解社会的复杂,人性的可怕。遇事多和你老公商量,他会保护你。"芦晚秋叮嘱田雨。

田雨想到一个问题,芦晚秋得知雷力偷拍女性的事情时,骂他是衣冠禽兽。怎么又愿意为他当说客了呢?

二十八、黑客

"你相信我老公是好人？"田雨似笑非笑地问芦晚秋。

"谁都会犯错，改了就好。"

"有些事情不是改了就能过去的。"田雨坚持自己的观点。

"田雨你太单纯。这个世界不是你想的非黑即白，还有灰色地带。"

田雨不赞同芦晚秋的观点。但她并不反感芦晚秋。田雨知道芦晚秋经历坎坷，见过人性黑暗面，所以容忍度高。

送走芦晚秋，田雨对自己产生厌恶情绪。无事生非想验证雷力是黑客，哪那么容易验证？还有芦晚秋，就算芦晚秋可疑，田雨也不能证实芦晚秋就是受雷力指使。没有证据，一切都是猜测。

总是想弄清楚真相。真相往往藏在深不可测的地方。和雷力斗智，不过是无聊地消耗自己。就算雷力不是黑客，她就愿意和雷力天长地久地过下去？

既然不愿意，就用不着较真。将来一别两宽，各自安好就是最好的结局。雷力有他的过人之处，可能也有阴暗面。每个人都有自己的性格和命运。她不希望被雷力掌控，也没必要去改变雷力。

田雨说服自己，不再管雷力做了什么。管好自己，才是硬道理。

画家群的群主把田雨踢出画家群。田雨纳闷儿：自己什么都没做，为什么被踢出来？

当初是策展人把田雨拉进画家群。田雨不好直接问策展人为什么把她踢出群，她婉转地问："去云南的日期定了吗？"

策展人不理田雨。

田雨又问："是不是去云南的计划有变？"

策展人不回复。直觉告诉田雨，不要再理他们，避免让自己难堪。但直率的田雨不想糊里糊涂地被人嫌弃。

"我是不是说错，或做错什么了？"田雨点击发送，没发送成功，田雨被策展人拉黑了。

太明显了，一定有人捣乱。田雨很生气。她好奇雷力究竟和策展人及画家群群主说了什么，让他们对田雨唯恐避之不及。说田雨是骗子？诬陷她水性杨花，人品渣？造谣她有恶性传染病？田雨越想越气愤，她要找雷力问个明白。

好不容易等到雷力回家，田雨却找不到和他谈话的机会。雷力回家本来就晚，到家后打开电脑加班，关掉电脑接打电话，简直无缝连接。

终于等他静下来，田雨开门见山地说："我被人踢出群，还被拉黑了。"

"然后呢？"雷力心平气和地问。

"然后，我就来问你呀！"

"让我替你报复，把他们的群给黑了？"

田雨没想到雷力会这么说。她顺势问："你能做到吗？"

"做是能做到。我总得知道为什么吧？你为什么被踢出群，还被拉黑了？"

田雨心里说，这正是我要问你的！

"那是个什么群？都是些什么人？"雷力平静地问。

"一个画家群。策展人把我拉进群的。"田雨实话实说。不管雷力是不是黑客，她都不觉得有隐瞒的必要。

"那你应该问策展人。"

"他把我拉黑了。"

"拉黑前，你说了什么？做了什么？"

"我什么都没说，也什么都没做。"

"那就是骗子！一群神经病，别理他们！"雷力下结论。

二十八、黑客

"我看过他们在群里发的绘画作品,不是骗子。"田雨说。

"那就是他们认为你是骗子。"

"为什么认为我是骗子?"

"你们画画的人,艺术家,逻辑奇葩。你问我,我怎么会知道?我又不画画。"

"你不觉得有人在背后黑我吗?"

"你是说网络键盘手?喷子?"

田雨不说话,看着他。

"不会吧?你又不是名人,键盘手黑你没意义。"

"谁黑我有意义?"

"你是怀疑我吗?"雷力说着笑起来。"你是不是停药了?想象太离谱!我为什么黑你?我都不知道你加了什么人,入了什么群,怎么黑你?"

"你不是网络高手吗?你不想知道我都和谁交往吗?"

"我是网络高手。我想知道你和谁交往。可我很忙,忙到超乎你的想象。我不是没事可做的啃老族,也没有恋爱脑,我不可能放下工作,整天盯着你。"

"那你说是谁?"

"我怎么知道?你胡乱加人,随便入群,被人羞辱,现在怪我,我招谁惹谁了?"

田雨怀疑自己错怪了雷力。如果真是雷力做的,那他心理也太强大了,表演逼真,出神入化。

"人必自欺,而后人欺之。"雷力语重心长地教育田雨。

"我既没自欺,更不欺人。"田雨理直气壮地说。

"你才画几幅画,就加策展人。你离开画展还远。你一个小学教师,业余画点画,算不上专业画家,你入专业画家群,合适吗?"雷力审视地看着田雨。

"这些你怎么知道的？"

"你刚才告诉我的呀！这么快你就忘了？"

田雨回忆，谈话之初，她说了策展人把她拉进画家群。

"你停药多久了？明天再去找专家开点药吧。"

"我不需要吃药！"

"我也不想让你吃药。可你看你现在的状态，恐怕不吃药你很难睡着。"

雷力说得没错，田雨心绪紊乱，很难平静入睡。她怕自己失眠，躺在床上翻来覆去熬一夜，太难受！"我想吃点助眠的药。"

"家里没这种药。要不你吃点感冒药、鼻炎药？药里都含有扑尔敏。"

田雨看着雷力，心里骂他虚伪，他明明给她下过药，他有镇定药物。可她现在还拿不准要不要戳穿他。既然拿不准，就先不要做，田雨对自己说。

"你越来越不正常了，眼神瘆人。不想吃药就不吃。实在睡不着，你看看电视，画会儿画。"

"画画是要有状态的，我心情不好。"

"那就看电视。"

"还是找点药吃吧。"田雨泄气地说。她心情压抑，脑子里乱哄哄的，只想让自己尽快平静下来，忘记烦恼。

田雨吃了粒感冒药，后悔没提前去医院找心理专家开镇定药物。

二十九、离群

田雨想让雷力露出破绽。她加入父母家的社区群，田雨的户口在父母家，田雨不相信居委会能把她踢出来。

她入群当天，网名叫九头鸟的在群里阴阳怪气地说："不孝有三，无后为大。"

九头鸟一石激起千层浪，很快引起一群人回应，指责现在的年轻人不喜欢生孩子，贪图个人享受，自私。田雨观察那些人，都没标注真实姓名，昵称用的网名。

有位叫楚汉的提起新话题："初婚女是宝，离婚女是草。"

群主是居委会工作人员，她提醒："请不要在群里发无关言论。"

九头鸟不理会群主的警告，"女人不生孩子，让父母绝后，这样的女人放到古代应该关进猪笼沉入江底。"

"背着丈夫偷人，才应该浸猪笼。"楚汉说。

居委会的工作人员@九头鸟和楚汉，请他们不要散播古代私刑，否则将被禁言。

群里安静了几小时。晚上，江上渔火跳出来说："有的年轻教师，私生活混乱……师德堪忧。"

"怎么混乱？"有人问。

"跟异性爬山，胡乱入陌生微信群，等等。"江上渔火回答。

"陌生微信群，不能随便入，免得上当受骗。跟异性爬山，不能说明什么吧？"有人提出异议。

已经很明显了，这些人就是冲田雨来的。田雨羞愤交加，却想不出应对的办法。

"那就看是不是单身了。单身的话没问题，如果有对象，甚至结了婚，问题就大了。"楚汉发表自己的观点。

九头鸟说："结了婚就应该相夫教子，哪有时间跟其他异性登山？不生孩子，不按日子过，不走正道。"

田雨多么希望自己被人踢出去，眼不见为净。可惜，没谁踢她。她自己也不好退群，这个时候主动退群，不是此地无银三百两吗？

幸亏田雨的爸妈不在这个群里。田雨爸妈加的是楼群，每幢楼建一个群。

田雨"佩服"雷力的布局和公关能力，这么短的时间，发展这么多铁杆粉丝，真是煞费苦心！

田雨喊来雷力，让他看那些人的言论。雷力扫一眼，厌恶地说："无聊，一群老年人，没事儿扯闲篇！"

"你怎么知道他们是老年人？"田雨问。

"年轻人谁叫楚汉？"

"你觉得这些老年人，在攻击谁呢？"田雨明知故问。

"谁对号入座，就是攻击谁。"雷力说，"你听说过投射效应吗？简单说就是疑邻盗斧。你怀疑邻居盗了你的斧，不管事实怎样，你只把自己的想法投射到对方身上，得出你想要的结论。你觉得他们是攻击你，那就是攻击你。你心里坦荡，认为和你无关，那这事儿就与你无关。"

真是无耻到家了，田雨看着镇定自若的雷力，恨自己没能力扯下他的伪装面具，"你的意思是我多心了？"

"你入这老年群干什么？"

二十九、离群

"这是居委会的群。"

"哪儿的居委会？"

"我爸妈那边的。"

"你爸妈不是加了居民群吗？你还真是无聊。"

"那我现在退出也不好。"

"有什么不好？"

"他们刚这样，我退出，好像心虚似的。"

"不想退，你就保留着。"

田雨在群里设置消息免打扰。她不想再被那些人的含沙射影中伤。像鸵鸟把头埋入灌木丛，田雨想躲避一切干扰因素，尽可能保持心情平静。

田雨明白，百分之九十九的可能，是雷力指使那些人攻击她。那又怎样？雷力不可能承认。她锲而不舍地追究下去，或能查出真相。查出又怎样？她不想因为这事儿，去起诉雷力。也没有办法让雷力道歉，停止对她的伤害。

她能做的，就是退群，少看手机，不跟人交流。切断与外界的联系，等于斩断雷力的爪牙。对她怀有善意的，也最好不联系，免得被雷力干扰。未被雷力触及和影响到的，对田雨来说，才是纯粹的。她这段时期接触的人越少，以后纯净的关系就越多。

田雨加群里一个年轻女性的微信，问她："以前群里也出现这种奇谈怪论吗？"

"你是说浸猪笼？没有过。之前都是群主发消息，大家回复。偶尔有人发谁占了他的车位，电瓶车违规进了楼道，提醒物业给绿植浇水等，没有人说乱七八糟的事情。这两天不知那些人吃错了什么药，发神经！"

田雨更加确信，不是事出偶然。既然雷力侵入她的手机，她不做任何应对，等于自欺。田雨退出并删除微信里所有的群，把不知什么时候加的陌生人（推销化妆品的、中介等）都拉黑。

做完这些，田雨松一口气。敢于断舍离，才能腾出空间给自己。

田雨把自己的衣物装入行李箱。她找出纸和笔，给雷力写信：

> 通过这么长时间的分居，你看到这封信应该不惊讶。我知道你付出很多，我也想让你值得，我努力过。嫁给你的时候，我想的也是天长地久。可惜，我们没有那么长的缘分。
>
> 你不同意离婚，只是不甘心，心疼自己的付出，恼怒没得到想要的结果。我们需要理性面对，赌气只会让我们失去更多。哪怕找借口，我也找不到继续留在你身边的理由。
>
> 你可能会恨我，我也恨自己，当初不该稀里糊涂嫁给你。你是很好的结婚对象，只是我们对生活的期望不一样。可能我们都没错，追求成功，或享受平凡，纯属个人选择。
>
> 如果离开必须有理由，我的原因是不想削足适履，扭曲自己适应和你的关系。我是一个独立的人，不想当小白鼠，也不愿意像关在笼中的猴子一样，被人控制、围观、评头论足。
>
> 你或许是下棋高手，遗憾的是我不是棋子。棋子没有生命，棋手下棋不必考虑棋子的感受。我是活生生的人，有自己的想法和意愿。
>
> 感谢你给予我父母关心和照顾！在他们心里，你是亲人。
>
> 你监控我的手机很容易，所以未来三个月至半年，我不会跟亲朋好友联系，也请你不要去找他们。离婚事宜，我会委托律师联络你。
>
> 你的朋友很多，你说过不少女性喜欢你，相信你会很快找到心仪的对象。祝福你！

二十九、离群

田雨能想象，雷力看到她写的信，会怒不可遏地把它撕碎。雷力很可能联系田雨的父母，打探田雨的去处，不顾一切地四处找她。

离开武汉前，田雨不打算去看望父母。田雨已经知道父母的态度，他们无条件支持田雨的任何决定。田雨不把自己的去处告诉父母，父母不知情，才可以坦然面对雷力。

田雨不愿意和父母告别，告别总是伤感，让人肝肠寸断。田雨只是短暂离开，半年后，她会以崭新的面貌，重新出现在父母面前。那时的她，是自由的、健康的、活泼热情的。

为了避免雷力纠缠她的父母和亲朋好友，田雨把自己的手机留给雷力，用这种方式告诉他，田雨不会跟亲友联络。和手机一起留下的，还有田雨托袁教授请北京女画家画的雪中梅花，田雨知道那幅画升值空间很大。

田雨计划去北京，不是因为左欣昱在北京。相比左欣昱，画雪中梅花的女画家，更让田雨有亲切感。看一个人的作品，能了解作品背后的作者。

近期，田雨也不准备去找女画家。雷力每天看那幅画，很容易想到北京的女画家。等和雷力了断关系，找回自己，重获自由，田雨再去看望女画家。

田雨并不是因为一个人，喜欢一座城。北京是文化中心，艺术氛围浓郁，国家博物馆、中国美术馆，经常展出世界名画，这是田雨向往的，可以仰望大师原作。还有798、宋庄，聚集了国内外的艺术家，田雨想成为他们中的一员。

离开武汉前，田雨见小月一面，拜托小月有空替田雨去看看她爸妈。

"非要离开武汉吗？"小月对田雨放心不下。

"这是最好的办法。"田雨说。

"也是。"小月点头，"三十六计，走为上。"

两个人心情都很沉重。

"你去北京，可以联系左欣昱。"小月建议，"他在北京很多年了，对北京熟悉。"

"我去北京，不是因为他，也不会联系他。"田雨叮嘱小月，"你千万别对他说我去北京了。"

"你和左欣昱合适。"

"我现在什么都不考虑。"

"怕雷力报复？"

"不是。"

"那为什么？你和左欣昱明明很合适！"

"我不想拖累任何人。"

"怎么是拖累呢？左欣昱很喜欢你。你不喜欢他吗？"

田雨沉默了一会儿，说："他很好。我没心思，也没权利考虑情感问题。"

"离了婚，你就自由了。"

"我都不知道能不能离掉婚。"

小月理解田雨的悲观。雷力有心机，有手段。田雨挣脱的过程，危机重重。小月嘱咐田雨，遇到危险立刻报警，有事情随时联系她。

"你知道吗？上次左欣昱回北京前，拜托我多留心照顾你。他很担心你！"

"如果他问起，你别说我去北京了，就说我还在别墅里画画。"

"为什么呀？"小月不理解。

二十九、离群

"让他知道我还在雷力身边,他就可以安心地做他自己。"

小月不赞成田雨的说法,她正要争辩,手机响了。"左欣昱打来的。"小月小声说着接通电话。

左欣昱的声音传来:"忙吗?最近有没有见田雨?"

"啊——"小月尴尬地犹豫,随即下决心似的说,"见了,田雨现在就在我身边。"

"真的吗?"左欣昱掩饰不住地惊喜,"她好吗?"

"你要和她说话吗?"小月不顾田雨冲她摆手,问左欣昱。

"好啊。"左欣昱说。

小月把手机递给田雨。田雨大脑一片空白,不知道该说什么。

"最近还画画吗?"左欣昱问。

"画。"田雨点头。

"有时间拍几张你的画吧,想看看。"

"我画得很慢,等完成后吧。"田雨语速很慢地说。

"别着急,你慢慢画,我有耐心等。"

左欣昱的话在田雨心里掀起波澜。"你的新画进展顺利吗?"田雨问。

"不顺利。可能有些心不在焉,总想武汉那边。"左欣昱声音很低,田雨听来却像春雷,在她心里激起层层涟漪。

"武汉这边都挺好的,你安心画画。"

"你没想过离开武汉吗?"左欣昱耳语似的问。

田雨顿了顿,困难地说:"没想过。"

"那我就要考虑回武汉了。"

"别——"田雨阻止他。

"你别有心理负担。"可能是心情激动,左欣昱说话时有些气喘,"我早就想回武汉了,自从那次在古琴台遇到你,我们一起去山里露营,你中途返回——你还记得吗?"

田雨当然记得。左欣昱说的情景，田雨不可能忘记。可她不想连累他。"我要离开武汉了。"田雨说。

"准备去哪里？"

"去云南。"田雨想起策展人组织的云南采风团。

"去云南画画是个好主意！"左欣昱高兴地说，"云南风景有特色，动植物种类丰富，激发画家灵感。计划在那边多久？"

"三个月，也许半年。"

"你家里，家人同意吗？"

"我爸妈支持我。"

"太好了！"左欣昱的激动溢于言表，"云南有很多珍奇植物，适合你画。你离开武汉，换个心情，有些事情也能捋清。"

"嗯，你在北京安心画画。"

"我会的！"左欣昱高兴地说。

田雨把手机还给小月。小月怪田雨不该骗左欣昱。"你为什么要说去云南呢？他会去云南找你！"

"我不能告诉他我去北京，这不是我去北京的目的。"

"你去北京什么目的？"

"找回自己。"

"你对北京并不熟悉，怎么能在北京找回自己？"小月不理解。

"北京是个包容的城市，我想去那里试试。不行的话，也许我会去云南，在一个风景如画的地方教孩子们画画。"

"这么说，你有可能去云南。"

"半年内不会去。我计划先在北京半年。"

"左欣昱要是知道你在北京半年，不准备联系他，他该多伤心！"

田雨闭了闭眼睛，"时间不多了，我该走了。"她对小月说，"你告诉我爸妈我去云南了，去云南一所小学支教。"

"你不该骗爱你的人！"小月着急地说。

二十九、离群

"你以后会理解的。我不想拖累他们。"

"你一直生活在武汉,离开家乡,离开熟悉的人群,你一个人去北京,可以吗?"小月担忧地问。

"即使在武汉,我也已经离群了。雷力利用他编织的关系网,把我孤立起来。"田雨安慰小月,"人总得成长,每个人都有要独自面对的人生课题。"

三十、北京

田雨离开武汉时,武汉已春暖花开。此时的北京春寒料峭,雪花飘飘。田雨从北京西客站坐出租车去西单,她想去那里买部新手机,注册个新手机号。

田雨用现金结账。出租车司机惊异地说:"现在很少有人拿现金了!我没法找零。"

"不用找了。"

"那不成!不能让您多付钱。抹去零头,我少收您点钱。"

"这怎么好意思呢?"

"您甭客气!北京欢迎您!"

田雨心里暖融融的。她在西单手机专卖店买了手机,用身份证购买手机卡。田雨用手机上网找附近的房产中介。中介的工作人员很热情,得知田雨刚从外地来,开车把田雨接到办公室,替田雨寄存行李,带她去看房。

田雨看上一套小一居,就在玉渊潭公园旁边。位置很好,交通方便,就是租金有点贵。经纪人说便宜的也有,得去郊区。田雨想自己初来乍到,住市中心好些。

"房租得付一年,不要押金。"经纪人说。

"不是付三押一吗?"

"这是海淀区黄金地段,出门就是地铁一号线,房东要求付一年，不是我们中介要求的。"

田雨不确定自己能不能在北京住一年。见田雨犹豫，经纪人说："要不我带您去朝阳区看看，朝阳有很多小区是一些单位的家属院，很安全，比如妇联的家属院——"

"好啊！"听到妇联，田雨心里一热，"麻烦您带我去看。"

看了几处房，田雨定下朝阳区的一个小区，不是妇联家属院。房东是一位大妈。田雨早就听说朝阳大妈厉害，协助警察破案屡建奇功。

名不虚传。房东大妈一看田雨，就说："从南方来的吧？不是来投亲。来找工作，还是考研、读博？"

"您怎么知道我不是来投亲？"

"投亲不会一个人来租房。眉清目秀这么漂亮，你就放心住下，我这里安全。"

更神的是，大妈判断田雨是教师。"您是怎么看出来的呢？"田雨好奇地问。

"我退休前是中学校长，我一看你，就想起我学校里那些年轻老师。"

田雨肃然起敬。"我爸妈退休前也是教师。"田雨说。

"那敢情好！"大妈对田雨更热情了，"上车饺子，下车面。你跟我去我家，我给你下碗面吃。我就住对面楼里。这套房是给我儿子买的，他出国了，空着浪费，你住合适。"

田雨拒绝了大妈的好意。她想洗个澡，睡一觉。田雨洗完澡，换上睡衣，站在窗前看雪。

早在大学时期，田雨就有个心愿，去故宫看雪。田雨用新手机号注册了新微信，加了房东大妈和房产经纪人。大妈告诉田雨，从天安门进故宫，要排很长的队。有两条捷径：坐地铁八号线到金鱼胡同站,走东华门;从南池子大街的劳动人民文化宫买两元门票,按指示方向去故宫,直接到午门。

大妈嘱咐田雨:"你对北京不熟,迷了路,或碰到事儿,马上联系我!"

田雨感激大妈的热心,暗自庆幸自己来了北京。北京城的包容,北京人的热情,让田雨感到温暖,有安全感。

田雨按照大妈的指示,从劳动人民文化宫去故宫看雪。红墙、白雪,还有梅花,眼前的情景美丽如画、活色生香,让田雨原本沉重的心情,也变得轻舞飞扬。

她怎么都没想到,竟然在故宫里遇见雷力。故宫里游人如织,雷力那么突兀地出现在田雨面前。

"嗨!"雷力绅士地打招呼,"好巧!"

田雨不敢相信自己的眼睛,怀疑自己在梦中。"你怎么在这里?"她的声音有些颤抖。

"我来北京出差。"雷力镇定自如。在这里遇到田雨,似乎在他的预料之中。

一群游客涌来,田雨想借人群的掩护离开。"你在北京几天?"她问雷力。

"说不准,你呢?"

"我今晚就走。"田雨嘴里说着,脑子飞速运转,考虑是不是尽快离开北京。

"故宫的雪很美,一起欣赏吧。"雷力邀请她。

又一群游客涌来,把田雨和雷力隔开,田雨趁机转身,飞快地离开。

田雨往相反的方向走,她猜想雷力会在出口处等她。多亏大妈告诉她别的出入口,田雨成功躲过雷力,出了故宫。

三十、北京

下雪天不容易打到车。田雨不想长时间站在马路边,怕被雷力看见。她钻进一家酒店。在酒店大堂坐了几分钟,田雨觉得不安全,上网看这家酒店还有房间,她订了一个单间。

办理完入住,田雨上楼,一进屋就把门反锁,挂上安全链。她站在门边,通过猫眼往外看,门外没人。雷力应该没跟来。

田雨坐进椅子里。她想不明白:雷力是怎么定位到她的?她买的新手机,用的新号,而且没跟任何亲朋好友联系,雷力应该不知道。如果雷力能定位到她,除非在网上跟踪她的身份证,她坐火车、租房、买公园门票,都要用身份证。如果是这样,田雨登记酒店也用了身份证,雷力可能很快会找到这家酒店。

来就来吧,既然逃不掉,不如面对。这里是北京,田雨相信雷力有顾忌。万一他破罐破摔有危险举动,她就报警。

田雨去洗手间,给手消毒,洗脸,让自己镇定下来。抬头看见镜子中的自己,田雨有种新鲜感,镜中的她眼神明亮,虽然惊恐不安,但不像在武汉时黯然。

屋子里太安静,让她有窒息感。田雨打开电视,电视剧里的人物交流让她的空间不再静寂无声,像是把田雨拉回热闹的人间。看了近一个小时的电视剧,没人敲门。田雨再去门边看猫眼,外面没人。雷力会不会在大堂等她?她迟早得出酒店。

与其在酒店里过夜,不如回到出租屋安全。趁现在白天,田雨想回到出租屋,再想对策。

田雨打开房门,走廊里空无一人。她抬头看,到处都是摄像头,她相信酒店工作人员在监控室看着画面。她定定神,走向电梯。电梯里没人,田雨深呼吸,走进电梯。

下到一楼,田雨观察大堂,没有雷力的身影。进酒店时,她看到旁边有一家餐馆。田雨进去吃午饭,顺便观察雷力在不在附近。

田雨环顾饭店,食客里没有雷力。她打开手机,扫桌角的二维码点餐。

"会点吗?"雷力突然出现,坐到田雨对面。

田雨看着雷力,无声地叹气,不知道该说什么。

"北京的饭店,等座难。你看很快就没座了。"雷力说,"下雪天,铜火锅涮羊肉,喝点小酒,北京人的传统。"雷力招呼服务员点餐。

雷力熟稔地点餐,田雨思考离开。她离开,他无疑会跟出来。与其在大街上纠缠,不如坐在这里,田雨判断雷力在公共场合不会怎样。

等雷力点完餐,田雨问他:"你是怎么找到我的?"

服务员送来一壶茶水、一瓶二锅头,两只小酒杯。雷力打开消过毒的餐具,拿出两只玻璃杯,给自己和田雨倒茶水,"尝尝二锅头吧,既然来了北京。"他给田雨斟酒。

"我不喝酒。"田雨阻止雷力为她倒酒。

"你不喝,我喝。"雷力喝了口酒,咂嘴直呼过瘾!

"你是怎么找到我的?"田雨继续问。

"缘分。"雷力说,"有缘千里来相会,无缘对面手难牵。两样我们都占了。有意思吧?"雷力自斟自饮,很快脸颊泛红。

"你别把自己灌醉,这是北京。"田雨小声提醒他。

"对呀,这是北京。"雷力点头,"北京是我的主场,我在这里读四年大学、两年研究生,毕业后又工作两年。整整八年!"雷力用手比画八,"八年是什么概念?嗯?"他询问地看田雨,"我对北京很熟悉!"

"所以我不该来北京。"田雨自言自语似的说。她心底又不由反抗:凭什么?我想去哪里就去哪里,跟他有什么关系!

三十、北京

铜火锅里的水沸腾，雷力隔着火锅冒出的热气看着田雨，"我有问题问你。"

田雨等他问，雷力却不说话了，用筷子夹羊肉往锅里放。羊肉颜色变浅，雷力搅拌小碗里的麻酱，捞羊肉放进田雨面前的麻酱碗里。

"不用管我，我不饿。"田雨抗拒他的照顾，追问雷力："你有什么问题？"

"先吃饭。"雷力说着继续把羊肉往铜锅里放，"民以食为天。"

雷力吃得有滋有味。田雨捧着热茶，偶尔喝一口。

"到北京，就别拘着了！在这里，你我都是素人，无名小辈。饿了就吃，有话就说，不用端着。"

"我不饿。没胃口。"

"你看这里大家都高高兴兴、自然随意，没谁像你自寻烦恼、虐待自己。北京人喜欢活泼大方的姑娘，讨喜。"

田雨沉默，不想和他有言语冲突。如果不是雷力坐在对面，雷力别追到北京来，她也可以开心地涮火锅吃。她的沉重、惊恐和悲伤，是他给的。他却还说她不够喜庆。

"有没有发现北京城的包容？"雷力问田雨。不等田雨回答，他总结说："大家穿着随意，女性不化妆的居多。在这里，不用有穿戴焦虑，也没有容貌焦虑。"

田雨也发现北京人不包装自己，穿戴以舒适为主。细想也是，部委官员、文化名人、各界精英，都会集北京。能留在北京安家的外地人，自然有过人之处。实力摆在那里，没必要画蛇添足地刻意包装自己。北京本地人质朴务实，不喜欢矫情。

雷力和在武汉比有变化。在武汉，雷力在公共场合像鹤立鸡群，骄傲，爱惜自己的羽毛。用北京人的话说，装、矫情。在北京，雷力把自己融入周围人群，显得普通、随和。

"在北京你就别拘着了，该吃吃，该喝喝，大大方方的。"

"你吃你的。我没胃口。"田雨说，"你有问题就问。"

"你先吃饭，吃完饭我们交替问，都要诚实回答，很公平。"雷力说。

"我吃不下。"

"那你先问吧。"

"你是怎么找到我的？"田雨想知道答案。

"这个我没法回答你，涉及技术机密。"雷力说，"换个问题。"

"是不是我无论到哪里，你都能找到我？"

"是的。"雷力肯定地说。

"你怎么才肯放过我？"

"你违规了，我回答了你，接下来该我问。"雷力把牛肚放进铜锅里，端起酒杯浅酌慢饮，很惬意的样子。他反问田雨："我怎么做，你才不闹？"

"我没闹。"

"你不在家画画，一个人跑到北京来，闹得动静还不够大吗？回答我刚才的问题，你想让我怎么做？"

田雨痛苦地皱眉，她不知道怎么才能让雷力明白，他们已经不可能再在一起。"我们不是一类人，三观不和。"田雨直击要害。

可惜雷力不这么认为，"我们都是普通人，想过好日子，没有三观不和。"

"在武汉，你不是普通人。"

"在北京，我是。"

田雨叹气，觉得心累。

"如果你喜欢北京，我可以听你的，把别墅卖掉，在北京买房安家。"

"我没有那么好，不值得你这样。"田雨痛苦地说。

三十、北京

"我习惯你了。这话我在武汉家里说过。你在家里,我心里才安定,该做事业做事业,该干嘛干嘛。"

"不是你说的那样。我在家里,你也不快乐。"田雨提醒他。

"你不在家里,我什么都做不下去。"雷力摇头,"我也不想追踪你。女人满大街都是,可我偏偏习惯了你。"

真的吗?田雨想起雷力津津乐道的女性,小鱼儿、陈琳,还有很多田雨不认识的,他不都很欣赏吗?但田雨不想再跟他计较,他的话真与假已不重要。"习惯是可以改变的。"

"你没法理解那种感受,你走了,我心里空荡荡的……"

在武汉,雷力不可能说出这样的话,他总是居高临下,对田雨讽刺挖苦。既然雷力放低姿态说软话,田雨也和他真诚相对,坦率地说:"和你在一起,我呼吸都不顺畅,觉得别扭、压抑、紧张。"

"那是在武汉。我们搬到北京来,你想做什么就做什么,也可以什么都不做,就在家里画画。我找份工作养你。"

"你没必要这样,不值得。"

"北京也是我喜欢的城市。在北京发展,短时期可能会遇到一些困难,长远看是好的,后代能接受更多的教育,融入更好的圈层。你不来北京,我不想跳出武汉的舒适圈。你来了,等于帮我下了决心。"

"我希望你所有的决定,都出于你自己的意愿。不要因为我。"

"我们是夫妻,夫妻是一个整体,我不可能不考虑你。"

"我们就要离婚了。"田雨小声提醒他。

"那是你赌气,闹情绪。"

"我不是小孩子,不会拿这事儿开玩笑。"

"妇女儿童,女人本来就和小孩一样是弱势群体。我是你老公,有责任陪伴、保护你。"

无论在哪里聊,雷力都能站到道德制高点,把自己当牧羊人、护佑者,神一般的存在。田雨气得说不出话来。

"吃完这顿饭,我就回武汉。"雷力说,"我尽快把那边的事情处理好,过来陪你。"

"我今晚就离开北京。"田雨不想让雷力仓促卖房、辞工作。

"不管你去哪里,我都能找到你。你不相信吗?"雷力问田雨。

"我相信。"

"那你就别离开北京了。换到其他城市工作和生活,可能还不如武汉。"

"你不要卖房、辞工作。"

"那你跟我回武汉。"

"你知道我不会回去。"

"你不回去,我只能到北京来。"

"我去贫困山区支教,你去吗?"田雨绝望地问。

"我不去。但我会想办法保护你。"

"我不需要你的保护。这是法制社会,没有谁能伤害我,包括你。"田雨警告他。

雷力讶异地说:"我当然不会伤害你!"

"不想伤害我,你就回武汉。我去山区支教。"既然雷力不愿意去贫困山区,田雨看到机会。

不等雷力多说,田雨起身,"我很累,不想再多说了。"

"你回酒店,还是回你租的房子?"雷力问。

"酒店。"

"好好休息。"

田雨回到酒店房间,倒在床上哭。她很绝望,不知道怎样才能脱离雷力的视线。

有人敲门。田雨擦干眼泪,通过猫眼看外面,是雷力。雷力既然知道她住这里,逃避不是办法。田雨打开门,手里握着手机,随

三十、北京

时准备报警。

"哭什么呀！"雷力看出田雨刚哭过，"放心，不管你在哪里，都没人伤害你。北京我有很多同学，也有前同事，你有需要，我随时请他们帮忙。"

"不需要。"田雨冷淡地说，"我马上就退房，离开北京。"

"你不用那么紧张，我不会伤害你，只会帮你。我来给你送卡。在北京花销大，你带那点钱，不够用。"

不管时间地点怎么切换，雷力在田雨面前总是"救世主"的角色。这样的慷慨，田雨也许应该感动。可她只觉得惊悚。他的给予，始终有施舍的味道，暗含对她的轻蔑。

"我的钱够用。"田雨拒绝。

"有备无患。"雷力说着把卡放到田雨床尾的桌上，"密码是我们的结婚纪念日。"

"用不着。"田雨说。

"你不刷我的卡，我也知道你在哪里。该花的钱要花，别犯傻。我走了，你在北京好好的。"

田雨不相信雷力就这么走掉。出乎她的意料，雷力真的走了，走后没再回来。

田雨退掉房间，到酒店大厅，被服务员喊住，"您的银行卡忘记拿了"。

雷力放下的银行卡，田雨没动，退房时忘记拿走。从服务员手里接过雷力的银行卡，好像雷力又回到她身边，田雨不喜欢这样的感觉。

回到出租屋，田雨没了最初的自在。雷力知道她租了房子，也许已经精准定位。田雨看着门，仿佛敲门声随时会响起。她讨厌心神不定，宁愿知道雷力在哪里，接下来会做什么。

251

三十一、无解

田雨反复思索,寻找阻止雷力从武汉迁到北京的途径。她想不出什么好办法。

芦晚秋要加田雨的微信。田雨放行后,惊诧地问:"你怎么知道我这个微信号的?"

"一个哥儿们给我的。"芦晚秋说,"你不够意思!去北京都不跟我道个别,不把我当朋友!"

"走得匆忙,对不起!"

"给你弥补的机会。我要去北京看雪,雪还在下吧?你不能不管我,我一个孕妇,得有人照顾。"

田雨看着窗外,"雪好像要停。"

"我看天气预报了,还要下两天。"

"你怀着孕,这样不安全吧?"田雨试图阻止她。

"你照顾我,我就安全。"芦晚秋说,"我去北京停留两天,然后飞香港,去和我闺女的爸爸团圆。"

既然芦晚秋已经计划好,田雨不再多说,"你什么时候到,我去接你。"

"不用接。你把定位发我,我到北京后,打车去找你。"

田雨哭笑不得。自己煞费苦心逃到北京,为了脱离过去,找回自己。她才来两天,就见了雷力,芦晚秋也要来。这次逃离,还有

三十一、无解

什么意义？

也有不同。田雨在北京，比在武汉放松，更有安全感，尽管武汉有她的爸妈和亲朋好友。北京城大而包容，人和人之间边界感适中。田雨在这里，不必担心别人怎么看她。每个人都在忙自己的事情，不会对别人察言观色、说三道四。

自己在北京已不是秘密，田雨不想再躲着，她在网上投简历，找工作。

芦晚秋明显是雷力间接派来的，或者是顺路过来帮雷力，田雨也可以通过芦晚秋，阻止雷力搬到北京来。这么想着，田雨的情绪稳定下来。

田雨给芦晚秋发了位置共享，芦晚秋没按约定来找田雨，她把见面地点定在长安大饭店。

"本来要去你出租屋看看。我女儿的爸爸不同意，怕委屈他闺女，给我订了房间，在这里吃饭签单。"

芦晚秋点了黄油焗波士顿龙虾、鲍汁菇皇烧海参、烤鸭、富贵鸡、经典小酥肉，还有蔬菜和汤。田雨提醒她："我们吃不了那么多。"

"来北京了，还不吃点好的？"芦晚秋冲田雨眨眼，"本来给我接风这顿饭，应该左欣昱请。左欣昱，你有印象吧？"

田雨不回答芦晚秋的明知故问。

芦晚秋继续说："我来北京前给左欣昱打电话，他去云南了，说是去画滇金丝猴。我还专门上网看了，滇金丝猴，烈焰红唇，很特别！"

他真去云南了，田雨有些分神。服务生上菜，田雨帮忙摆盘，避开芦晚秋的话题。

"你呢？在北京有什么打算？"芦晚秋问。

"在找工作。"田雨回答。

"你和我一样,现在是黄金生育期,别找工作了,抓紧把孩子生了。孩子才是女人终生的事业。"

"我没你幸运。"田雨说。

"我幸运?"芦晚秋戴上手套,吃龙虾,"别被我的漂亮和浮夸蒙蔽。我也踏实能干,在深圳我给人设计珠宝,作品拿过奖。等闺女将来上了幼儿园,我准备重操旧业。我喜欢珠宝,你看,我戴的这个耳坠,是我设计的。"

田雨不由对芦晚秋刮目相看。

"女人就得有事业呀!可也分时间段,该生孩子的时候生孩子,做事业什么时候都可以。"芦晚秋放下龙虾壳,用薄饼卷烤鸭片,"你说你找工作,找的什么工作?"

"美术培训班的老师。"

"那怎么行?不如你在家画画,画出好作品,将来拍卖个好价钱,才是事业。"

"我没想过挣大钱。"

"不挣钱也可以呀。像凡·高,埋头画画不问结果,最终也成了。"

"我不能跟凡·高比。"

"那你想做什么?为了当老师,不生孩子?逻辑上不通,当老师就是教书育人,你选择不孕不育,说不过去。"

"先当老师养自己,业余时间画画。"

"孩子呢?"

"我跟谁生?"田雨有些生气,反问芦晚秋。

"跟你老公啊!"

"我打算离婚。"

"有新目标了?"

三十一、无解

"没有。"

"没有新目标,你离什么婚?听说你老公名校毕业的,长相不差,基因可以了。女人的黄金生育期,就几年,错过就成大龄产妇,产后不好恢复。"

"你怀着孩子,多吃点。"田雨转动餐桌,转换话题。

"换成别人,我才懒得说。现在人情多淡漠,谁管谁呀,是吧?"芦晚秋给田雨夹菜,"这两天你陪我住酒店吧。我身子笨重,不方便。"

"这样不好吧?会影响你休息。"田雨推辞。

"不会。我住的套房。"

芦晚秋是商人的头脑,以田雨对她的了解,她不会莫名其妙对田雨这么好。应该是雷力出了钱,或者和芦晚秋有其他利益交换。田雨想看看,雷力到底想怎么样。

芦晚秋住的是组合套房,两间卧室,每间卧室都带卫生间,共用客厅。安排这么周到,像雷力的风格。田雨联想到雷力在别墅客房安装针孔摄像头,不由悚然,坚决要回出租屋。

"刚才还好好的,怎么就不住了呢?到底出什么事了?"芦晚秋追问。

田雨编借口说:"房东说让我去她家一趟,我得回去看看。你也别住这里了,跟我回去吧。"

"你怕什么?这套房,真的是我女儿的爸爸订的。这是星级酒店,很安全。"

"我不习惯住酒店,睡不着。"田雨说。

见田雨坚持,芦晚秋不再勉强,"你明天一早过来,我们一起去故宫看雪,我早就想在故宫拍些照片,现在肚子里有女儿,更有意义了!"

"故宫里游客很多,要不我们去颐和园,或别的公园?"因为上次在故宫遭遇雷力,田雨心有余悸,想换个地方。

"人太多的话就算了,我不能跟人挤。那就听你的,去别的公园。"

"你早点休息。"田雨对芦晚秋说,"我回去做个攻略,明天一早就过来。"

田雨回到出租屋,按照网络视频讲的办法,把窗帘拉严实,关掉所有灯,检查有没有针孔摄像头,没发现破绽。

田雨临时找中介定的出租屋,雷力不可能先知先觉找到这里安装摄像头,应该安全,田雨放松下来。

雷力和芦晚秋都在北京见了田雨,芦晚秋还加了田雨的新微信。田雨没必要再隐瞒父母和小月。田雨登录原来的微信,把自己的新微信推给父母和小月。

父母问田雨:"怎么换了微信号?"

"手机号也换了。"田雨把新手机号发过去。

"这是北京的号码。"

"是,我来北京了。"

"去北京怎么没跟我们说?"

"突然来的。我同学,芦晚秋也在这里。我们刚刚还一起吃了晚饭。"田雨想让父母安心,"芦晚秋怀孕了,一个人出远门不安全,明天我陪她去公园看雪。"

田雨不想让父母知道她一个人匆忙逃离武汉,来到北京。她想给父母造成错觉,好像陪怀孕的芦晚秋来北京旅游。

好在父母没多想,"北京下雪了?"

"嗯,你们早点休息。以后我们用新微信联系。"

田雨判断,雷力没找她爸妈。父母不知道她来北京。田雨刚把

三十一、无解

微信号切换过来,父母加了她,追问:"你换了北京的手机号,准备长期在北京?"

"北京有份工作适合我。"田雨说。

"雷力知道吗?"

"他知道。"

"他同意你留在北京?"

"同意。"田雨不想给父母增加思想负担。

"先在北京工作一段时间也好。"爸爸说。

田雨联系小月。小月着急地说:"你怎么才联系我?这几天没你的消息,我担心死了!整夜睡不着觉!"

田雨觉得抱歉,但她和小月之间没必要说太多客气的话,"我没事儿,别担心。"

"能不担心吗?你怎么样?"

"我租了房,在网上投简历找工作。"

"左欣昱去云南了。"小月叹气,"你感觉不到吗?他真的喜欢你!"

田雨心里涌起一股暖流。

"你不喜欢他吗?左欣昱和你性格相投,你俩在一起会幸福的。"

"我没资格喜欢谁。"

"那就让他等等吧,好事多磨。"小月安抚田雨。

田雨转移话题,"我和我爸妈联系上了。"

"噢,对不起!前两天联系不上你,我心慌意乱的,没敢去看你爸妈,怕他们见了我反而更担心你。"

小月善良心细,田雨感恩有这么一位好闺密。

"我明天就去看望伯父、伯母。"小月说。

"暂时不用去。我刚跟他们联系上,他们眼前不用担心。"

"雷力没去找你爸妈吧?"小月问。

"应该没找,我爸妈没提。"

小月思考着说:"那就是雷力没打算放弃。他不声张,不想让大家知道你离家出走。"

"今天上午见他了。"

"见雷力?在北京?"

"嗯。"

"他这么快就找到你了?"

"可能是我有漏洞,给他留下了线索。"

"他没怎么着你吧?"

"没有。就是告诉我,无论我到哪里,他都能找到我。留下张银行卡。"

"天哪!"小月震惊得不知该说什么。

"这些别告诉我爸妈。"田雨叮咛。

"当然不能告诉!别说伯父伯母,连我听了都要窒息。你一定要小心,别激怒他。不要私下见他,实在避免不了见面就去公共场合见。情况不对,立刻报警!我以后每天清晨和晚上联系你,我得知道你好好的。"

"嗯!"田雨不跟小月客气。

田雨的眼眶里不知什么时候蓄满了眼泪,她眨了下眼睛,眼泪扑簌簌落下。有小月这么一位无话不谈、随时联系的闺密,让田雨多了份心理支撑和安全感。

田雨做了攻略,带芦晚秋去北京植物园看雪。芦苇随风摇曳,上面的积雪纷纷飘落。火红的金银果,挂着晶莹的冰坠,小鸟在金银树枝丫间跳跃……

田雨和芦晚秋看到松鼠,拖着毛绒绒的大尾巴,抱着坚果,萌

三十一、无解

萌地和她们对视。"太可爱了！"田雨和芦晚秋赞叹。

在卧佛寺西侧的集秀园，她们看到雪中竹韵，几十种竹子在雪中亭亭玉立。

"真好看！"芦晚秋对田雨感叹，"这些竹子像你，看起来清瘦，其实很坚强。"

"我没有竹子好看。"

"你还不好看？都要让人精神错乱了！"芦晚秋并非完全开玩笑，她听哥儿们说田雨离家出走，把老公快逼疯了。

"坚强也不能自讨苦吃，你说对吧？"芦晚秋继续她的话题。

田雨不想跟芦晚秋争论，她希望芦晚秋开开心心的，"如果我是竹子，你就是美人梅，勇敢又漂亮！"

"我们是岁寒两友。熬过严寒的苦，才会苦尽甘来！我已经看见黎明的曙光。你说是不是自古红颜多磨难？"

"我就是一个普通人。也许是因为不够聪明，也可能是见识不够，总之选择错了。"田雨的话很实在。这次，芦晚秋没反驳她。

卧佛寺里种植着很多蜡梅，被誉为京城蜡梅第一家。金色的蜡梅在红墙白雪映衬下，如诗如画。梅花的浓香，让幽深古刹有了鲜活芬芳。

芦晚秋满脸虔诚，举止端庄。被冰雪和梅香洗礼，田雨的心也静下来，所有烦恼和绝望似乎离她而去，飘往很远的远方……

中午，芦晚秋和田雨在植物园大门外不远处吃羊蝎子火锅。

"大自然真是美！"芦晚秋发出少有的感慨，她对自然景观原本不太感兴趣。

"很治愈。"田雨赞同地说。

"你说人何必自寻烦恼？"

"可能格局太小，杂念太多。"

"你自己说的噢。"芦晚秋笑起来,用湿纸巾擦手。

"过两天有个珠宝展,我要去,你去不去?"芦晚秋问田雨。

田雨感到意外,芦晚秋不是说只在北京两天吗?

"想什么呢?"芦晚秋把擦手的纸巾投到田雨面前,"一个小女人,想得还挺多!"

田雨不接芦晚秋的话,问她:"你喝什么?"

"肯定不能喝酒!不能喝刺激性饮料!"芦晚秋笑看田雨,"这些孕期知识,你要留意学。"

"来杯奶吧?"

"没那么矫情!鲜榨果汁就行。"

田雨扫码买果汁。

"你喜欢扫码,不喜欢喊服务员。"芦晚秋观察得还挺细。

"我可能有社恐,尽量不跟人打交道。"

"你还社恐?你老公都要被你逼疯了!"芦晚秋终于切入主题,不再旁敲侧击。

"你认识他?"

"不认识。我一个哥儿们和你老公有业务往来,关系不错。你也可以介绍你老公和我认识啊,说不定以后有业务可以合作。我女儿的爸爸,公司业务涵盖面很广。"

"我换了新手机,没他的手机号,也没他的微信号。"

"你老公的手机号,你不记得?怪不得他要被你逼疯!换我也疯了!"

火锅沸腾,烘托出温暖的气氛,两人边涮边吃边聊。

"我知道自己做得不好。"田雨检讨,"在他面前,我什么都做不好。"

"自卑?慌乱?"

田雨震惊芦晚秋的洞察力和犀利。"你怎么知道?"田雨用反

三十一、无解

问掩饰自己。

"一个帅气多金的年轻男人，霸总，就是霸道总裁。交际广、应酬多、追求者众，谁嫁给他都压力山大。他娶了你，而且不肯离婚，你在家安心当少奶奶，生一两个娃，相夫教子还能在家画画，不完美吗？够完美了！"芦晚秋自问自答。

"可能每个人的追求不一样。"田雨说。

"你追求什么？"芦晚秋好奇地问。

"我想要自在。可以没有多少钱，也没有什么压力，心里清静，像古诗里写的'若无闲事挂心头，便是人间好时节'。"

"宋代一位禅师写的。"芦晚秋说，"前面两句是：'春有百花秋有月，夏有凉风冬有雪。'"

"我要的就是这种生活。你真厉害，记这么清楚！"在田雨印象里，芦晚秋应该对诗词歌赋不太上心，她更关注市场营销方面的技巧。

"我给女儿胎教，每天临睡前读诗词。"

原来如此。田雨在心底感慨：看来当妈妈真能改变一个人，怀孕的芦晚秋身上商业味好像没以前浓烈，反而多了些清新文艺范儿。

火锅很美味，两人专心吃饭。美食也治愈，田雨胃里暖暖的，心情也愉悦。她心平气和地对芦晚秋说："我离开，他找个适合他的，才会幸福！"

"他智商那么高，当然知道谁能给他幸福。他认定你，自然有他的道理。"

"我也有我的道理。"

"你是当局者迷。我们同学，谁有雷力挣钱多？没有吧！"

"这不是挣钱多少的问题。"

"钱多不是问题，钱少才是问题。在城市生活，喝口水都要钱。

他挣足够多的钱，你才有闲，才能'春有百花秋有月，夏有凉风冬有雪'。"

芦晚秋就是芦晚秋，虽然即将当妈妈，每晚临睡前读诗词，骨子里还是商人。田雨明白，她和芦晚秋说不通。芦晚秋的价值观和立场，更贴近雷力。

"卡里没有钱，你眼里的自然景观就难有美感。杜甫写的《茅屋为秋风所破歌》：'八月秋高风怒号，卷我屋上三重茅……床头屋漏无干处，雨脚如麻未断绝。自经丧乱少睡眠，长夜沾湿何由彻……'多惨！"芦晚秋啧啧悲叹。

"我也可以挣钱。"

"你把时间用来挣钱，怎么欣赏风花雪月？"

"我们不讨论了。你们有你们的道理，我有我的道理。"

"我们是谁？你把我和你老公划一拨了？"见田雨不回答，芦晚秋哭笑不得，"你是不是糊涂了？我是你同学，真心为你着想。田雨，你不会还没生孩子就早更了吧？"

"可能吧。"田雨妥协。

继续讨论下去，说不定芦晚秋也会认为田雨需要吃药。田雨意识到，不是谁和谁都能把话讲明白的。"对牛弹琴"这个成语，是古人从生活实践中总结出来的，田雨对它深有感触。她和雷力，是道无解的题。

三十二、求助

田雨没陪芦晚秋参加珠宝展。她在网上投的求职简历,有了反馈。田雨收到两份面试通知,一家在图书馆的地下一层,另一家在西单后面的胡同里。

面试完回到出租屋,田雨收到雷力寄来的快递——她的旧手机。雷力把金毛狗也托运过来。金毛看见田雨,像见到久别重逢的亲人。在武汉时,金毛和雷力更亲近。雷力不在,田雨成了它唯一的依靠。

田雨打开旧手机,用过去的微信号联系雷力:"你为什么把金毛托运过来?"

"金毛可以陪你。我有很多事情要处理,没时间照顾它。"

"我也没时间照顾它。"田雨咽下自己很快就要上班的话。

"我很快就去北京了,到时候我照顾。"雷力说。

"我给你托运回去。"

"我不在别墅住,别墅已经挂牌出售。"

"寄你单位。"

"我在上海处理业务。别闹了,金毛是无辜的。长途颠簸去投奔你,你不要惹它伤心,金毛忠诚又聪明,什么都懂。"

田雨知道多说无用,雷力决定的事情,她很难改变。金毛卧在田雨脚边,眼巴巴地望着她。

"好吧，我去给你买吃的，一会儿回来给你洗澡。"田雨对金毛说。

田雨告诉房东大妈，自己养了只金毛。房东大妈很惊讶："你买的吗？"

"家人从武汉托运来的。"田雨实话实说。

"你老公寄的吧？不放心，让金毛陪你。"大妈性格爽朗。不等田雨回答，又说，"你得去申请办理狗证。幸亏你单独租一套房，与人合租的话还办不了。其他犬身高或者肩高不让超过35厘米，金毛、拉布拉多等性情温和的犬不受这个限制。你还要去动物防疫站提前办理免疫证。出门遛狗要带狗绳。"

田雨感慨朝阳大妈就是厉害，与生活有关的法律法规信口拈来。田雨在楼下还见几位大妈聊天，聊的内容居然是国际形势，这在其他城市很难见到。

田雨感谢房东大妈的提醒，又不由犯难，她很快就要上班了，哪有时间和精力照顾金毛？

旧手机有信息提示音。雷力语音留言："我给你请个钟点工吧，照顾你和金毛。"

田雨知道雷力的建议是对的，她上班，业余时间还想画画，根本没时间和精力照顾金毛。可她不能妥协，好不容易逃到北京，雷力的犬陪在她身边，再让雷力请的钟点工照顾她，太讽刺了！

"不用。"田雨拒绝雷力。

芦晚秋参加完珠宝展，来田雨出租屋看她。"你这很快就有家的模样了。"芦晚秋说，"还养了宠物。"

"他寄来的。"田雨说。

三十二、求助

"他不放心你。"芦晚秋找个舒服的地方坐下,"我要是你老公,我也不放心。"

"没什么不放心的。"田雨给芦晚秋热牛奶喝。

"你老公也不容易。"芦晚秋直言不讳地讲自己的看法,"金毛在武汉,是他养的吧?他把自己的爱犬送来陪你,说明你在他心里的地位,你在哪里,哪里就是他的家。"

芦晚秋的话也许有道理,但田雨觉得自己承受不起。

"别看你老公那么精明、骄傲,他也有不为人知的脆弱面。你看我,天不怕地不怕的样子,好像什么都不在乎,其实心里也有短板,需要温暖。"芦晚秋意味深长地看田雨。

田雨避开芦晚秋的目光。金毛依偎在田雨身边,亲昵地蹭田雨,田雨不由自主抚摸它顺滑的毛。

"你看金毛跟你多亲!它就是你们的孩子,你俩的纽带。"

"别这么说。"

"你还害羞了!"

"不是害羞,是你不了解。"

"我从深圳回武汉到现在,我们见了多少次?我还有什么不了解?你就是觉得你老公没那么爱你。女人都想被爱。可男人也有各种类型,有的天生情种,有的擅长打拼事业。我们不是16岁少女,活在浪漫想象里。到这个年龄,爱自己选择的才明智,他情商高,就享受他的甜言蜜语和爱;他智商高,就让他好好挣钱。"

"我和他不是一类人。"

"那你当初为什么嫁给他?"

"当初想法不成熟,稀里糊涂的。"

"在嫁人的问题上,女人都有自己的想法。他挣钱多,相貌不错,有房有车有工作,年龄相当,是好的结婚对象。我没说错吧?他的优势,结婚时的闪光点,都还在呀,你怎么就不爱了呢?"

顺着芦晚秋的思路,田雨找到她和雷力的症结:"因为不了解,在一起;因为了解,而分开。"

"一个年轻有为的男人,那么舍不得你!你非要离开,挺狠的,很伤人,很——"

"很愚蠢,是吗?"田雨说出芦晚秋不好意思说出口的话。

"你好好想想吧。"

芦晚秋话里的意思,分手是田雨的错,田雨心狠,很伤人。从表面看是这样的,田雨一再逃离,雷力反复挽留。可在隐秘的情感世界,谁对谁错,外人又怎么能看透?

田雨本来想通过芦晚秋阻止雷力卖房辞职来北京。现在看来,这个渠道行不通,芦晚秋更理解雷力。

田雨到附近的一家律师事务所,找离婚律师。律师是个年轻干练的女性,和田雨的年龄接近。

"我姓虹,你叫我虹律就好。"

"我叫田雨。"

做完自我介绍,虹律问田雨有没有财产分割、孩子抚养的问题。田雨说财产都给他,没有孩子。

"没有财产纠纷,可以考虑协议离婚。"

"他不愿意离。"

"那就要考虑起诉了。他常住地是北京哪个区?"

"他在武汉住。"

"户口和常住地都在武汉?"

田雨点头。

"那就要到他户口所在地的法院起诉。"

"不能在北京起诉吗?"田雨不愿意回武汉起诉。

"除非他现在在北京住,而且已经住一年以上。可以异地代理,我作为你的代理律师向武汉那边的法院提交离婚起诉状。"

"需要我做什么?"

"提供感情破裂的证据。"

虹律向田雨详细介绍法院认可的感情破裂证据:重婚或与他人同居、实施家庭暴力或者虐待的,提交伤情鉴定、报警记录、图片、聊天记录等证据;赌博、吸毒等恶习屡教不改,提交公安机构出具的处理记录、当事人认错书等证据;因感情不和分居满两年,提交租房合同、分居协议、异地居住证;等等。

田雨心凉,"以上证据我都没有。我和他在分居,我刚搬到北京,离两年还远"。

"我理解你的心情。离婚官司本来就不容易速战速决。即使我们有感情破裂证据,如果对方坚持不离婚,法官也可能不判离,再起诉就要等到判决生效六个月之后。第二次诉讼,如果没有新的情况和证据,法官也可能维持原判,不准予离婚,除非第一次判决后,双方分居又满一年。"

"最好的办法就是分居满两年对吧?"

"如果对方没有重婚、家暴、吸毒等过错或恶习,分居就是最好的感情破裂证据。"

田雨踌躇,要不要把雷力偷拍的事情告诉律师。按照虹律刚才介绍的,就算有吸毒等恶习,也要提供公安机构出具的处理记录或当事人的认错书。

雷力的偷拍,田雨没报警,公安机构自然也就没有处理记录。雷力对田雨承认了,田雨懊恼当时没录音。即使有录音,田雨可能也不会拿出来。她不想为了离婚,把雷力送进监狱。

"我能知道你坚持离婚的原因吗?"虹律问。

"过不下去了。不愿意看见他。想起他心里就不舒服。"

"明白。如果想通过分居离婚,那就坚持,中间别反复。"

田雨郑重点头。

两年时间，对田雨来说太长了。田雨想看看传说中神奇的朝阳大妈有没有办法。田雨买了水果和鲜花，去对面楼里看望房东大妈。大妈家里干净整洁，古色古香的，养了君子兰、蝴蝶兰等花草。

田雨把想要离婚的事情说给大妈听。大妈和虹律一样，问田雨离婚的原因。田雨说："跟他在一起，心慌意乱，睡不好觉，工作也做不好。"

"为什么心慌意乱、做不好工作？"大妈追问。

"自卑。"

"他是不是PUA你？"大妈一语中的，"说你这也不行，那也不好。给你洗脑，摧毁你的三观，让你陷入混乱。"

田雨呆呆地看着大妈，自己怎么没想到被PUA了？"我以为是我不好。"

"他就是让你认为你不好，你有错。离开他，你寸步难行。"

"您说得没错！我就是认为自己做什么都错。"

"你工作怎么丢的？"大妈直率地问。

"我辞了，觉得自己做不好，不配。"

"你睡不好，有没有吃过助眠的药？"

"找心理专家开过药，他给我吃助眠药。"

"那就好！心理专家只要开过药，咱就有证据。他给你的助眠药，还有吗？"

"有。我藏起来了。"

"这就有两样证据了。导致受害人心理和感情遭受创伤和痛苦，无法正常进行日常活动，说明他对你造成了精神损害。"

大妈的话像一道光，照进田雨灰暗的世界。"您学过法律？"

三十二、求助

田雨忍不住问。

"法律关乎每个人的生活，当然要学。"大妈说着去书房，拿出《中华人民共和国民法典》，"书店一上架我们就买了。我和我老伴经常看，我们年纪大了，视力不好，每天看几条。"

田雨惭愧。

"还有没有别的人证？比如同事、邻居、保姆，证明他让你自卑、伤感、焦虑。"大妈启发田雨。

"有保姆。"田雨想起栗树珍和吴凤云。

"最好让保姆能为你作证。"

"我一会儿回去用旧手机联系她们。"

"不！最好跟她们见面聊。"见田雨不理解，大妈解释，"老百姓都不愿意上法庭，有刻板印象，认为上法庭是很严重、很不好的事情。你在手机上跟她们说，容易被拒绝。她们拒了你，你再回去找她们，也许她们会避而不见，就被动了。"

"我先回武汉找她们？"

"你藏的药，不也在武汉吗？"

"是，对！"田雨意识到，应该尽快回趟武汉，万一雷力把别墅卖了，她藏的带药的绵白糖，永远找不回。"我马上订票，回武汉。"

田雨没把雷力偷拍的事情告诉大妈。她只想离开雷力，不想触及他藏在黑暗中的隐秘。

三十三、证据

回到武汉,田雨去栗树珍家里。栗树珍的家在汉口一个老旧小区,房子很小,墙上贴了很多奖状。栗树珍自豪地说,她的两个孩子学习成绩都很好,小女儿上了初中,大儿子明年就要高考。

得知田雨要离婚,栗树珍说:"离了也好。雷力有钱,可他不爱你,可能他只爱钱和他自己。"

"我受不了他不专一。"

"可不是嘛!女人都恨这个!那个女孩找到家里,说你有抑郁症,要给你看病。她和雷力才有病!关系肯定不一般!以前我不敢说,现在你要跟他离婚了,我也不怕说真话。雷力托我买过安眠药,说你睡不好觉,夜里总闹。我替他买过几次。"

"他没把安眠药给我。"田雨说。

"肯定不能给你!他可能给你放水里,还是放饮料里了,我不知道。也怪我没文化,不知道安眠药副作用大。我前段时间也失眠,可能是更年期,我买安眠药,儿子和女儿都不让我吃,给我扔了,说对大脑不好。我想起以前替雷力买药的事儿,觉得对不起你!"

"不是你的错,是他想摧毁我。"

"是呀!他都不正眼瞧你,老是打击你。你患抑郁症跟他有关系!"

三十三、证据

"他不同意离婚。我在北京请了离婚律师。如果打官司,你愿意为我作证吗?"

"我们都是女人,看他那么欺负你,我也想帮你!可我没什么文化,不敢去法庭呀,万一我在法庭上说错了话,他们把我抓起来,我孩子没人管怎么办?"

"法庭不会抓证人的。"

"我不敢。去法庭,我害怕!"

"雷力让你帮他买了多少次安眠药?大概买了多少?"

"多少次我不记得了。加起来得有一百多粒吧。我在郊区一家医院买的,医生还说让换药,我问雷力,雷力不让换,说一次只给你吃一两粒,不要紧。后来那个医生,不愿意再给我开药。雷力还不高兴。"

"那段时间,我精神恍惚。"

"是呀!我看着也心疼。可你睡不着,不吃药更难熬。雷力把你娶回家,心里没把你当老婆,他说像你这样上过大学的女人,以为自己有文化、聪明独立,其实既脆弱又天真,像宠物,养着就是了。他就是把你当宠物养,听话就给点甜头,不听话就惩罚。"

栗树珍的描述,让田雨听了心里堵得慌。"不光取决于我听不听话,还要看他的心情。他心情好,家里就太平;他心情不好,就会指使别人冲我恶言恶语。"

"你知道呀!我以为你不知道的。"栗树珍伸头凑近田雨,"他让我不要给你好脸色。你不在家的时候,他给别人打电话,说田雨不知道感恩,把平台当自己的本事,没有学校这个平台,她什么都不是!让别人别惯你,多批评教育你!说你看起来聪明,其实很糊涂!批评你,冷着你,就是帮助你,你需要成长!"

"我确实需要成长。但不是在别人的冷嘲热讽中成长,是在知识的累积和智慧的增长中成长。"田雨懊恼自己没看《中华人民共和国民法典》，不了解有关离婚的知识。如果早一些了解相关法律，她会留下有利的证据。

"是呀！雷力不像你老公，倒像你家长。也不像家长，儿子、女儿有错，我会直接说他们，不会拐弯抹角找外人来数落。雷力喜欢当好人，坏事想办法让别人做。他以为你看不出来。"

"我应该早点看出来。"

"好在你要离婚，以后不归他管，他也就不能再找别人欺负你。"

"他自己也没少欺负我。"

"是呀！后来我也觉得他过分，跟他吵架，他把我开了。"

"你现在工作怎么样？"

"我现在的东家，普通白领，背着房贷，夫妻俩都上班，生了二胎需要人照顾。老公对他老婆好，生怕老婆不高兴，总想办法逗她开心。不比不知道，一比吓一跳！有时候想起雷力，在你面前板着脸，总想压制你，怕你高兴，盼你哭，我就觉得他不正常！"

"如果律师来找你取证，你能把我们刚才说的话，跟律师讲一遍吗？"

"律师都很严肃，我怕我说不好！等我儿子回来，我跟我儿子商量商量。"

"律师也是女的，很和气。"

"北京的吗？从首都来的律师，我可不敢跟她撒谎！"

"你不会撒谎。你善良、勤劳，一个人养两个孩子，是个伟大的母亲，很了不起！"

"谢谢你这么说！"栗树珍眼里有了泪光，"我这么多年在外面当钟点工，侍候别人，最见不得谁欺负人。大家都是爹妈疼爱长大的，靠劳动挣钱，谁比谁低一等？雷力踩乎你，就想抬高他自己。他让我买安眠药，买一次药给我两百元跑路费，我总共收了他不到两千元，一千四还是一千六，我记不清了。我把钱退给你。"

三十三、证据

栗树珍起身要进里屋拿钱，田雨阻止她，"我不要。"
"我真没想帮他害你，他说你睡不着很难受。"
"我睡不着是很难受，但他不该偷偷给我下药。"
"是呀！雷力做什么都不跟你商量，就是把你当宠物了。"
"我是人，不是宠物。"
"田老师，你不会恨我吧？"
田雨摇头。
"我儿子准备报考北京的大学。"
"好啊。你送儿子去北京上大学，到时候联系我，你住我那里。"
"我想让我女儿将来考师范，像你一样当老师。"
"还是要尊重孩子自己的意愿。"田雨说。
走出栗树珍家，田雨拿出手机，关掉录音，保存。离开北京前，房东大妈嘱咐田雨，见保姆时，把谈话录下来，即使保姆不愿意出庭作证，也有了录音证据。

找吴凤云，田雨费了些周折。吴凤云不再当保姆，她老公是建筑工人，她在老公打工的建筑工地做帮厨。
吴凤云快言快语："你在家的时候，他们就是喝喝酒，唱唱歌，打打游戏。你不在家，他们看那种录像，用投影机，我都不敢看！"
"雷力放映的吗？"
"除了他还有谁？为了不让我往外说，还给我封口费。我也不是为钱，我一个打工的，谁都管不了，没办法。"
"雷力放映，请客人一起看？"
"对的！也不知道他从哪里请的那些人，男男女女，那么开放！还玩什么蒙着眼睛找朋友的游戏……我看不下去，雷力让我给他们送酒水，我真后悔，当时应该不理他们，辞掉工作，去别家干,眼不见为净!那些乱七八糟的,我都不愿意回想!雷力也是上过大学的人,还研究生毕业,做那些见不得人的事情!想不通!我后悔没早些离开。"

"我也后悔。我在北京找了律师,准备和雷力离婚。律师来找你,你能把刚才的话跟律师说一遍吗?"

"跟谁说我都不怕!我说的是真话!我们离开的那个夜晚,他们把你的床都占了,你在自己家没地方睡觉!我当那么多年保姆,没见过雷力那么渣的男主人!"

"谢谢你!"田雨没提请吴凤云去法庭作证,不想让吴凤云为难。

"不用我出庭作证吧?"吴凤云主动问。

"如果你愿意——"

"出庭我也不怕。到时候雷力在吗?"

"应该在。"

"他不在还行,他在的话——就算了吧。我怕他报复,他有我的身份证复印件,签合同的时候,他留的。他这事儿,恐怕判不了多久,我不怕他,但我怕他报复我家人。"

"我理解。"

"你让律师来找我吧,我就不出庭了。"

吴凤云的正直令人钦佩。从吴凤云身上,田雨看到女性的勇气和正义感。田雨更有信心挣脱雷力。

那包被雷力掺了安眠药的绵白糖,被田雨遗忘在别墅里。她不想再回别墅。虹律将来到武汉取证,一定会去别墅。"自己能做的,为什么要推给别人做呢?"田雨质问自己。

田雨打车去别墅。这个时间点,雷力应该不在家。

别墅大门紧锁,隔着栅栏往里望,里面空无一人,田雨只好

三十三、证据

作罢。

　　田雨回到父母家。爸妈看到田雨很惊喜，给田雨做她喜欢吃的清蒸鱼、牛肉豆皮、排骨莲藕汤。吃着爸妈做的家常菜，田雨有灵魂入窍的踏实感。"没想到我也成北漂了"，她跟爸妈开玩笑。

　　"不着急找工作。"爸爸说，"我和你妈有积蓄，养你几年没问题。"

　　"我已经找到工作了。"田雨把单位发的录用通知给爸妈看。

　　"回来取档案？"

　　田雨正犯愁，不知该怎么跟爸妈解释她突然回武汉。爸爸这么问她，给了她借口，田雨急忙点头。

　　"你那个北京的同学，住的离你远吗？"妈妈问。

　　"哪个同学？"田雨一头雾水。

　　"小月说的，好像姓左。"妈妈不确定，向爸爸求证。爸爸点头，"跟左宗棠一个姓，我就记住了，是姓左。"

　　田雨明白，一定是小月说的，"小月来看你们了？"

　　"来了，还买了很多礼物。你让她来的吧？"

　　"我让她替我看看你们。"田雨解释。

　　"小月说，你们那个姓左的同学，喜欢你，跟你合适。"

　　"你们别乱想，我去北京跟他无关。他在云南，不在北京。"

　　"你不喜欢他？"爸爸问。

　　田雨叹气，"我现在没资格喜欢谁"。

　　"你去北京，他去了云南，他在躲你？"妈妈受到打击似的，皱眉问。

　　田雨啼笑皆非，"他不会躲我，他去云南画金丝猴。"

　　"小月在网上搜他的画给我们看，比你有功底。"爸爸说，"他的画风比你成熟。"

275

"我的画不能跟他比，差得远。"

"你进步空间比他大，好好画吧。"爸爸鼓励田雨。

"你们不要多想，我跟他就是同学。"

"同学好啊，同学知根知底。"妈妈说。

"我在网上找到他的照片，看相貌，是个实在人。"

"爸，您怎么也这么八卦！"

看女儿不好意思，爸爸心里更明白了，"他去云南好。你现在的情况，他也不好多联系你"。

"我们根本不联系。"

"不联系好。"

"什么不联系好？"田雨妈妈嗔怪田雨爸爸，"小雨一个人在北京，他跑云南去了，什么意思嘛？"

"男人的心思你不懂。男人看得长远。"

"雷力不错，心细、大方、办事能力强。"田雨妈妈遗憾地说，"可惜跟小雨性格不和。"

"婚姻大事，还是小雨自己做主。"

田雨感激爸爸的开明。妈妈虽然舍不得雷力，但对田雨离婚的决定也没表示反对。

睡到自己婚前住的房间，田雨有回归的放松。她给小月发起视频聊天。"你怎么跟我爸妈乱说？"

"瞧你脸红的，我说什么了？"小月故意逗田雨玩。

"明知故问。"

"左欣昱吗？我不是乱说，是深思熟虑后才说的。你一个人跑到北京，作为父母，他们不可能不担心。我告诉他们，左欣昱喜欢你，他在北京。叔叔阿姨就放心了。"

"我正离婚，你这么说，我爸妈更不放心。"

三十三、证据

"怕左欣昱和雷力火拼？"

"我爸妈现在知道他去云南了。你以后别再乱说。"

"好吧。左欣昱去了云南，你不觉得遗憾？"

"不遗憾。我不想因为自己的事情，给别人添乱。"

"左欣昱不是别人。"

"你们都好好的，就是对我最大的支持。"

"我们指谁？"小月别有深意地笑。

"我爸妈，你。"

小月调皮地补充，"还有左欣昱。"

"不跟你说了，挂吧。"

"还不好意思！挂了，这个话题以后有时间慢慢聊。"

小月对田雨的态度，回到田雨认识雷力前，小月喜欢和田雨开玩笑。田雨和雷力结婚后，心情沉重、精神焦虑，小月也受到感染，在田雨面前严肃起来。

从小月的变化，田雨察觉到自己的状态比和雷力在一起时放松。她已经掌握了证据，加上房东大妈和虹律的援助，田雨对离婚有了信心。

三十四、真相

田雨刚回到北京，陈琳在微信里申请加田雨好友。陈琳能知道田雨新用的微信号，说明她和雷力有联系。陈琳告诉田雨她在北京，约田雨在一家茶馆见面。

"我离开武汉，来北京工作了。"陈琳说。她问田雨喝什么茶，田雨给自己点红茶。陈琳说："别单点了，我要了壶乌龙茶，一起喝。"

田雨问陈琳："找我什么事儿？"

"我们一起经历了乌龙事件，找你聊聊，跟你通个气。"

"什么乌龙事件？"

"你知道俞悠然吗？"见田雨摇头，陈琳笑，"我猜你就不知道。俞悠然，昵称小鱼儿。雷力和你离婚，要娶她。"

"雷力和我离婚？"田雨难以置信地问。

"对呀！你不是被他赶出家门了吗？"

原来雷力对外是这么说的。怎么说不重要，只要他愿意离婚就好，田雨开导自己。

"他把你赶走，让你来北京，是为了给俞悠然腾地方。"

田雨已习惯雷力颠倒黑白，"小鱼儿愿意吗？"

"她有什么不愿意？冲雷力的别墅和钱呗！"

"你怎么来北京了？"田雨问。

三十四、真相

怕田雨误解，陈琳急忙撇清，"我不是被他赶出武汉的，我来北京工作。"

田雨点头，"北京工作机会多，发展空间大。"

"工作不好找！多亏我有名校研究生学历，有工作经验，我现在的公司是国企。"

"国企挺好的。"

"别说工作了。说说我们的乌龙事件吧！我读研时，雷力勾搭我，说他婚姻不幸福，老婆有精神病，说到伤心处泪水涟涟。我哪见过男人流泪？当时就心软了，觉得这男人真可怜！相貌堂堂，事业有成，生活那么苦！"

田雨不说话，等她说下去。服务员送来一壶乌龙茶，给田雨和陈琳斟茶。

"我很纠结，不愿意插在你和雷力之间。他说给你找了心理专家，等你病轻些，他就离婚娶我。说你病正严重，他即使起诉离婚，法院也不会判离。你受到刺激，可能会病得更重。他让我忍，让我等。还说我是拯救他的天使，上天看他可怜，派个天使到他身边。"

田雨暗自感慨，事情到了雷力嘴里，竟能变成和事实完全不相干的版本。

"我自欺欺人地麻痹自己、委曲求全，做梦都没想到，他还有个俞悠然！"

"他和俞悠然早就认识了，俞悠然上大学前，就是他辅导的。"田雨告诉陈琳。

"你知道？你怎么忍得了？"

"我跟他吵过，但我改变不了什么。"田雨实事求是地说，"你跟他分手，不是什么坏事儿，也许是解脱。"

"说真的，我还真有点舍不得他。雷力人帅，会挣钱，霸气。"

"你看的是表面。当初我嫁给他，看的也是表面。我和他的婚姻生活、状况你看到了——"

"他的缺点就是花心。"

"不只是花心。"

田雨以为陈琳会追问，如果她问，田雨会把事实告诉她。可惜，陈琳不想了解太多，她只关心自己想知道的。

陈琳问田雨："那个俞悠然，你见过吗？"

"见过。她去别墅，说是给我看病，她学的心理学。"

"比我漂亮吗？"陈琳关切地问。

"比我们年轻。"

"你不妒忌吗？"陈琳奇怪田雨的淡然。

"你会妒忌别人与狼共舞吗？只会担心吧。"

"你担心俞悠然？"

"她太年轻，想法天真。"

"就像当年的我。"

"你现在解脱了。"田雨安慰陈琳。

"你也解脱了。"陈琳拿起茶杯想和田雨碰，见田雨没反应，陈琳掩饰地喝了口茶。

"我还没离婚。"

"只要你愿意，不是可以随时离吗？"

"我早就想离，是他不愿意。"

"啊？不会吧！"陈琳放下杯子，吃惊地看着田雨。

"我离婚官司开庭的时候，通知你，你可以去旁听。"

"如果雷力真是个坑，俞悠然会不会很可怜？"

"不管谁跟他好，我和你的现在就是她的未来。"田雨冷静地说。

"听你这么说，我心里好受多了。本来还为失去他难过，还想

三十四、真相

再争取。"

"他要娶俞悠然,是雷力说的?"田雨问。

"这种事情,他怎么可能说?我偷看他的手机看到的,他在微信里跟人求婚。"

"对方答应了?"

"没回复。"

"没回复就对了。"田雨说,"俞悠然去别墅给我看病时,他在家里就追求她,俞悠然跑了,没理他。"

"真的吗?我还以为是个心机女,在吊他胃口。不喜欢他,为什么不把他拉黑?"

"可能雷力帮过她,她不好意思吧。"

"你太善良了!"陈琳感叹田雨不偏不倚地看待情敌。她不知道,爱情消逝,会把情敌变成普通陌生人。

田雨默默喝茶。陈琳观察着田雨,"这么说,我还有机会?"

"你要想的不是有没有机会,是你愿不愿意。"

"一物降一物,也许我能降住他。"

"你怎么来北京了呢?"田雨转移话题问。

"我问他愿不愿意娶我,他说他会和我做永远的朋友。我以为他要娶俞悠然,气愤又绝望!"

田雨提醒陈琳,"你要想好,能不能接受他。"

"雷力有缺点,花心。不是说男人不坏,女人不爱吗?他这人亦正亦邪,我还挺喜欢,激发我的征服欲。也许我能收了他,让他从此只爱我,眼里再也没别的女人。我这么说,你不会介意吧?"

田雨苦笑摇头。陈琳的恋爱观,刷新田雨的认知,看来真有人乐意与狼共舞,把自己未来的幸福当赌注。

"他只要不娶俞悠然,我就回武汉。"陈琳像是在下决心。

田雨看着陈琳,不知道该不该继续劝她。

"你不用劝我。我知道我在做什么。我性格和你不一样。我从小就好强,爱跟人争,赢了很有成就感!我不喜欢平淡,一个男人太老实,我还懒得搭理,觉得没趣。"

"爱情和婚姻不是争夺战。"田雨想纠正陈琳。

"每个人的性格不一样。我愿意为了雷力冒险,输了是劫,赢了是缘,人活的就是一个过程,我想要出彩的人生。"

田雨挣扎,要不要把雷力聚众看色情片和偷拍女性的事情告诉陈琳。

见田雨欲言又止,陈琳想说服田雨认同她的观念,"能有人让我飞蛾扑火,未必不是一种幸运。既然俞悠然不愿意嫁给雷力,我就要让她离雷力远点儿。"

"可能不是俞悠然的问题。"陈琳的执念,让田雨替她担心。

"我知道是雷力的问题。女人离他远点,他就是想偷腥,也够不着。"

"你的逻辑有问题。"田雨忍无可忍地说,"问题出在雷力身上,就要在雷力那里解决。你赶走一个女人,还会有别的女人。你要在这事儿上花费多少时间和精力?一辈子吗?"

"所以你灰心了,平静地面对我,包容小鱼儿。我不是你,我睚眦必报,'犯我者,虽远必诛!'我包容不了别人。"

"你包容不了别人,却可以包容雷力。"田雨觉得匪夷所思。

"对呀!雷力是我爱的人,以后是我男人,我当然要包容他。"

"如果他——犯罪被捕呢?"田雨试着问。

"不可能!"陈琳笑,"你不了解雷力!他不可能犯罪!他多爱惜自己的名声!"

"也不一定。我是说如果,如果他入狱呢?"

"那就算了!我不可能和一个罪犯结婚!"

"你会去探监吗?"田雨试探陈琳。

三十四、真相

"为什么这么问?"陈琳不高兴,"我怎么可能去监狱探望犯人!找男人是为了让自己活得更好,不是被他捆绑坠落。我这辈子不愿意被任何人拖累,除了父母和孩子,也可能我将来不要孩子,不说孩子是'吞金兽'吗?找个有钱人还行,穷的话就丁克。"

田雨觉得陈琳观念偏激,不过每个人都有自己的选择。陈琳止住话,观察田雨,"不会是你想把雷力送进监狱吧?"

田雨不回答她。

"我劝你别那么做。你和雷力不合适,既然不想在一起,就和平分手。你性格腼腆,不适合雷力。雷力喜欢酸辣型、爱吃醋、劲爆的妹子。"

"他喜欢你吃醋,跟他闹?"田雨心里劝自己,算了,这次谈话已经够长了,随便陈琳怎么选择,她是成年人。

"雷力喜欢让女人吃醋,为他争斗。他喜欢身边的女人痛苦,女人越痛苦,他越有成就感。"

"为什么?"田雨承认自己确实不如陈琳了解雷力。

"我也不知道为什么。我的直觉,女人的直觉。可能他就是在女人的痛苦中寻找被爱的感觉,觉得自己重要。"

"你愿意为他痛苦?"

"看透他,就不痛苦了。"

"你在挑战自己。"

"我喜欢挑战。"

陈琳的勇猛,让田雨吃惊。也许陈琳和雷力棋逢对手,可以相爱相杀地过下去。田雨记得雷力说过,他不会娶陈琳,他只把陈琳当朋友。说明他也怕,怕女人跟他死磕、磨砺他。

小鱼儿也加田雨微信,"田老师,请您提醒雷力,别再骚扰我,否则我报警了!"

"我在北京，跟他没联系。"田雨回复。

"我把他拉黑了。请您想办法转告他，他已经严重干扰我的学习和生活。"

"我试试看，能不能把你的话转发给他。"田雨没把握，她过去用的微信，雷力在好友列表里，不知雷力有没有把她拉黑。

"他以为能蒙蔽所有女性，在我面前表演，我都不忍心看下去。他不知道那些手段和套路，很低级。"

田雨理解小鱼儿的气愤和无奈，同时感到欣慰，终于有人看清雷力。田雨用旧手机，把和小鱼儿的聊天截屏发给雷力。

发送成功，曾经把田雨拉黑的雷力，不知什么时候恢复了和田雨的联络通道。

雷力打电话给田雨："那个女人疯了！别理她！"

"你说的是俞悠然吗？她有她的道理。"

"有什么道理？田雨你就是傻！她早就想嫁给我！为了让她专心学习，不胡思乱想，我向你求婚，我们结了婚！你忘了吗？"

"我没忘。这么大的事件，我怎么能忘？"

"说的是啊！她放不下执念，现在还纠缠我！我告诉她，我绝对不可能跟你离婚，更不会娶她，她恼羞成怒，在你面前诬陷我！"

田雨不想让雷力继续表演，直接告诉他陈琳约见了她。"陈琳请我喝了乌龙茶。"田雨一字一顿地说。

雷力顿了顿。也许信息量太大，他一时反应不过来。"陈琳见你了？她见你干什么？"

"给我讲乌龙事件。"

"那个疯女人！你别听她胡言乱语！"

"她挺清醒的。"

三十四、真相

"别看她名校研究生,弱智得很!狂妄又自私,还想嫁给我!"雷力冷笑。

"是不是在你眼里,女人都是疯子,都想嫁给你?"

"女人就是不理智、不明智。"

"那你还招惹女人?"

"我没招惹女人。是那两个女人纠缠我。"

"我也纠缠你,对吧?"

"别跟我阴阳怪气的,我对得起你。我娶了你,你跑到北京,我还让我的金毛陪你。"

"金毛我托运给你爸妈了,他们没告诉你吗?"

"你疯了吗?金毛是无辜的!"

"我知道金毛是无辜的。我相信你爸妈会照顾好它。"

"神经病!都疯了!"雷力狂躁地挂掉电话。

三十五、解脱

雷力深夜给田雨打电话，质问田雨到底想干什么。听他口齿不清，田雨问雷力是不是喝酒了。

"不喝酒我也醉了！你们这帮疯女人！到底想干什么？"

"我不知道别人想干什么，我只想离婚。"田雨说。

"我不可能同意，你别抱幻想！"

"我没抱幻想。对你早就没幻想了。"

雷力呵呵地笑，"反了，都反了！"

"都，是多少？我好奇，你交女性朋友，数量不设上限吗？"

"海纳百川。"

酒后吐真言，雷力说出心里话。田雨已经不再生气。思想决定行为，他要海纳百川，所以到处结交女性朋友。他不专情，不是田雨不够好。没有女人可以让他专情。意识到这个，田雨反而解脱了，"即使你想藏污纳垢，也得别人愿意。"

"所以你们就闹？真不懂女人到底要什么！"

"女人要的是真情，专一。"田雨把答案告诉他。

"不尊重人性。什么是爱情？爱情就是你情我愿，男欢女爱。一段情，也是情。我娶了你，不等于从此失去男人的魅力。有别人喜欢我，我不给人家一段情，够意思吗？我谁都不想伤害，谁都不想辜负，能给多少给多少，我不吝啬自己。"

三十五、解脱

"你是不是还挺感动的?感动自己的慷慨和博爱。"

"你们不感动吗?你也应该感动!你普普通通一个女人,我堂堂名校高才生,娶了你。十几岁的女孩喜欢我,20岁出头的女孩喜欢我,都比你年轻,我不抛弃你。你胡闹,你患精神病,你失去工作,我都没放弃你。你癫狂地跑到北京,我原谅你,把我最心爱的金毛托运过去陪你。我都被自己感动,我有多包容!'穷则独善其身,达则兼济天下。'能力越大,责任越多,这个我认。"

田雨不得不佩服雷力的诡辩能力,任何励志名言都能被他用来为自己的肆意妄为开脱。

手机里传来雷力拖拖沓沓的脚步声、冲水声,田雨知道他放下手机,去了卫生间。田雨犹豫要不要挂断电话,手机里又传来雷力的声音:"你在听吗?"雷力的呼吸很沉重。

"你喝多了,先休息吧。"

"我没喝多,我被你们气醉了!你去北京投奔你那画画的男同学,你找到他了吗?他去了云南,哈哈,开溜了!"

"我来北京不是投奔谁。"

"这话你也就骗骗你自己——"

田雨不想再听他说下去,"我要休息了。"

"睡觉急什么?陪我聊聊!我问你,你爱过我吗?"

"现在说这个没意义。"

"至少让我知道,我为你花的钱,是不是打了水漂。我为你的付出,你都记得吗?能记住吗?"

"你想让我说什么?"

"说真话。"雷力在电话那端喘气。

"你不舒服,就去医院看看。"田雨察觉出他状态不正常。

"你还关心我。"雷力似乎在艰难地换气。

"需要我替你叫救护车吗?你在哪里?"

"我在我们家里，躺在我们的大床上。"

"我替你叫救护车吧？"

"不要叫。我心里难受，喝了瓶白酒。我不明白，我对你们那么好，你们为什么不爱我？"

"爱情不是亲情、友情。爱情要的是专一，不是你对她付出多少，而是你给她多少专属的好。"

"女人就是心眼小，狭隘！"雷力粗重地叹气，"我问你，如果我只爱你一个，你会一辈子爱我吗？"

"愿得一人心，白首不相离。"

"我还是有机会的，对吧？如果我阉了自己。"

"没人让你自残，你不要偏激。"

"从此目不斜视和一个女人过日子，还不叫自残？"

"和多少女人过日子才不算自残？"

"我海纳百川。我说过了，你这么快就忘了。"

"那你永远不可能幸福！"压在田雨心底的一个问题浮现出来，"你为什么PUA我？"

"我没有PUA你。"

"你打击、控制我，摧毁我的自信——"

雷力打断她，"你说的是这个！我希望女人听话，不要膨胀，好好爱我，老老实实的。"

"女人没了自信，厌世，重度抑郁，不管你，你就有了自由。"

"我本来就有自由。'生命诚可贵，爱情价更高，若为自由故，二者皆可抛。'这格言诗有问题，没有生命要自由干什么？自由是为生命服务的，谁不希望活得快乐？我就想让自己快乐，有错吗？"

"你的快乐，不能建立在别人痛苦的基础上。"

"得了吧，田老师，我不是你的学生，少教育我！"

"你为什么给我打电话？"田雨问他。

"有个女人威胁我,说要报警,告我——"

"告你什么?"

"吃不着葡萄说葡萄酸,诬陷!别管她了!我就是想问你,我如果进了监狱,你会不会来看我?"

田雨不知该怎么回答。

"我父母年纪大了,我没有兄弟姐妹,我最亲近的人就是你。"雷力哽咽,"我知道我错了,不该让你伤心。过去的事情不能重来。如果我——"雷力几乎哭出声来,"如果她不放过我,你能帮我瞒住父母,替我请律师,探望我吗?"

"她是谁?"

"俞悠然,就是小鱼儿。她说她要报警,可能已经报了。"

"你怎么她了?"

"我有她的视频,我把视频发给她了。"

田雨说不出话来,他竟连小鱼儿也偷拍了。

"你把视频发给她什么目的?"

"我想让她跟我好,你不在家,我很孤独——"

田雨迅速理清思路,雷力偷拍了俞悠然,用私密视频逼她就范——太恶劣了!

"我知道我做错了,可我不想坐牢。我丢不起那个人!我也吃不了那份苦!"

田雨的沉默让雷力以为她心软了。

"你能不能跟俞悠然说说,让她放过我——"

"我帮不了你。"

"你试试,也许她会听你的,这事儿捅出去,对她也不好,你告诉她,以后不会有人要她!"

田雨不说话,默默挂掉电话。她帮不了雷力,每个人都要为自己的错误埋单。

手机响起短讯提示音,是雷力发来的,"警车已经停门口了,求你,帮帮我!"

"我帮不了你,对不起!"田雨心里说。

这最后的道歉,雷力听不到,也许不配听到。田雨放下手机,走到窗前。

北京的夜色很美,灯光璀璨如星河,从长安街迤逦扩散……

启明星在天边眨着眼睛,东方已微亮,朝霞初现,即将照亮田雨的整个世界……

俞悠然报警后,警方以涉嫌寻衅滋事罪和隔空猥亵罪逮捕雷力。雷力偷拍视频,侵犯了多名女性的人格权、肖像权和隐私权;聚众播放色情录像,被判传播淫秽物品罪;私自给田雨下安眠药,侵犯田雨的生命健康权;对田雨进行精神控制,属于虐待罪;用黑客手段侵入手机,侵犯了田雨的个人隐私。数罪并罚,雷力受到法律严惩。

雷力在狱中写下悔过书,忏悔自己不该迷失于膨胀的欲望,"如果一切可以重来,我会和田雨一起过低调简洁的生活,爱一个人,经营一个家,做好一份事业。可惜时光不能倒流,失去的再也找不回!但愿我的教训,能对和我三观相近的人起到警示作用。"

在写给田雨的信中,雷力说:"你的观念是对的。爱情就要专一。生活零浪费,敢于断舍离,才能让自己的内心世界平静、富足。过去的我用奢华物质,填补自己精神世界的贫穷;呼朋引伴,掩盖内心的空虚;精神控制你,平复自己难言的失意和痛楚。我的痛苦源自欲望的膨胀。我妒忌你的干净、平静,有种破坏欲……千言万语,难以表达我的悔恨和歉意。我不奢求你原谅,为了减轻自己的负罪感,我要郑重向你道歉——对不起!"

三十五、解脱

从来都是田雨向雷力道歉,她终于等来雷力的歉意。

陈琳去了北极,临行前她对田雨说:"我三观有问题,看人眼光也有问题。我要到冰天雪地里,冷静冷静,净化自己。"

芦晚秋在香港结婚生女,哺乳期后重返职场,做珠宝设计工作。她对田雨说:"我要把女儿培养得像你一样纯洁善良、勤俭正直。"

离婚后的田雨回到阳光下,按照自己的意愿工作和生活,受伤的心逐渐康复。田雨在北京成立"拒绝PUA"心灵驿站,协同妇联干部、心理专家志愿者、援助律师等,帮助深陷痛苦的姐妹们挣脱PUA,找回自信……